MEMORY HOUSE
记忆坊文化

我见过巴黎的夕阳，捕捉过伦敦的晚风，
体验过巴西的雨林，感受过中非的烈日，
我想，这世界也没什么了不起，
除了有你。
我不懂爱情，但我爱你。

柠檬羽嫣

治愈心君

柠檬羽嫣·著

长江出版社
CHANGJIANG PRESS

目录

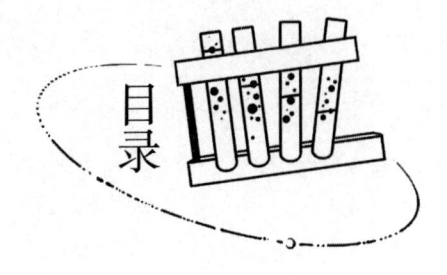

**第一味药 相逢晚·001**
我们相遇太早，相识太晚。

**第二味药 绝境生·023**
纵然她游览了全部的风景又能如何？
这世间千般好，可还不是照样与她无关。

**第三味药 相思苦·048**
遇见你之前，我真的以为自己情愿孤独终老。

**第四味药 且当归·070**
所有的不期而遇都是久别重逢。

**第五味药 误会生·094**
与你相比，其他人都叫外人。

**第六味药 多疑窦·114**
人本来就是自私的，在能为他人着想的时候，
当然要多为他人想想。

**第七味药 无所惧·130**
即使想要结果的心情比任何人都迫切，
我也绝不会牺牲原则。

第八味药 归人心·150
每天叫醒我的,除了远方的理想,还有你。

第九味药 孤身路·168
因为这个人,他的实验里的每一个细胞都有了信念。

第十味药 与君思·181
"禁欲系老男人"的人设崩塌。

第十一味药 诉此心·197
他们就像是大战风车的堂吉诃德,荒唐而勇敢。

第十二味药 终身事·214
每一个重大的突破都是几代人,甚至几十代人通过坚持不懈的努力,才触碰到的上天所给的那一束光。

第十三味药 愈心人·228
这世界也没什么了不起,除了有你。

尾声 一·239
尾声 二·240
番外 一·243
番外 二·246

CONTENTS

## 第一味药 相逢晚

"嘀——"
"顾医生,二床发生心脏停搏!"
"除颤仪!"
"来了!"
"200J!"
"充电完毕!"
……
"250J!"
"充电完毕!"
……
"嘀、嘀、嘀、嘀、嘀……"
"患者恢复窦性心律,每分钟48次,血氧浓度75%。"
"1mg肾上腺素静推。"
"顾医生,病人家属已经到抢救室外了。"

中非共和国首都班吉市友谊医院急诊室内,确认病人的情况暂时平稳,身形颀长的年轻医生才在众人的注视中直起了身,明明刚刚将病人从死亡线上拉回，他轮廓俊朗的脸上，表情却依旧平静，动作迅速而又干练。

他摘下手套，头也未抬："将病人推进手术室，五分钟之内做好手术准备。"

顾云峥，这次华仁医科大学附属华仁医院援非医疗队的领队，国内最年轻的神经外科副教授。

周围的人随即应声而动，只听他顿了一下，又问："新来的翻译在哪儿？"

不等助手回答，顾云峥只见一名一身白裙的女子自离他们十步远的位置快步走来，在抢救室的嘈杂中向他大方地伸出了手："法语翻译，苏为安。"

顾云峥的视线扫过她的手，只见十指纤长，骨节分明，倒像极了外科医生的手，他继而多看了她一眼，清秀的素颜，简单的马尾辫，微笑的时候似带进了外面明媚的阳光。

却也只是多看了一眼而已，顾云峥自抽屉里拿出一张手术同意书，递到了她的手里，转身就向门外走去，简短地说道："跟我出来。"

抢救室外焦急等待的黑人女性三十左右的年纪，见到医生立即迎了上来。

黑人女性是患者的母亲，名叫Cati，确认身份后，顾云峥向苏为安命令道："告诉她，她的儿子出了车祸，之前发生心脏停搏刚被抢救过来，现在病情危重，必须马上手术，解决颅内出血的问题，让她在同意书上签字。"

苏为安一字一句地将顾云峥的话翻译给Cati听，这位七岁孩子的母亲的神色在一瞬之间凝住了。随后是她带着哭腔的问话："这个手术要怎么做？"

"麻醉以后取一块颅骨下来，把脑内的血肿清除。"

Cati听完一窒："手术有什么风险吗？"

顾云峥看了一眼表，原定五分钟的时间已经过去了大半，他微微蹙眉："任何手术都有风险。"

Cati的眼泪唰地一下掉了下来，迟疑着问："可不可以不做手术？可不可以转回总医院？我们家在那边有一位熟悉的医生。"

总医院是法国在班吉援建的医院，从Cati的穿着上来看，家里应该也是在本地有些身份的家庭，因而有相熟的医生也不足为奇。

只是现在提出不做手术……苏为安也不由得蹙起了眉，这根本不可能。

果然，顾云峥的回答十分坚决："必须立即手术！"

苏为安睁睁地看着原本就六神无主的Cati哭花了脸，一双大眼睛里夹杂着期待和担忧，正直直地盯着她。

苏为安有些不忍，尝试向她解释："患者脑子里在持续出血，形成的血肿会积压脑组织，这种情况十分危急，不能耽误，如果压迫到生命中枢的话会导致心跳和呼吸停止……"

一系列冗长的解释还没说完，苏为安眼见着Cati的眼泪又要落下来。

苏为安的心里也有些着急，不知怎么样才能让她冷静下来，就在这时，只听顾云峥用生硬的法语发音蹦出了两个决绝的单词："不做，死。"

话音落，苏为安震惊地看向他。

苏为安同Cati一起坐在手术室外等待，这位母亲的哭泣随着时间的延长愈演愈烈，尽管苏为安不断地试图安慰她，却收效甚微。

这时，手术室外的提示灯终于灭了。

先从手术室里出来的是顾云峥，虽然刚刚结束一台急诊手术，他的形容却并未见疲惫，他走到苏为安和Cati的面前，超过一米八的身高刚好遮住了后方本就不甚明亮的灯光。

被笼罩在他身前投下的阴影中，苏为安忽然有一瞬间的恍惚，想起还在国内华仁医院的时候，好像就是在手术室门口的一个地方，她看着这个身影在众人的簇拥中离去。

那时，她身边尚是她最好的朋友温冉用惊叹的口吻对她道："你看你看，这就是一会儿要带咱们上颅脑出血见习课的顾老师，咱们医院神经外科的风云人物，完成了很多高难度的手术，居然还能保持零Table Death（手术台死亡），三十岁就被破格晋升为副教授！"

那个时候，大家都认定以顾云峥的成就和能力，三十五岁之前必会晋升教授，四十岁说不定就会成为国内神经外科领头人之一，所谓人生赢家、自带光环，不外乎如是。

可人生真是奇妙，短短不过两年的时间，她居然在中非的土地上遇到了这位闪着金光的"人生赢家"。

顾云峥平静地道："手术很顺利，术后四十八小时是危险期，需要密切观察。"

苏为安用法语告知了Cati，Cati闻言长舒了口气，眼泪终于止住，连连点头，继而再三道谢，跟着随后被推出来的孩子一起去了病房。

很快，手术室门前的走廊安静了下来，只剩下苏为安和顾云峥两个人。

顾云峥并没有停留的意思，只说了三个字："回急诊。"

苏为安叫住他："顾医生，请等等。"

"有事？"

苏为安快走两步到他的面前："刚才顾医生最后说的那两个法语词太过吓人，也不符合医患沟通的规定，既然让我来做翻译，还请您将法语的沟通全权交给我，由我来向病人家属尽可能详细地交代病情，安慰他们，这才是医学上提倡的人文关怀吧。"

"人文关怀？"顾云峥一顿，这还真是医院大会上经常出现的一个词，她知道的倒是不少。

可紧接着，他的言语就犀利起来："如果是你躺在抢救室里性命垂危，你希望我把你救命所需的黄金时间用来抢救你，还是去外面和你的家属聊天？"

空气中有一瞬间的沉默。

就在顾云峥以为这场对话已经结束的时候，只听苏为安一字一句地道："我希望你向他们解释清楚为什么他们要冒着那么大的风险把性命交给你，而不是给他们增添更多的恐惧！"

顾云峥沉声道："你以为几分钟的时间解释得清？"

苏为安毫不示弱地道："你又怎么知道一定解释不清？"

"刚才家属听完你所谓的解释变成了什么样子你最清楚！"

"可是……"

苏为安还想再争辩些什么，顾云峥却不再给她这样的机会："既然你清楚自己只是个翻译，那么你要做的就是将我的话一字不差地翻译出去，像刚才那样擅自向患者解释专业知识的事绝不允许发生第二次！"

苏为安一怔："你怎么知道……"

"我并非一点法语都不会,所以像脑出血这样的专业内容还请你不要多嘴,不管你是从谁那里听来的!"

他的语气到了后来越发严厉,就连眸光中都泛着冷意,苏为安只觉得这些话在空荡荡的走廊里就像一把刀直直地向她扎来。

她的唇动了一下,似乎还想说些什么,却还是将那几个字咽了回去,只是沉默。

空气一时间仿佛凝滞。

打破这一切的是护士焦急的声音:"顾医生,急诊室刚收到两个车祸昏迷的病人,Secou医生请您快过去看一下!"

顾云峥随即快步向急诊室赶去,苏为安紧跟其后,还没有进急诊室就已经听到了哭声。

前后停着两辆平车,顾云峥先检查了第一辆车上的患者,他的动作极快,同时报出了查体结果:"患者呈昏迷状态,左侧瞳孔对光反射存在,怀疑颅内出血,联系患者家属,准备进行手术。"

而后他走向第二位患者,然而这一次,他的检查动作却慢了下来,眉越发紧蹙:"双侧瞳孔散大,直接和间接对光反射消失。"

苏为安心里一紧。

护士递上了在他们来之前刚照完的CT片子,因为位置离顾云峥近,苏为安也看到了片子上明显的颅内出血已经形成很严重的脑疝。

这就是刚刚她向Cati解释的那种非常严重的情况。

许是看出了他们的表情不好,一旁带着两个孩子的女人已经忍不住哭着恳求道:"求你们一定要救救他,他是我们全家的支柱,他是个好人,求你们一定要救他……"

两个只有五六岁的小孩子抓着顾云峥白大衣的衣角,一面摇一面同母亲一起恳求他。

送患者来医院的急救人员解释道:"前面那位患者是醉酒的司机,开车撞上了他们,为了保护家人,他自己被撞得很重。"

肇事者因为车内的安全设备得到了一定的保护,而无辜的路人被撞得鲜血淋漓。

将这些翻译给顾云峥,苏为安也不由得为这家人向他放软了语气道:"请您救他吧!"

一家之主毫无知觉地躺在这里,对这个看起来不甚宽裕的家庭而言该是一场灭顶之灾。

现在需要急诊手术的病人有两个，可神经外科的专家只有一个，这个病人一只手已经被死亡拖住不放，只有顾云峥或许能为他搏出一线生机。

零Table Death，这意味着只要顾云峥同意，这个病人就有活下去的可能吧？

所有人的目光都落在他的身上，其他的人皆是安静，只听到那一家人的哭声。

答应吧，顾云峥！

苏为安目光中的期待不加掩饰。

最后看了一眼这位病人，顾云峥抬头，是已经下定决心的样子，他说："告诉患者家属，因为病人伤势过重，现在已经太晚了，让他们做好心理准备，好好陪他度过最后一点时间吧。"随后对身边的助手道，"五分钟内完成第一位患者的术前准备。"

他说完，转身就要回手术室。

苏为安几乎是下意识地抓住了他的手臂，说："你让我怎么告诉他的家人虽然病人现在还活着，但医生已经放弃了他！"

"如实告知。"顾云峥冷静到近乎冷漠，"他已经发生了脑疝，99%是无法救回的，就算他能活着从手术台上下来，也极有可能会变成植物人。"

"可99%不是100%，就算只有1%的可能，他也比那个司机更应该得到这个活下来的机会不是吗？"

"医生管不了谁应该活，只看谁能活！"

苏为安闻言不由得冷笑道："说到底，不过是那个司机的手术更好做罢了，原来传说中的零手术台死亡率就是用这种方法保持的？"

一旁的助手赶忙出来制止："苏小姐……"

虽然他也希望顾云峥能为这个患者放手一搏，可苏为安话说到那个地步多少有些过了，他跟着顾云峥做了那么多手术，顾云峥的实力他最清楚，绝对不是……

等等，这个新来的翻译是怎么知道顾医生零手术台死亡率的？

可那边的苏为安没有心思理会他。

大概是猜出了一些什么，病人的妻子拉着两个孩子跪在了顾云峥的面前。

苏为安借这个时间快步走到顾云峥的面前挡住他的去路,指着垂危的病人对他咬牙道:"不做,告你!"

顾云峥冷眼扫过她,随后摘下了头上的一次性帽子,重重地扔到了一旁的垃圾桶里。

"随意!"

苏为安最终还是没能拦下顾云峥,但许是被患者家属打动,当地的急诊外科医生Secou愿意为这位患者冒险一试。

由于人手不够,Secou点了苏为安一起进手术室,以防发生紧急情况,可以有个人跑腿。

苏为安能够清楚地看到Secou的紧张,他却依然在试图安慰她:"虽然我没有顾教授那么专业,但说不定我作为新手的运气更好。"

可偏偏事与愿违。

起初还算顺利,按照CT的指示,Secou开颅后将血肿吸出,找到了出血点,虽然手法不够细致,动作也有些慢,但还是成功地止住了出血。

然而病人的情况并没有因此好转,脑组织持续向外肿胀,Secou试图用甘露醇脱水降低颅压,反而使情况恶化。

"嘀——"

监视器报警,麻醉医生随即报出:"病人血压降到了80/45!"

Secou的额上急出了豆大的汗珠。

"60/35!"

Secou立即回应:"输血维持血压!"

颅内还有出血点!可是到底在哪里……

想要让患者活着离开手术室就必须赶紧找出出血点止血,靠输血是撑不了多久的,更何况持续的脑内出血会带来严重的脑损伤。

想到这里,苏为安快速走到光板前,仔细看着上面的CT片子,试图找到一些蛛丝马迹。

一定有,这上面一定有!

眼见着术前备的那袋血很可能不够用,Secou叫她:"苏小姐,请你再去取两袋血来……"

"等一下！"

Secou一愣："苏小姐？"

"这里！"说话间，只见苏为安唰地拿下CT片子走到Secou旁边，指着左颞叶内一个极小的白点用法语对他道，"还有一个出血点在这里！"

Secou闻言，目光落在了她手指的地方，随后难以置信地看了一眼苏为安。

是真的，这里还有一个出血点！

因为脑疝所致的脑内结构移位吸引了大家的目光，而这个出血点又太小，所以他一开始并没有注意到，可苏为安身为一个翻译，又怎么会发现？

可此时并不是考虑这些的时候，虽然发现了出血点，但这个出血点与他们开颅的位置相隔甚远，想要止血是难上加难。

面对这样的情况，Secou再也无法装作理智而平静，面上露出了焦急的神色。

苏为安试图让他冷静下来，说："虽然离得有些远，但好在方向还是顺的，靠输血维持住血压还是有机会把血止住的，我这就去取血！"

苏为安说完，飞快地向门口走去，也就是在这一刹那，手术室的门开了。

是顾云峥。

他举着刚刚重新消过毒的手站在那里，苏为安险些就与他撞了个满怀。

Secou像是见到了救星一样，未等顾云峥问，他已主动报出了患者的情况："顾医生，刚发现患者左颞叶脑实质内还有第二个出血点，与开颅的部位较远，难以止血，现在患者的血压在靠输血维持。"

听着苏为安的翻译，顾云峥迅速穿好手术服，看过CT片子以后，接过了Secou手里的电凝，之后毫不迟疑地向出血点的位置探寻过去，一系列动作一气呵成，让苏为安看得有一瞬失神。

却也只是一瞬而已，苏为安随后就快速冲出了手术室去通知备血的护士取血。

等到她拿着两袋血再回到手术室的时候，输血已经停止了，患者的生命体征平稳，随着顾云峥手里的手术结打完，Secou大大地松了一口气,抬头开心地对刚进来的苏为安说:"顾医生已经找到了出血位置并且止住血了,不需要再靠输血维持血压了!"

苏为安闻言抬头看了一眼表,她出去不过十多分钟的时间,顾云峥就已经处理好了刚刚让Secou为难到不行的情况,这样举重若轻的能力,若非此刻亲眼看到,她一定不会相信。

国内最年轻的神经外科副教授,果然名副其实。

接下来就是收尾工作,由于患者脑组织水肿严重,为了慎重起见,剩下的关颅部分也都由顾云峥亲手完成,所有的动作如同教科书中出来的一般标准,却又是行云流水般流畅,这就是顶尖外科医生扎实的基本功。

病人顺利地活着下了手术台。

将病人送出手术室,家属对着Secou和顾云峥千恩万谢,就连苏为安也对顾云峥十分感激。

虽然顾云峥之前没有答应这台手术,但如果不是他在最关键的时候过来帮忙,她也不知道这次要怎样收场。

因而想要向他道谢。

话还没来得及说出口,就见顾云峥突然转过头来看向她,在众人的注视中冷声道:"你被开除了。"

苏为安怔住了。

"我之前已经提醒过你,不要在专业的方面多嘴,这台手术做与不做是医生的判断,与你无关,我不需要一个自以为是的翻译。"

跟着完成手术的护士兰姐禁不住为苏为安求情道:"顾医生,这台手术能顺利完成苏翻译也帮了不少忙,她只是想救活这个病人,您可不可以看在最后结果是好的分儿上就别和她计较了?"

"结果是好的?"顾云峥沉声道,"病人的脑疝已经形成了脑损伤,有99%的概率会变成植物人,这家人要背着高额手术费的债务,痛苦地决定是要给病人撤除生命支持设备,还是无望地等下去,这样的结果哪里是好的?"

"你问过病人家属吗?"回应他的是苏为安的"不知悔改","就算只有1%的可能性,也要为此一搏,这是病人家属的选择,哪怕病人真的醒不过来了,但对他的家人而言已经尽了100%的努力,在以后的人生中也不会后悔,这对他们而言就是最好的结果!"

明知道是无望的赌局，却依然要去尝试。

因为是家人，所以不允许自己轻易放弃。

顾云峥，就算你手术做得再好，可你不是站在患者身后的那个人，你没有站在家属的角度上考虑过，又怎么会明白作为家属此时的心情？

四目相对，一时之间火星四溅。

"自以为是。"顾云峥冷眼看她，"你可以走了。"

眼见真的就要一拍两散，一旁的助手沉不住气了，急忙道："顾医生，这边中文翻译不好找，能不能让苏为安再干一段时间，等咱们找到新翻译再说？"

顾云峥沉默了一瞬，没有立即回答。

众人心里都觉得有戏，却在这时，那个看起来瘦瘦弱弱的翻译姑娘冷笑了一声道："凭什么？"

说完，苏为安拿过自己的双肩背包，头也不回地向急诊室外走去。

上班的第一天就被开除，而这漫长的一天还没有结束。

因为之前说好在医院做翻译工作会提供宿舍，所以她并没有研究过在这边的住宿问题，可现在鸡飞蛋打，宿舍是去不了了，她拖着行李箱走在班吉的街头，再拖下去天就要黑了，但她还没有找到归处。

她是在这个时候接到母亲的语音通话的，隔着七个小时的时差，母亲用透着些许倦意的声音问她："为安，今天巴黎的天气怎么样？"

因为怕母亲担心，她从没有和母亲提过要来非洲的事，向母亲谎称自己还在法国。

苏为安闭上眼，深吸了一口气，就好像自己真的还在巴黎一样，对电话那边的人说："大晴天，阳光可好了，真想让你们也来看看。"

苏母没有接话，只是又叮嘱她注意照顾自己，就在苏为安以为母亲要挂电话的时候，却听她忽然说："对了，你爸爸前几天有一次突然动不了了，不过住了几天医院现在已经没事了。"

苏为安一僵："爸他怎么会……"

自她两年前决定退学环游世界起，母亲很少同她说起父亲的病情，只用"还好"糊弄着，今天既然提起，想必情况应该并不乐观。

苏为安的心揪了起来。

苏母倒是平静："医生说亨廷顿舞蹈症①的病人有时候是会这样的，你不用担心，但是为安啊，你有时间也去做一下基因检查吧。"

亨廷顿舞蹈症，又是这个讨厌的名字。

苏为安默然。

出生在公务员家庭，家庭关系良好，又以全校前几的成绩考入了国内顶尖的医科大学华医大，她的人生原本也算是顺风顺水，直到苏为安大五那年，越来越控制不了自己肢体动作的苏父去医院检查，被诊断为亨廷顿舞蹈症。

晴天霹雳。

身为医学生，在听到医生对父亲做出这个诊断的那一刻，她的脑海中已经不由自主地浮现出课本上那些冰冷的字眼——常染色体显性遗传，CAG（冠状动脉造影）序列异常扩增，主要表现为舞蹈样动作和痴呆，而治疗方法是……有待进一步研究。

但这还不是全部。

如果是由父系遗传的亨廷顿舞蹈症，子女的发病年龄与父代相比会明显提前，她的父亲是在不到五十岁发病的，这就意味着如果她真的被遗传了这种疾病，那么她将会在四十岁，甚至三十五岁发病，她的人生还没有开始就已经看到了结尾。

这已经不是母亲第一次劝她去做基因检查，苏为安没有接话，只是说："妈，如果爸再发生什么情况你一定要告诉我，我好回去帮你。"

得到的是两年里如出一辙的回答："你不要回来，你爸不想成为你的拖累，你回来说不定对他反而不好，你在外面看你的世界，家里我还应付得来。"

通话结束。

挂断电话，苏为安拉开书包拉链，看向夹层最后面的那个大信封，上面赫然写着基因检测机构的名称。

信封是早就被打开过的，她拿出里面的那两张纸，报告上冰冷的基因图后写着几句话："CAG扩增数>50，携带亨廷顿舞蹈症致病基因。"

---

① 亨廷顿舞蹈症：全称"亨廷顿氏舞蹈症"。是一种罕见的常染色体显性遗传病，患者起病隐匿，进展缓慢，以舞蹈样动作伴进行性认知、精神功能障碍终至痴呆为主要特征，通常在发病十五至二十年后死亡。

这是她的"判决书"。

她是在父亲确诊一年多以后才自己偷偷去做的检测。

父亲刚刚患病的时候，她的内心没有办法接受这样的现实，她自欺欺人地告诉自己疾病的进展因人而异，说不定父亲就算患了病也不会对生活造成很大的影响，可回应她的，是父亲身体一日不如一日的现实。

她还没来得及为父亲难过，就要面对自己有50%的概率与父亲患有同一种病的现实。

决定去做基因检测的过程，是与自己进行一番漫长的心理挣扎的过程，下定决心的时候她以为自己什么样的结果都可以接受，可拿到最终的一纸结果时，她如遭雷劈，定在原地久久回不过神来。

她将这份基因报告上的每一个字都反反复复看了上百遍，想着万一是自己看错了呢，最终却只能抱着自己痛哭一场，然后将这份报告塞进书包的夹层，试图假装它没有出现过。

基因诊断的结果她不敢告诉父母，怕压力本就很大的他们会变得更加绝望，可她同样没有勇气再像从前一样去幻想自己的未来，三十岁、三十五岁、四十岁，她随时都有可能发病，手会不自主地乱动，人也会变得越来越傻，就算她再想成为一个好医生，这个梦想似乎已经变得遥不可及了。

那还不如活在当下。

她是在那个时候决定退学的。

她对父母的解释是父亲突然得病让她对人生有了新的看法，她不想穷尽一生成为像为她父亲做诊断的那名主任一样，只能告知噩耗，却对疾病束手无策的人，那不如让她自由地出去看看这个世界，感受生命的美好。

父母并没有阻拦她，只是问她下定决心了吗。

她说："嗯，我已经想好了。"

那就去吧。

这之后两年，苏为安周游于世界各地，凭借着自幼学习的法语，考下了法语翻译资格证书，靠给人当翻译、做兼职为生。

她见过父亲偷偷落泪的样子，明白他内心的煎熬和矛盾，因而在拿到诊断报告的那一天她就已经下定了决心，绝对不会将自己和身边的人拖入那样的境地，她会在那之前放弃自己。

不用考虑四五十岁之后的人生，活一天算一天，她就这样转遍了美国、南美、澳大利亚、欧洲、阿联酋等，最终决定来到非洲的土地上。

没有想到会在这里遇到顾云峥。

没有想到会在第一天就被顾云峥开除了。

可那也要过下去不是吗？

她将报告仔细地收进书包的夹层，拖起行李箱，走进了路边的一家小旅店。

但苏为安被开除的日子并不算太长。

第三天早上，她接到了医院打来的电话，电话那边，顾云峥的助手几乎是恳求着她回去帮忙，还搬了Secou医生来说情。

苏为安因为Secou医生主动为那个患者做手术的事情心存感激，迟疑了片刻，还是接受了他的邀请，回到了医院，不过除此之外，她还出于一个原因，那就是……

穷。

离开了医院，她短期内也找不到更好的工作，几乎相当于坐吃山空，尽管医院的薪水不多，但总能支撑她度日。

虽然她和顾云峥谁看谁都不太顺眼，但好在还有能躲就躲这门技能。顾云峥是一个规划性极强的人，她摸清了他的习惯，知道他什么时候该出现、什么时候会消失，几日下来倒也算是相安无事。

但有一件事是躲不过去的——那位车祸受害者真的如顾云峥所说，一直没有醒来。

大家都明白这意味着什么。

撤除生命支持设备的时候，患者的妻子带着两个孩子紧紧地握着他的手，口中喃喃地用当地话念着什么，起初她还在极力克制着自己，但在心电监护仪变成一条直线的那一刻，在那尖锐的警报声中，她号啕大哭了起来。

待到她稍稍平静一些的时候，她的亲戚按照当地习俗将她丈夫的遗体带走，她收拾好所有的东西，离开之前特意请苏为安带她去找了两位主刀医生，用很慢且诚恳的语气说了两遍一模一样的话。

顾云峥问："她说了什么？"

苏为安看了他一眼，一字一句地翻译给他听："感谢你们为我丈夫所做的一切，我知道你们已经尽了最大的努力，愿神灵保佑你们。"

哪怕病人真的醒不过来了，但对他的家人而言已是尽了100%的努力，在以后的人生中他们也不会后悔，这就是苏为安之前提到的那个最好的结果。

顾云峥抿唇，许久，只是说了一句："谢谢。"

那位家属走后，苏为安呆坐了许久。大概是发现了她的异常，Secou医生走过来安慰她道："别太难过，虽然病人最后还是走了，但你为患者争取手术机会时的真诚我们都感受到了，这已经是最好的结果，你不必因此而自责。"

苏为安勾唇，似乎是在笑，却又半点笑意也没有，她迟疑了片刻，才低声道："我没有自责，我只是在想，人生有的时候真是奇怪，什么都没做错的人失去了生命，罪魁祸首却能看到新一天的阳光。"

她抬头看向前方不远处的病房，隔着玻璃，可以看到那天的那个肇事司机已经好转了许多，他的家人拿来的尽是些珍贵的补品，他正向妻子呵斥着什么。

虽然等到他痊愈出院的时候还要接受警方的调查，但他已经请好了律师应对，只说是交通事故，否认醉酒的事，大有一种这件事就这样了了的架势。

Secou循着她的目光望去，顿时了然，也不禁叹了一口气。

苏为安低头，用声音很轻的中文喃喃道："有的时候我会忍不住想，要是人生也有积分制就好了，最起码给了个方向让人可以去争取。"

不过是一声感叹，说完之后她都忍不住笑自己幼稚，所幸用了中文，没有让Secou听到，却没想到在这时，身后传来男子低沉的声音："方向是自己找的，不是靠别人给的。"

是顾云峥。

苏为安一个激灵，几乎是下意识地站了起来，转身向后退了两步，拉开与顾云峥之间的距离。

还没等她说出反驳的话，顾云峥已经绕过她走向了肇事司机的病房，对她道："跟我过来。"

顾云峥推开门的那一刻，屋里的争论声才停止，那个司机有些不悦地把头转向了一边，家属则是很热情地同顾云峥打着招呼，拿起一旁的水果就要递给他。

顾云峥没有接，只是问："前两天说的头疼的症状有减轻吗？"

家属看了一眼病人，小心翼翼地说："好像减轻了，但还是疼。"

顾云峥随手记在病历上，头也未抬地道："这是手术后的常见症状，回去静养就可以了，这两天你们就可以准备出院了。"

苏为安将这话翻译成法语，只见病人的脸色立刻变了，抱着头立即说道："疼，头上哪儿疼，你们是怎么做的手术，是不是做出什么问题了？听说别的医生都要四个多小时才能做完的手术，到你们这儿两个多小时就结束了，是不是手术没做好？"

到这会儿，他们的目的已经再明显不过了——想以病情没恢复为理由，赖在医院不接受调查。

苏为安不由得蹙眉，心里已经对他反感至极，倒是顾云峥要平静得多，他放下手中的病历，看着那司机，以居高临下之势冷声道："术后两周时间足以令你基本恢复，病好了就出院，别占医院床位！"

话音落，只见明明听不懂中文的司机一愣，突然安静了下来。

而就在他安静的这片刻，不等苏为安翻译，顾云峥继续道："手术之前你的血液里的酒精浓度结果已经发给警察局了，再闹我就把你的出院通知单也发过去！"

这句话一出，就连苏为安也吃了一惊："你……"

顾云峥微偏头，目光中带着警告之意，苏为安没有再多问，将顾云峥的话一字一句地翻译了过去，只见那司机的面色越发阴沉，在她还没有回过神来的时候，身旁的顾云峥将她向自己的方向拉了过去，苏为安只觉得有什么东西几乎是擦着自己的脸飞了过去，紧接着就听到哗的一声，转头看，是玻璃杯砸到了墙上。

顾云峥抓着她的手腕直接将她拉到了自己身后，那床上的病人见没砸到人，气势更盛了几分，扬手就是一拳，却被顾云峥抬手挡在了半路，他用尽全身力气与顾云峥较着劲，奈何身体尚未完全恢复，并不是顾云峥的对手，气急之下啊的一声大叫了出来："你们敢害我，我就让你们和我一起死！"

苏为安只觉得可笑至极，自顾云峥的身后走出来，怒视着那司机用法语斥责道："明明是你害了别人一家，还差点害死了自己，如果不是顾云峥为你手术，你根本活不到现在，你却丝毫不知感激也不思悔改！"

"多事！"

那司机的语气很凶，苏为安以为他又要扔东西，噌一下又躲回了顾云峥身后，但许是她的话起了作用，那人又挣扎了两下，手上最终松了劲。

顾云峥也收回手，不想再和他浪费时间，转而向门外走去，正要出门的时候，又突然停下了脚步，对一旁的家属说："看好病人，别老让他大喊大叫。"

那家属连连点头，又问："是对恢复不好吗？"

顾云峥面无表情地说："太吵。"

"……"

出了病房，苏为安跟在顾云峥身后没有说话，许是等了良久见她也没有开口的意思，顾云峥难得主动地问她："你没什么想说的吗？"

苏为安想了想，说："好像应该跟你道个谢？不过既然这是你的病人，我之所以会被砸也是因为翻译了你说的话，这样一想就不知道该谢你什么了。"

她算得还真是清楚，一点也不吃亏。

好在顾云峥想问的本来就不是这个："刚才你单独用法语和病人说了一句什么？"

说了什么？她好像是向病人夸他来着，但这当然不能让顾云峥知道。

苏为安眼也没眨，说："我跟他说冤有头债有主，他要报复就找你，别拉着我一起。"

顾云峥没有说话，从表情中能看出他对她的话半分也不信，更让苏为安诧异的是，她发现他的唇角竟然是微微上扬的。

顾云峥这是……在笑吗？

所以……其实他之前就已经大致听懂了她的话是不是？

顾云峥！

苏为安正要发作，顾云峥却先她一步开口："走吧，六床的小男孩也要准备出院了。"

顾云峥所说的六床的小男孩就是Cati的儿子，小男孩术后恢复得不错，Cati对此很是欣喜，再没提过转院的事。

听说快要出院了，小孩子显得很是兴奋，连平日里不爱做的查体都乖乖配合。

将基本的检查做完，顾云峥起身对等在一旁的Cati道："没什么问题。"

Cati先是感激，一边摸着孩子的脑袋，一边向顾云峥道谢，随后神色又有些凝重起来，犹犹豫豫地开口道："顾医生，还有件事不知道能不能请你帮个忙？"

"你说。"

"孩子的父亲之前检查的时候发现脑子里长了东西，总院的医生说位置不好，所以第一次手术没切干净，现在又复发了，他们建议放疗，可以请您帮忙看看吗？"

苏为安听完只觉得心里有些沉重，原来他们在总院有相熟的脑科医生是因为这个。

顾云峥没有推托，应道："可以。"

原本以为只是看一下片子，却没想到第二天下午，Cati的丈夫Kouyate刚刚出完差回国，就直接来了医院，而他们也是在这个时候才知道，Kouyate其实是一位当地的政府要员。

坐在顾云峥的对面，Kouyate的面容中带着些许疲惫，却还是耐心地等顾云峥看完所有的资料，才有些期待地问："现在还能手术切净吗？"

顾云峥研究其他材料的时候，苏为安走到片子前仔细看了看，肿瘤不偏不倚地长在了脑干上，因为脑干里有呼吸和心跳中枢，更有各种重要的运动和感觉纤维束通过，稍有不慎就会导致瘫痪甚至死亡。肿瘤长在这个位置不是不好，是特别不好！

手术切净……这可不是一般的手术，风险极大，以这家医院的设备条件还有人员，再加上这个病人的特殊身份……

苏为安不由得有些担忧地看向顾云峥，真的要做吗？

"可以。"顾云峥回答得没有丝毫犹豫。

他回答得如此干脆，让苏为安也不由得觉得有些吃惊，但这毕竟是他的领域，既然他说可以，就说明他有把握。

苏为安将顾云峥的回答翻译给Kouyate，只见他的眼睛都亮了，却

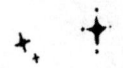

还是有些担心地问:"风险会不会很大?"

依然是毫不犹豫的答案,顾云峥说:"不会。"

苏为安刚要翻译,突然一怔,颇为惊讶地看向顾云峥,不……不会?

当初上课的时候,来给他们讲课的教授讲了脑干手术的七种并发症、九种手术损害症状,听得全班惊叹连连,苏为安至今心有余悸,可顾云峥现在居然说风险不大?

别开玩笑了!

牛都要飞到天上去了!

却见顾云峥用笔指着片子上脑干部分的肿瘤说:"瘤子长在脑干上固然危险,但这个是危险的瘤子里最安全的一个,目前瘤子不是很大,病人还没有明显的症状,表明肿瘤尚未侵袭到重要的结构,手术切除依然是最好的选择,不出意外的话,手术五个小时内可以结束,因此麻醉风险也不是非常大。"

他说完,抬起头与苏为安四目相对,苏为安只觉得自己的想法似乎都已经被他看穿,下意识地挪开了目光。

Cati夫妻听完这句话,几乎是立即决定手术,苏为安将长长的手术知情同意书念给他们听,上面列出的风险不计其数,可最后签字的时候,Cati竟还能向他们露出一个微笑,眸光明亮,透着期待。

他们越是期待,苏为安的心里却越是紧张。患者对手术的期望值越高,医生的压力也就越大,哪怕是很小的失误都有可能造成患者无法接受的结果,也正是因为这样,面对这样高难度的手术,大部分医生都会强调风险极大,可顾云峥……

苏为安没想到的是,没等她质疑顾云峥,总医院的法国医生已经气势汹汹地杀过来了,他们已经宣布不适合再进行的手术被顾云峥说成了一个风险不大的手术,他们的震惊和愤怒可想而知。

起初他们是打电话叫顾云峥去总医院给个交代,被顾云峥以手术忙为由拒绝了,原先负责Kouyate手术的团队中的三位医生索性直接过来找人。

那个时候顾云峥还在给别的病人做手术,院长让苏为安将他们请到了会议室稍做等待,只见三个人的脸色一个比一个差,陪他们等在会议室里半个小时的时间,苏为安也算得上是度秒如年。

刚刚结束手术，顾云峥直接来到了会议室，还未等苏为安跟他说明情况，那三位法国医生当着在场所有人的面，开口就是一通指责："你怎么能那么不负责任地让患者再次进行手术，还承诺手术风险不大！患者身份特殊，那么危险的手术，如果术中出现什么问题你负得起这个责任吗？"

苏为安只觉得头大，想了想，估计顾云峥那么聪明，定然猜出了眼前是个什么情况，干脆直接翻译了法国医生的话，连人称代词都没变，说完了以后，手一指法国医生的方向："他们说的。"

其实相比于手术中会出什么问题，苏为安觉得总医院的这些医生或许更怕手术没出什么问题，虽然这样想有些偏激，但毕竟患者身份特殊，他们束手无策的病人如果被别的国家的医生治愈，那可能就不只是面上无光的问题了。

顾云峥眼也未眨："我已经进行了仔细评估，病人的分级不高，手术有机会完全切除，难道因为病人身份特殊，怕手术出现问题，就让他放弃手术的机会？"

越是身份特殊的病人，有的时候医生越是不敢冒险，哪怕无法治愈病人，也总比在自己手里出现什么更严重的问题强，这些法国医生很可能也有这种想法。

只见领头的一位法国医生面色铁青地道："我们不是那个意思，我们只是不想让你们胡来！"

相比于对方的情绪激动，顾云峥显得平静很多："我们不会。"

"大言不惭，听说之前Kouyate的儿子送进你们医院的时候还是清醒的，在急诊室待了没一会儿就发生了停搏和昏迷，这难道不是因为你们医术不精？连外伤患者都处理成这个样子，居然还想碰那么危险的脑瘤手术！"

他们是有备而来。

不知道他们是从哪里听来的消息，但Kouyate的儿子送到医院的时候确实曾有一段时间意识尚存，顾云峥对他进行评估的时候她刚好在一旁看到，不过……

顾云峥直截了当地回应道："那个孩子是硬膜外出血，被送到医院之前已经昏迷过一次，你们所谓的清醒不过是中间清醒期罢了！"

对方咄咄逼人："你怎么证明那是中间清醒期而不是因为你处理

不当造成了孩子的昏迷？当时有任何医学专业人员在场，能证明你的话吗？"

孩子刚被送到急诊室的时候，顾云峥的助手去帮他取东西了，进行评估的时候并没有第二位医生在场，对方是想据此咬死顾云峥在孩子的救治中有失误，让Kouyate放弃手术。

顾云峥没有再开口，只是冷笑了一声。

没有什么好说的了。

分明是盯死了这一点才来的，为了阻止Kouyate的手术，他们也是煞费苦心，所谓"莫须有"的罪名，大致如此。

虽然苏为安从一开始就对顾云峥与Cati交流的措辞有意见，但在抢救这件事上，他并没有做错什么，却因为总医院医生的私心而受到这样的为难，众目睽睽之下，未免太让人心寒。

想到这里，苏为安开口，简短的法语掷地有声："我能证明。"

法国的医生先是一怔，随后蹙眉："你一个翻译能证明什么？"

"好在我不只是一个翻译。"苏为安一顿，继而郑重地道，"我毕业于中国华医大，两年前已经通过了中国执业医师的考试，虽然不能与各位专家相比，但判断意识状态的能力还是有的，病人送到医院的时候我就在旁边，确实曾有一段时间的意识好转，可以唤醒，但并非完全清醒，结合急救人员所说病人曾发生过一次短暂的昏迷，由此证明顾医生所说无误。"

话音落，会议室里霎时寂静，就连本院的那些中非医生闻言都不由得倒吸了一口气，诧异地望向她。

只见那几位法国医生面面相觑，又盯着苏为安看了半晌，说："你……什么？"

苏为安平静地道："我也是医学专业出身，如果几位专家还需要什么证明，我可以帮忙。"

顾云峥身后的助手不明白发生了什么，小声地用英语问当地医生："她说了什么？"

回答他的是略显生涩的英语："She's also a doctor（她也是一名医生）！"

那助手一怔，说："别开玩笑……不会是真的吧？"他紧接着凑到了顾云峥的身边，"顾医生，那个翻译居然说……说她也是个医生！"

顾云峥没有说话，只是轻抿起了唇。

这一出闹剧至此散场，三位法国医生理亏，正逢总医院方面打来电话，他们便借着这个由头先走了。

随后其他的人也就陆陆续续地散了，只剩下房间正中心的苏为安和顾云峥。

气氛多少有些尴尬，毕竟之前他们之间的氛围不算是剑拔弩张，也算得上是横眉冷对了，苏为安之所以会在这样的场合站出来帮他，凭的不过是本心的好恶，以及路见不平的性格，并没有丝毫向顾云峥示好或者卖给他人情的意思，她也不想让顾云峥承她这个情。

因而她故意用有些刻薄的语气先开口："再一次未经你的允许自以为是地在专业方面多嘴，我是不是又要被开除了？"

是的，差一点。

顾云峥没有回答，只是看着她。

Kouyate的身份有多敏感她到底知不知道？面对总医院法国医生的质疑，这家医院的领导都不敢多言，全凭她一张嘴去争辩，她到底有多大的胆子敢把这样的责任往自己身上揽？

这不是勇气，而是愚蠢，现在把她从这里开除说不定反而能保全她。

可是当她有条不紊地讲述着自己判断病人意识状态的依据和对中间清醒期的概念时，顾云峥看到了她眼中自信的光芒，那模样让顾云峥目光一滞。

似曾相识。

顾云峥轻眯起眼，问："我是不是在哪里见过你？"

苏为安怔住了。

等不到回答，好在顾云峥也并没有想要等她回答，他微笑着说："两三年前我带过的一节颅脑外伤课上曾经有一个女学生，像你一样自以为是，连说话的语气都和你很像。"

因为是在手术室的教室里上的课，大家都戴着口罩，面容已无处回忆，但他始终记得那双眼睛里透出的，也是那样的自信和对自己所学的热爱。

苏为安别开了眼，笑了一声，声音却有些干，说："顾教授教过那么多学生，竟还能一一记得，还真是个好老师。"

"不过只教过他们一次课罢了,哪里能都记得?只是一节课上举了七次手,追着提问还锲而不舍地和我争论的学生,到目前为止我也只见过那一个。"

大概提前不知道看过了多少遍书,才能有那样快的思考,句句问在关键的地方。

这大概也算是对她的一种褒奖了吧?

苏为安唇角的笑意还未来得及舒展开,就听顾云峥继续道:"可惜专业知识争论到最后,她一次也没赢。"

苏为安无语。

这种事居然记得这么清楚,顾副教授你的心眼也就跟针尖那么大了吧。

却在这时,又听顾云峥认真地道:"不知道她下一次能不能赢。"

说完,顾云峥转身向门外走去。

## 第二味药 绝境生 Healer

许是因顾云峥的话想起来一些旧事，晚上回到宿舍的时候，许久没上社交软件的苏为安忽然想打开QQ看看。一别两年，不知当年那间教室里的同学现在都如何了。

没想到刚一上线就被人抓了个正着："你终于出现了！"

她退学之后换了新的手机号，和以前的同学都断了联系，想要联系她的确不容易。

对方随后发来了一个视频请求，苏为安点下接通，屏幕上出现的那个浓妆艳抹的女生比两年前更加成熟了几分，面上带着甜美的微笑，看上去很是兴奋地向她打着招呼："为安，好久不见！"

那是她曾经最好的朋友。

好久不见，温冉。

苏为安开口，只是平淡地道："怎么了？"

屏幕那边的人依旧是一副热情的样子，问："什么叫怎么了，你说退学就真退了，这么长时间也不联系我们，我们可都担心你呢！"

苏为安正要敷衍地笑两声，就听电脑里传来另一个她熟悉的声音，是问温冉的："在和谁说话？"

之后是熟悉的身影走到了温冉的身边轻揽过她，一身白色运动服入目。

时隔两年，杜云成似乎没有什么变化。

温冉忽然娇笑了起来，嗔怪道："云成，你怎么连为安都认不出了？"

话音落，隔着屏幕苏为安都能感到杜云成的身形一僵，随后突然松开了搭在温冉身上的手，转过头来震惊地对着电脑这边的苏为安一番打量。

是了，真的是苏为安。

还是记忆中的素颜马尾，连笑起来的弧度似乎都没什么变化，可偏偏又让人觉得有哪里不一样了。

她礼节性地微笑着，对他说："好久不见，杜云成。"

自他上一次向她表白之后，确实好久不见了。

苏为安心里清楚，温冉挑这个时候跟她视频多半是为了这一幕，温冉最终还是把这位院长之子以及本系"系草"收入了囊中。

所以温冉与她到底是什么关系？

情敌？

不，对苏为安而言，温冉顶多算一个小偷。

就读于A大医学院临床医学系的温冉是苏为安的同班同学。

大一入学没多久，苏为安因病耽误了课，温冉借给了她一些重要的资料，帮她赶上了进度，自那之后，她们成了最好的朋友。

温冉在学校里常年化着妆，踩着一双五厘米的高跟鞋，她的性格就如同她的打扮一样，有些招摇，交往过的男生也有好几个，因而大家私下对她的议论大多不太好听。

温冉参加学生会主席竞选，过程可以用惨烈形容，虽然最后温冉赢了竞选，可还没来得及高兴，年级里就传出了温冉贿赂老师的消息，温冉抱着苏为安哭了三天。

苏为安在年级里问了一圈，找出了消息的源头，是温冉的竞选对手梁亚怡，她拉着温冉直接就找了过去，将对方堵在了教室门口。

那时正是下课要换教室的时间，走廊里人来人往，苏为安一句寒暄也没有，劈头盖脸地质问："你凭什么说温冉贿赂老师？"

一句话，将周围人的目光全都吸引了过来。

梁亚怡起初有些尴尬，但话已至此，她也没什么可怕的，她说："因为我看到了！前天下午两点的时候，在三层某老师办公室的人是不是你？你说啊，温冉！"

苏为安回头，就见温冉一愣，然后解释道："我是为了公事去的，梁同学你一定是误会了！"

梁亚怡有些震惊地看着她，说："温冉，我都看到袋子里的那块表了！"

温冉是一副委屈得快要哭出来的表情，说："梁同学你肯定是看错了！"

眼见着这样纠缠下去也没有什么结果，苏为安对梁亚怡道："既然你这么确定，请拿出证据来！"

旁观的男生也起哄道："是啊，拿出证据！"

梁亚怡哑然。

"看来是没有？"苏为安一顿，"道歉吧！"

梁亚怡不甘心，说："苏为安，温冉在撒谎！你相信我没有骗你！"

苏为安没有丝毫迟疑地说："既然你们两人各执一词，而温冉又是我最好的朋友，我自然要先相信她。"

梁亚怡闻言哑然，半响，狠狠地撂下了一句话："苏为安，总有一天你会知道，你最好的朋友是什么样的人！"

这件事后来在学校里传开了，以至于再没人敢轻易招惹温冉，她在学生会混得也算是顺风顺水。

与温冉专注于学生会的工作不同，苏为安则是一心扑在了实验上，她加入神经外科贺晓明医生的课题组做了两年的实验。

因为是温冉起先提出一起加入贺晓明医生的课题组，后来在实验成果的署名上，出于对朋友的义气，苏为安总会带上温冉的名字，即使温冉只是偶尔去实验室看看。

但苏为安低估了温冉的野心。

拿到基因检查结果的那天，万念俱灰之下的苏为安原本打算去找贺老师商量课题论文投稿和善后的事，却没想到在办公室门前走廊尽头的拐角处，听到了温冉和贺老师说话的声音。

女孩子的声音柔柔弱弱的:"老师,虽然这样说有点像邀功,但其实咱们这次课题的设计和实验结果的讨论大多都是我做的,只是因为平时学生会的工作太忙,才每次都让为安来跟您汇报。这次市里的'科技杯'就要开始了,我想用咱们的研究去参赛,只希望自己的名字能在前面,不知道可不可以?"

贺老师思索了一下,随后答道:"你们之间的情况我也不太清楚,其实只要你们两个商量好了就可以。"

"只是为安的脾气有些不好,行事一向又有些霸道,之前把一个女同学堵在教室门口下不来台,我们全年级都知道,我怕说起这个话题以后就做不成朋友了,所以想请老师帮忙开口。"

"但是……"

还未等贺老师说完,温冉先一步打断道:"我爸爸总是教导我说搞科研项目,团队合作是最重要的,我不想为了署名的事争执起来破坏和气。"

温冉的父亲是章和医院神经科的主任,在国内医学圈内也是鼎鼎有名,尤其是近年做了几项大型的临床研究而颇受瞩目。

贺老师的语气也变得缓和了许多:"温主任这样说?果然是大家风范!"

温冉巧笑着接道:"是啊,说起来,我父亲前两天提起过他要做的一个大型临床研究想请外院的医生一起参与,不知道贺老师感不感兴趣?"

苏为安很难去形容自己那时的感觉,只记得低头的时候看到自己的手都在抖,她没有再听下去,转身扶着墙走回了宿舍。

想哭,可是想起当初梁亚怡的那句话,又忍不住笑了。

第二天,她发起了烧。

接到贺老师电话的时候她刚刚量完体温,39.3℃,而电话那边贺老师的声音又如一盆冷水兜头而下:"小苏,你中午的时候来科里找我一下,关于课题有点事要通知你。"

到神经外科之后,贺老师和她说了什么她已经记不太清了,但大意离不开温冉对促成这次课题有很大的功劳,想要参加"科技杯"大赛的想法也很好,于是让苏为安把这一次的第一作者让给温冉,大家轮着来。

苏为安想起上一次进实验室连试剂瓶在哪儿都不知道的温冉，再看着眼前"语重心长"的老师，用已经烧哑了的嗓子问："我要是不同意怎么办？"

贺晓明一愣。

苏为安转身就走。

这之后她退了学。

许是想着她学都退了，自然也就不在乎什么论文了，温冉拿着苏为安写的论文直接投了稿，还打着苏为安已经同意了的幌子，把她的名字删掉了。

苏为安是后来回学校取材料的时候偶然听一个同学提起的，那时同学用难以置信的语气问她："你是真的不要署名了啊？"

苏为安只是冷笑了一声，没有说话。

三个月以后，论文被行业内影响力很大的杂志接收，温冉联系了许多国内网络媒体发新闻稿宣传自己，一时间圈内沸沸扬扬，风头正盛。

苏为安按照新闻稿上杂志的名字找到主编信箱，写了一篇千字长信过去。贺晓明和温冉无法提供研究的全部原始数据，证实了苏为安在课题中的重要作用，一周以后，因为没有写全作者署名，侵犯他人权利，这篇文章被撤稿，苏为安送温冉又一次轰轰烈烈地上了头条。

新闻转眼成丑闻，这件事一出，温冉挨了处分，连贺晓明刚评上的副教授职称也被撤了下来，全院通告，轰动程度可想而知。

事情到了这种程度，按理说温冉和苏为安不算是死敌，也该算是仇人了，势不两立、老死不相往来的那种，但谁让温冉是一个头脑灵活的人，正所谓没有永远的敌人，在她实验怎么也做不出来结果的时候，她也能和苏为安假装是朋友。

而苏为安之所以接这个视频电话，只不过是因为……无聊。

她也想看看曾经最好的朋友现在过得怎么样，至于看到杜云成，只能算是意外收获。

一个有惊无喜的意外。

若说华医大最有名的学生，杜云成排第二，没人能排第一。

大一刚入学时，他们就从老师那里听说这一届新生里，会有华仁医院院长的儿子。刚听说这件事的时候大家心里对他多是抵触，在脑海中勾勒出了一个叛逆的富家少爷形象，只觉得一定是一个祸害，但见到杜云成的时候大吃一惊，又高又帅也就算了，还是以年级前十的成绩入学的。

苏为安的内心对他更抵触了。

为什么？抢资源啊！

条件差不多的情况下，谁敢说华仁医院院长儿子的身份不会有优势？

苏为安就这样和杜云成争了三年、斗了三年，大四的时候被老师硬凑到一起，代表学校参加了一个专业竞赛，却意外发展出了"好哥们"的关系。大赛结束之后，两个人出去喝庆功酒，苏为安说："要不是你这个人各方面都优秀到讨人厌的地步，说不定我会让你当我的一个知己。"

杜云成嘁了一声，毫不示弱地道："要不是你这个人各方面都优秀到讨人厌的地步，说不定我会让你当我女朋友。"

苏为安想也没想，一掌呼到他头上，说："别占我便宜！"

苏为安一直以为杜云成是开玩笑的，毕竟她这几年的大学生活就是一部与杜云成的斗争史，现在能友好共处已经是质的飞越了，所以后来到了"大六"，杜云成在众目睽睽之下对她说"我们交往吧"的时候，她整个人都是蒙的。

她想了又想，最终假装自己什么都没听到，平静地转身走了。

那个时候温冉还是她最好的朋友，连着问了苏为安几次，到底对杜云成是什么想法。

苏为安也没弄明白自己对杜云成到底是个什么想法，只是说了一句："他如果再问一次的话，说不定我会答应。"

她记得那个时候温冉的面色一僵，随后却像没事人一样说："那敢情好啊。"

可杜云成再没问过，连出现都没有出现过，让苏为安不禁怀疑他是不是在躲她。

但她那个时候还顾不上去管这些，之后没多久，她就决定去做基因检测了。

基因检测结果出来的时候，她十分庆幸自己没答应，所以可以静悄悄地来、静悄悄地走。

至于后来温冉是怎么和杜云成在一起的，苏为安并不关心，总归对感情史丰富的温冉来说,这也算不上什么难事。而苏为安对杜云成,虽然革命情谊尚在心中,除此之外却也没有其他任何感觉,看到他和温冉幸福美满地生活在一起,她反倒觉得松了一口气。从另一个角度来看,她和杜云成或许真的不是同路人。

屏幕那边,杜云成神情一凝,盯着她身后发黑了的墙问:"你现在在哪里?"

苏为安不以为意地简单道:"中非。"

"中非?"杜云成讶然,"你知不知道那边有多危险?!"

他语气里的关切太过强烈,一旁的温冉脸上有些挂不住,抢在苏为安回答之前道:"中非也没那么可怕啊,不是说前阵子顾云峥顾老师就是去中非援助了?"

"他过去是因为……"杜云成突然开口,却又停住。

有隐情?苏为安追问:"因为什么?"

有一瞬的沉默,杜云成没有说话,倒是温冉为了把杜云成的注意力岔开,主动详细地解释道:"前段时间职称评定,顾老师要晋教授的事,从实力上看原本是十拿九稳的,最后却被云成他父亲……就是杜院长压下来了,理由是顾老师刚晋副教授三年,资历不够。这消息刚传出来的时候大家都替顾老师鸣不平,但他什么都没说,后来没过多久,就听说他报了去援非的项目。"

怪不得。

援外的经历绝对算是加分项目,看来顾云峥是要用这个来弥补年资的问题。

放下手里那些国际前沿的研究项目,离开国内最大的神经外科中心,顾云峥对这个教授头衔果然势在必得。

苏为安看了一眼时间,已经不早,她打了声招呼正准备下线,被温冉急忙叫住:"等等,为安,我还想问你一下,不知道为什么我最近染色的时候背景假阳性特别重,我记得以前不会这样的……"

这才是温冉着急联系她的真正原因。

苏为安的心里其实早有预料,避重就轻地道:"有很多种可能,你的血清封闭时间是多久?"

"半个小时。"

"你可以试试加到一个小时。"

温冉一副恍然大悟的表情，说："之前老师开会的时候说过对不对？我想起来了！啊，云成，你看我，最近真是忙晕了，居然把之前老师提醒过的事都忘了！"

苏为安静静地看着她一个人演完这段戏，面无表情地道："老师没说过，是我说的。"

说完，直接合上了电脑。

第二天上班的时候，苏为安的心里其实多少有点忐忑。

前一天和法国医生硬杠，还亮出了自己医学院毕业的身份，只怕已经成为大家茶余饭后的谈资，想来多少有些尴尬。

果然，一进医院，她就看到大家三五成群地议论着什么，她在心里大呼"糟糕"，没想到这件事的影响力这么大，在这时，护士兰姐招呼着她过去："为安你来了啊，快来看，我们顾医生可要出名了！"

苏为安一怔，走过去一看，只见兰姐的手机微博上正放着一个视频，画面里的不是别人，就是他们的顾医生、顾副教授，在街上给一位突然倒地的路人做环甲膜穿刺术，因为情况紧急，身边没有手术器械，他直接拿出衬衫口袋里的签字笔，没有丝毫迟疑，又快又准地刺进了病人的颈部，隔着屏幕，苏为安的心都为之一紧。

拔出笔的那一刻就有鲜血冒出，围观的人都吓得后退了一步，只有顾云峥依旧镇静从容，打开患者的气道，成功缓解了患者呼吸不畅、缺氧的症状，撑到了急救车来。

偶然路过的人刚好拍下了这个过程，直接上传到了网上，仅仅一个多小时，转发量已过两千，视频主角顾云峥的身份也成功地被网友翻了出来——华仁医院援非医生、国内最年轻的神经外科副教授。

兰姐双眼带笑对苏为安说："怎么样，我们顾医生是不是很厉害？"

苏为安自然知道顾云峥的专业能力很强，用笔完成环甲膜穿刺术并不是一件容易的事，但夸成这个样子她只觉得有点太过夸张。

她微扬起头，嘴硬地道："外科研究生必考的操作技能，他堂堂一个副教授做出来难道还要给朵小红花吗？"

一转头，只见堂堂副教授就站在她身后看着她。

苏为安心虚地笑了笑，可是笑完一想，自己好像也没说错什么，又挺直了腰杆。

好在顾云峥好像并没有听到她说了什么,只是跟兰姐说了一下今天手术安排的情况,又让苏为安盯着点Kouyate入院的事。

许是因为心虚,苏为安今天应得格外痛快,眼见着顾云峥把该交代的事都交代完了,她正要离开,他却突然顿了一下,对苏为安道:"你刚刚说到的操作考试,我听说前两届有一个长学制的学生因为补考不过被转成五年结业了,不会是你吧?"

苏为安一怔,刚才她的话顾云峥果然都听到了!

她随即怒道:"不是!当然不是!"

"那你怎么放着好好的学不上,跑出来当什么翻译?"

一句话,让原本怒目的苏为安忽然安静了下来,大概真是冤家,顾云峥一句话就问到了她的痛处。

她敛了眸,低头看着自己的脚尖,小声道:"反正就是有那么个原因……"

顾云峥没有再说话,只是看着她,若有所思。

"咔嚓。"

就在这时,不远处传来快门的声音。

苏为安和顾云峥同时抬头,看到一旁的座椅上有一名亚洲面孔的女人,手上拿着一个相机,正瞄着他们的方向。

顾云峥走到她的座位前提醒道:"涉及病人隐私,医院里请不要拍照。"

那女人放下了手里的相机,笑盈盈地看着她面前身着白大褂的男人,对答也是用的流利的汉语:"我不拍别人,只拍你。"

如此直白的回答让刚刚收回视线的苏为安没忍住,再一次向那个女人的方向看了过去。

看起来也是二十多岁的年纪,精致的妆容,异域风情的着装,胸前还别着一副墨镜,在这色彩单调的医院里是别具一格的艳丽。

苏为安凑到兰姐身边,小声问:"那是谁啊?"

兰姐挑了下眉,说:"路人。今天早上跟着顾医生来医院的,微博上的那段视频就是她拍完传上去的。"

苏为安揶揄道:"她给传上去的?我还以为是顾云峥自己找人传的。"

兰姐只觉得好气又好笑："我们顾医生怎么会干这种事？听说有人把他抢救的过程拍成视频上传以后，他还想找人给删了，但是国内院领导看到后反应很大，觉得对医院的形象有益，让留着的。"

苏为安点了点头，说："所以那是一个未经顾云峥允许，就私自拍了视频还上传到了网络上，并尾随到了医院的摄影师？那她还在这里干什么？"

兰姐没有说话，只是别有深意地笑了一下，那意思再明显不过。

嗯，为了顾云峥。

但顾云峥似乎并不解风情，说："不好意思，我不喜欢照相。"说得毫无歉意。

女人一愣，随后又像是没事一样，放下手中的相机，站起身来，笑道："是我冒失了，还请顾医生见谅。"她稍做停顿，随后自我介绍道，"我叫姜慕影，是一名自由摄影师，被非洲土地上的风土人情吸引来到这里，没想到意外地看到了顾医生救人时的情景，忽然觉得这样的画面更值得被记录下来，于是跟着来到医院，想拍下我们的白衣天使在异国他乡的土地上救人的样子。"

话说得倒是挺好听的，可惜没打动顾云峥。

"在医院里摄影必须经过医院领导讨论同意才可以，而且有镜头在，会影响医护人员的正常工作，还请姜小姐理解。"

当众被拒绝，姜慕影的面子有点挂不住，却还是不死心地问："那给你们当翻译呢？我来之前学习了一些当地人的语言，应该能帮上一些忙吧？"

"我们已经有翻译了。"

"可是我听顾医生的助手说你对她并不满意？"

多嘴！顾云峥一记凌厉的目光扫过去，只见助手讪笑着向后缩了缩。

当事人苏为安瞪大了眼睛，对一旁的兰姐道："她这是要抢我饭碗吗？"

兰姐赶忙拍了拍她的肩安慰她："没事，我们顾医生是讲理的人。"

顾云峥随后冷声道："那是大半个月之前的事了。"

说完，他转身就要回手术室。

姜慕影狠了狠心道："我不要钱，就在这里试一周，你要是觉得我干得不好，我马上就走好不好？"

看到这么好看的姑娘想要留下来，助手忍不住在一旁帮腔："是啊，顾医生，咱们这次来了那么多医生，能多一个翻译也是帮大忙了啊！"

就连苏为安也有些紧张起来，心想着顾云峥不是那么好说话的人，应该不会答应吧？

却见顾云峥迟疑了一下，开口道："如果你执意要试的话，那就试试吧。"

苏为安一愣，问："兰姐，你不是说他是个讲理的人吗？"

兰姐有些难为情地嗯了一声："讲道理，免费的劳动力不要白不要啊……"

"……"

顾云峥随后就进了手术室。

对姜慕影那一套想记录白衣天使在异国他乡土地上救人画面的说辞，苏为安是半个字也不信的，顾云峥今天的手术几乎排满了一天，苏为安估摸着她在这儿待一天发现连顾云峥的影都见不着，自觉无趣也就该走了，因而也没太放在心上。

Kouyate来得很早，入院的一应手续办得也很快，这之后苏为安带着他去做术前的一些检查。即将躺进核磁共振仪的时候，他忽然问苏为安："有人跟我说顾医生医术不精，差点害了我小儿子，是真的吗？"

苏为安蹙眉，这些风言风语果然还是让患者心里产生了怀疑。

"说这些话的人不久前亲自跑到我们这里来质问了顾医生。"

"后来呢？"

苏为安忽而一笑："他们灰溜溜地走了。"

Kouyate听到这话，亦是笑了出来。

苏为安又继续道："顾医生虽然人冷淡了一点，但绝对是一个负责的医生，你们要相信他。"

Kouyate点了点头，躺进了仪器里。

将明天就要手术的Kouyate安置好，苏为安接到了急诊室的呼叫，普外科的许医生请她过去帮忙。她匆匆赶到的时候，姜慕影正手足无措地站在医生身边，周围围着两个满手臂文身、体形壮实的黑人大汉。

苏为安走上前问道:"怎么了?"

许医生皱着眉头道:"姜翻译不知道'胸腹联合伤'这种词怎么翻译,我们只好叫你过来救个急。刚才送进手术室的那个男病人被刀刺穿,需要同时进行胸外和普外的手术,他的病情非常危重,手术风险很大,家属必须赶紧签完手术同意书和病危通知单,我们好开始手术。"

苏为安点头应下,按照许医生所说的跟那两个壮汉进行了交代。

越听那两个人的表情越是不好,虽然签了字,口中却是一直念着:"你们必须要救活我大哥啊!"

苏为安听着他们的语气觉得不是很好,一面把他们签好的手术同意书递给医生,一面对他们说:"你们大哥的情况很凶险,医生们肯定会尽力,但能不能救活谁也不敢保证。"

一直在一边看着而没有签字的那个人一听就受不了了:"你们必须要救活他!"

苏为安只觉得多说无益,没有再理他们。

没过一会儿,就听到那两个人吵起架来。

"都怪你,怎么能把大哥一个人留在那儿?如果不是你临阵脱逃,大哥怎么会伤成这样?"

"那还不是因为你,没事总说什么大哥只顾自己,不管兄弟们的死活,不然我也不会跑啊!"

"你!"

眼见争执愈演愈烈,似乎还要动起手来,苏为安叫来医院保安将他们两人拉开按到座位上,警告他们再吵就离开医院,两个人这才安静了一些。

这之后苏为安接到了兰姐打到护士站的电话,说是国内医院那边会给顾云峥传真一些重要的资料表过来,让苏为安帮忙先找地方收着,别混在医院的东西里弄丢了。

苏为安收了传真之后想来想去也没找到太好的地方,索性就先放在自己包的夹层里,又将包放回了医生休息室堆砌杂物的上铺上——因为医院的柜子有限,他们这种编外人员自然只能这么将就。

这之后没过多久,就见许医生刷手服上满是血地出来了。

那两个壮汉几乎立刻围了过来,问:"大哥怎么样了?"

苏为安看出许医生的表情不太好,急忙上前将许医生向外拉了拉,与那两个人保持一定的距离,又安抚他们道:"先别急。"

许医生长叹了一口气,果然如苏为安所料,因为失血过多、伤势太重,并没能挽回患者的性命。

有一瞬间的寂静,随即那两名壮汉爆发了:"什么叫伤势太重?伤势不重要你们医院干什么用?救不回我大哥我让你们陪葬!"

"患者家属,请你们冷静一下,医院也不可能包治百病的!"

"我大哥平日里那么健壮,不过是一点外伤,怎么会挺不过来?一定是你们没尽力!"

那人说着,一脚将一旁的治疗车踢倒了,上面的东西稀里哗啦掉了一地。

这么大的动静引得急诊室里一片混乱,苏为安一个头变两个大,赶忙让一旁的护士再去叫保安过来,只怕下一刻他们的拳头就会落下来。

兰姐的电话是在这个时候打来的,护士站没人,离得近的姜慕影就去接了起来。

"让苏为安立刻把刚才收到的那些文件送过来,顾医生在手术室门口等她。"

姜慕影看了看被那两个家属牢牢堵在墙边的苏为安,说:"她可能一时半会儿过不去了,不过我好像看到她刚才把那些文件放在哪里了。"

电话那边的兰姐迟疑了一下,想到那些表格必须要在下班之前传回国内,而顾云峥还有一下午的手术,好不容易腾出些时间,等不了那么久,因而对姜慕影道:"那你拿过来吧。"

苏为安包里的东西不多,姜慕影没找两下就看到了夹层里的文件,想着顾云峥那边着急,她便也没细看,直接都拿了过去,还给顾云峥准备了一支笔,自觉考虑得很是周全。

顾云峥刚刚结束一台手术,就站在手术室门口,见到是她来也有些意外,道过谢后接过东西,只觉得姜慕影拿来的资料比自己想象中的要厚了不少,因而他加快了填写速度,然而翻到后面,他发现竟还有一个已经被拆开过的信封,上面写着基因检测公司的名字。

顾云峥心生疑惑,却又觉得可能是哪个病人的东西被一起拿来了,因而拿出来看了一眼,却在视线触及报告书上姓名的那一刻一僵。

苏为安。

他随即向下看去,平日里不过扫一眼便能知道结果的报告书,他在无意之间反反复复读了三遍,最后目光只落在了那个结论上:"CAG扩增数>50,携带亨廷顿舞蹈症致病基因。"

这是……他心里一沉。

一旁的姜慕影并不知道他在看什么,只觉得机会难得,想趁势告苏为安一状,好让她给自己腾出这个翻译的位置,于是说:"对了,顾医生,刚刚我过来的时候急诊室那边闹起来了,好像是苏翻译跟两个病人家属起了争执。"

顾云峥抬起头,将那封信紧紧地攥在了手里,问:"苏为安在哪里?"

姜慕影被他严肃的样子吓了一跳,忙说:"急……急诊。"

下一刻,只见顾云峥似一阵风一般冲了出去。

急诊室内已经闹得不可开交,即使保安在场也没能完全控制住那两个满是文身、体形健硕的患者家属,顾云峥一看就知道他们不是等闲之辈。

尽管许医生一直在试图解释他们口中的那"一点外伤",是一刀扎穿了胸腔和腹腔造成了脾破裂和肺不张,那两个人却蛮横地道:"你们知道我大哥是什么人吗?你们以为我大哥出了事,你们还能平平安安地在这儿待着吗?"

眼见苏为安的脸色越来越差,顾云峥心呼不好,可不等他走过去阻拦,就听苏为安道:"我不管你大哥是什么人,明明是你们自己的内部矛盾导致你们大哥受了这么重的伤,自己不想认错,就想将所有责任推到尽了全力去救你们大哥的医生头上吗?你大哥出了事,你是要拉着我们所有人给他陪葬吗?"

一语出,四下寂静。

能听得懂法语的人统统都被她的惊人用词吓住了。

她成功地激怒了那两个家属,只见他们用力挣开了保安的束缚,扬拳就向苏为安砸来。

苏为安身后是墙,退无可退,只能硬扛下这一拳,却在这时,她忽然觉得眼前一黑,有人冲过来抱住了她,用后背替她挡了下来。

她猛然间回过神来,惊讶地睁大了眼睛,下一刻耳边响起带着怒意的声音:"报警!"

顾云峥？他不是在手术吗？

她赶忙扶起他，竟然真的是顾云峥，她焦急地问：“你怎么样？伤得重不重？”又转头对周围的人用法语道，"报警！立刻报警！"

疼是一定会疼的，但好在早有心理准备，用后背扛下的，没有受伤或骨折。

那人打完这一拳后，身后的保安回过神，又追了上来，生拉硬拽总算把他制了住，顾云峥让保安将他们"请"到一个空房间去，等警察来了，大家都冷静下来了，再处理这次的事。

等在场的人散得七七八八，苏为安再次询问顾云峥伤情，正要向他道谢，突然间，她的目光无意中自顾云峥手上扫过，忽然凝住。

这是……

她猛然将报告书从顾云峥的手里抢走，是她的，真的是她的那一份！

她震惊地望向顾云峥，脑海中有一瞬的空白。

她只觉得心里的怒意上涌，这是她藏在心底最深处的秘密，是她最疼的伤口，连她的父母都不曾知晓，但现在在她毫无准备的时候，被人这样鲜血淋漓地扒开了。

她的声音都有些颤抖，质问他："这个为什么会在你手里？"

早就料到苏为安的反应必不会小，顾云峥迟疑了一下，避重就轻地道："别人帮我拿那几份表格的时候，不小心带过来的。"

"不小心？"苏为安冷笑，"你说得可真轻巧，这是我放在自己书包夹层的东西，你们怎么这么不小心，就打开了别人的包？"

她先前还奇怪，明明应该在手术室的顾云峥怎么会突然出现在这里，原来是因为这个。

顾云峥闻言亦是一怔，说："对不起，我不知道这是你包里的东西……"

苏为安怒极反笑："那你以为我会把这种东西放在哪儿，公告栏吗？"她顿了一下，看着站在顾云峥身后不远处的，有些无措的姜慕影道，"你说你不知道，拿给你的那个人总知道她是在哪儿拿的吧？她这么献殷勤，不就是为了留在你身边当这个翻译？好啊，我不干了，你让她干吧！"

她说完，转身就走。

顾云峥试图叫住她："苏为安！"但她根本不理。

在手术室等了半天没等回顾云峥的兰姐终于出来找他，见他一个人站在那里有些奇怪："顾医生，麻醉医生要开始麻醉了。"

顾云峥看了一眼苏为安离开的方向，最终应声道："我知道了。"

回到手术室，又是一下午的手术。

再加上那两个闹事家属的事情，一直折腾到了晚上。许医生为表谢意想邀请他吃饭，被他直接谢绝。

出了医院，他在附近找了两圈，终于在一个荒废的篮球场边找到了苏为安，她正一个人迎风喝着酒。

许是终于冷静了下来，苏为安抬头见来的是他，也只是淡淡地扫了一眼。

顾云峥走到她的身边，将白天她落下的基因公司的信封递给她，说："这个还给你。"

苏为安扫了一眼，接过，却又在突然之间将信封撕碎扔进了杂草丛里。

似乎一下子就轻松了许多，她仰起头，将瓶子里剩下的一口酒一饮而尽。

顾云峥却扫兴地开口："没了信封，你的报告书要放在哪里？"

苏为安不以为意地道："已经烧了。"

回应她的是顾云峥不以为然的冷笑声："你连正视它的勇气都没有，怎么可能烧了？"

心事被他一语道破，苏为安别开视线，他说得没错，那封报告书还在她的书包里，她曾不止一次想要把它撕了、烧了、扔了，最后却都"恭恭敬敬"地把它放回了原处，想着只要不碰，就当它不存在吧。

她低头闷笑了一声："我还以为你是来道歉的。"

顾云峥睨她，说："我已经道过歉了，是你还没有谢过我替你挡灾。"

苏为安想了想还真是这样，有些无趣地笑道："好，顾医生，多谢你今天突然出现帮我挡拳头，来，一起喝一杯，我敬你！"

她说着，举起一瓶新酒就要递给顾云峥。

得到的是顾云峥决绝的回答："我不和想死的人一起喝酒。"

苏为安愣住了，问："你说什么？"

"我从前只是有些奇怪,你为什么是这样不管不顾的性格,现在总算是明白了,你孤身一人跑到中非这种治安和卫生条件极差的地方,在我与那个醉酒司机交手的时候还敢站出来与他呛声,后来还在连这家医院领导都不敢出声的时候,跳出来把与自己无关的责任揽在身上,今天竟然敢跟两个看一眼就知道可能与黑道有瓜葛的人正面交锋……"顾云峥停顿了一下,"苏为安,你根本就是在找死!"

苏为安几乎要跳起来,说:"我没有!我只是路见不平而已!"

"量力而为的才叫路见不平,以卵击石叫作找死!"

苏为安拼命地摇着头,说:"你不明白……"

顾云峥冷笑了一声坚决地道:"是你不明白!你屡屡在危险的场合强出头,不过是不甘心于平淡,想给自己的人生加上一点悲壮的英雄主义色彩罢了!"

夜风中,苏为安只觉得他的话似一柄锐利的刀,划破了她的幻想,有什么东西在她的脑海中变得越发清明起来。

这两年来,她到底在找什么?

从阿联酋到澳大利亚,从南亚到南美,从美国到欧洲……越是繁华秀丽的地方,她却越觉得不真实,纵然她游览了全部的风景又能如何?纵然这世间有千般好,还不是照样与她无关。

决定来中非之前,新闻里还在播着维和人员牺牲的消息,埃博拉刚刚过去没有多久,她看着网上瘦骨嶙峋的孩子因为饥饿出了腹水鼓着肚子的照片,毫不犹豫地来到了这里。

她自己也说不清来到这里究竟是为了什么,想要去帮助别人,又或者是想要救赎自己。

她想要实现人生的价值,想要哪怕是从别人的人生里去实现自己的价值,所以强出头,所以不管不顾。

她从来到这里就没害怕过,原来是因为……她不想活了吗?

她突然说不出话来,在这闷热的夜晚,她整个人都在发抖。

夜风吹起地上的沙土,苏为安只觉得眼睛酸疼,合了眼,没过多久,就有泪水浸湿了眼角。

"这个地方的确很适合你。"

一个时时刻刻都有危险,时时刻刻都有人需要帮助的地方。

你悲壮的英雄主义果然很适合这里。

最后留下这一句话，顾云峥看了苏为安一眼，径自离开了。

苏为安是在天刚蒙蒙亮的时候就收拾好东西从医院宿舍离开的，不是刻意早起，只是一夜无眠。

拖着行李箱走在班吉的街头，与上一次被顾云峥开除时的离开不同，也说不清为什么，明明是她自己选择离开的，她的心里却有一丝悲凉。

却在这时，有女人的声音突然划破了清晨的寂静："抢劫了！抓劫匪啊！抢劫了，快来人帮帮我！"

那声音的源头离苏为安很近，她快步转过街角，只见一个黑人妇女正瘫坐在地上，死死地抓着一个瘦高青年的衣角，青年一只手上有一个包，另一只正使劲拉开妇女抓在包上的手。

苏为安几乎想也没想，当即冲上去想要帮那妇女抢回包，没想到就在她过去的一刹那，劫匪摆脱了妇女的拉扯，飞快地向前跑去。

苏为安追着那劫匪，伸手一探，竟真的抓到了那个包的一角，她死死地攥住，劫匪被她拉了一个趔趄，转过身来见她是一个女人，便用了蛮力与她争抢。

"放手！"

苏为安不理他，转头向还坐在地上的那个妇女喊道："报警！快打电话报警！"

劫匪听到"报警"这两个字，当即变了脸色，在苏为安还没来得及回过头的时候，他就掏出了一把小刀，苏为安只来得及看到一道银光闪过，下一刻，还没来得及觉得疼，自己的肚子上就多了个刀柄，紧接着，对方将刀拔出，带出的鲜血溅了一地。

剧痛袭来，苏为安用力捂住伤口，腿一软直接跪在了地上，那个年轻的劫匪看到这一幕也有些慌了，抓起抢来的包转身就跑。

周围传来女人的尖叫声，丢了包的妇女不敢再去追那个劫匪，却也不敢靠近满身是血的苏为安。

苏为安竭力按着，伤口处的血却依然汩汩地向外淌，虽然从拿到基因诊断书的那一刻起，她就好似被判了死刑，可这是第一次，她能清晰地感受到自己的生命正一点一点地流逝。

因为伤口在上腹部，每一次呼吸都会带动伤口，产生钻心的疼，她忽然陷入了一种巨大的恐慌中，那种恐惧就像是一株巨大的藤蔓，紧紧地扼住了她的喉咙。

她一只手捂住伤口，用另一只沾满鲜血的手颤抖着伸进口袋里，摸出手机，咬紧牙关坚持着从通话记录里找到顾云峥的电话拨了过去。

嘟嘟两声过后，她听到是他那熟悉的嗓音，极为简短的一声："喂。"

在听到他声音的那一刻，苏为安不明缘由地鼻翼一酸，她深吸了一口气，说："顾云峥，我在医院前一个街区西侧的街角被人用刀刺了腹部，请你……来救我……"

清晨的街头人烟稀少，顾云峥赶到的时候只见苏为安倒在沙土路上，血在沙土中蔓延浸润，凝成了红黑色，远处有一女人在观望，却并不敢上前。

从电话中听到她说自己受伤时，他只觉得脑子里嗡的一声，根本来不及多想，当即从急诊室里抓了些急救用品就跑了出来。就算是见多了生死的外科医生，在看见她倒在血泊中时，依旧震惊得无以复加。

到底发生了什么？

他赶忙冲过去在她耳边大喊她的名字："苏为安！苏为安你醒醒！"

原本闭着眼睛的人在这时缓缓睁开了眼，她张了张嘴，似乎想要说些什么。

还好，还有意识，说明出血量不太大，还没有达到休克的程度。

顾云峥快速挪开她捂着伤口的手，看了一眼伤口，随后飞快地拿出纱布压在了上面，对苏为安道："别说话，用力压住！"随即将她打横抱起，直接向医院跑去。

上腹部的伤口太疼，呼吸越发困难，苏为安却还是抬起左手，用力抓住他肩头的衣服，艰难地喘息着："顾云峥……"

他有些生气地制止她："别说话！省点力气！"

她却固执地偏要开口，在这种时候竟还能艰难地露出一个笑："你……你说错了，我不想死，我……我想活，特别特别想活……"

顾云峥，我想活，这可怎么办啊？

明明无数次地告诉自己，就算活着也未必会快乐，有多少人每天都在为生存苦苦挣扎，那个基因结果说不定对我而言反倒是一种解脱，可

041

这颗心啊，就是固执地不肯相信。

漫无目地在这世界兜兜转转两年，只身一人来到中非，不是因为她想死，而是因为她那么那么想活。她想把自己的每一天都活出别人的两天，甚至三天的价值，她希望自己是有价值的。

可是就算豁出命去做，她又能如何？

她不过是一个在"优胜劣汰"法则中被选定淘汰的残次品，这世上有她没她并没什么区别，而她还死皮赖脸地想活着。

她想活着啊！

她突然就哭了，明明已经没有力气，却还是不由自主地哭了出来。

顾云峥低头，只见她的脸上满是血污，头发杂乱地贴在前额，那样狼狈，一双澄清的眼中是他从未见过的迷茫，弥散在层层水雾之后。

她说，她不想死。

她说，她特别特别想活。

顾云峥的心里莫名一紧，像是被谁突然拧了一下似的疼，他用力将她的头压进自己怀里，低下头，在她耳畔道："别说话，你的伤在左上腹，从出血量来看应该没有伤到脾脏，我们马上就到医院了，你不会死的！听见了吗？"

她却拼着最后一丝力气道："别告诉我爸妈……"

冲进急诊室的时候，顾云峥直接大喊着："普外的医生在哪里？叫普外许医生过来！苏为安被刀刺伤了！"

在场的人哪里见过顾云峥这么着急的样子，一惊过后纷纷围了过来，看到受伤的是苏为安都吓了一跳，急忙推来轮床，呼叫普外。

兰姐赶忙冲进手术室去叫人准备手术，顾云峥将苏为安放在轮床上，一面帮她按住伤口一面问她："你是什么血型？"

却没有人回答他。

顾云峥拍她的肩在她耳边大声叫她："苏为安！苏为安，醒醒！"

依旧没有回应。

糟糕，发生休克了！

顾云峥推着苏为安的轮床就要直接冲进手术室，却在门口被兰姐拦了下来，兰姐看出他的状态不太对，严肃地道："顾医生，把苏翻译交给我，这不是你的手术，你别进来！"

顾云峥松了手，尽可能保持冷静地道："她的伤在左上腹，提醒许医生一定要注意周围的动脉有没有损伤,她不想让家人知道,需要两位主治医生为她签字做治疗决定。"

兰姐一面接手苏为安,将她推到手术室内,一面对顾云峥道:"我知道了,顾医生,这里我会看着的,您先去休息一下吧,您今天还有Kouyate的手术您还记得吗?"

因为Kouyate身份特殊,从入院、手术日期到出院时间都是事先严格确定好的,还有总医院的法国医生要过来"观摩"手术……

此时的顾云峥身上满是血污,看起来格外狼狈,他却坚决地摇了摇头:"我没事,不用休息,我在外面等一会儿,等她出来……"

兰姐厉声道:"顾医生,这里已经没有需要你的地方了,Kouyate的手术是苏翻译在那些法国医生面前为你力保下来的,就算是为了她,你也应该先去养足精力把Kouyate的手术做好不是吗?"

顾云峥看向手术室的走廊,许医生和他的助手已经刷好手准备上台,他的手机在这个时候响了起来,不用看,顾云峥也知道是助手打来与他确认Kouyate手术时间的电话。

是啊,这台手术可是那个不要命的苏为安在众人面前为他力争下来的,在她自己都不认为这台手术像他说的那样有把握的情况下,还是为他力保了下来,他怎么也要做好了给她看不是吗?

他深吸了一口气:"我知道了。"

医院领导带着医院的翻译来与顾云峥最后确认Kouyate的手术有没有什么问题,意外地看到身上沾满了血迹的顾云峥,皆是一惊,连忙问他:"今天还能手术吗?"

顾云峥一面用水将干涸在自己皮肤上的血渍洗掉,一面平静地道:"可以。"

这台手术在当地的难度非同小可,患者的身份又十分特殊,这些领导只觉得自己的头上好似顶着一颗地雷,比起手术成功带来的荣耀,他们更害怕出了问题要承担的责任,因而连连追问道:"真的没问题吗?需不需要和患者商量一下延期?不然承认手术难度高,可能做不了也没事……"

顾云峥倏然松开水龙头的踏板,直起身来,漠然道:"我说可以手术。"

九点钟,Kouyate被送进了手术室。

换好刷手服走进手术区的时候，路过苏为安所在的手术室，他的脚步顿了一下，却也只有那一瞬间，紧接着就像什么也没发生一般走进了刷手区。

接过手术刀，顾云峥展现出了惊人的专注力和超强的手术能力，手术进行得异常之快，在法国医生目瞪口呆的注视下，从开颅到将肿瘤主体切净，只用了两个多小时。

为了确保没有残留，顾云峥又用电凝在剩下的组织上进行了处理，随后他吩咐助手道："再取两块组织送病理。"

助手应声，接过器械用力一夹，原本只是想取下一块组织，却在这时，变故突生，不知道是什么情况，变异的血管突然破了，血一下子滋了出来。

助手没想到在最后出了这样的岔子，有些慌了："顾医生！"

"手别动！"顾云峥先命令助手不要贸然撤出，以免血管损伤更大，随后飞快地用镊子和止血钳找到出血的部位，进行夹闭止血。

手术室的众人纷纷松了一口气，就在他们松气的当口，再看顾云峥，只见他已经对血管进行了仔细地修复，手法流畅、动作利落，顺手将两块标本也取了下来，递给护士，说："拿去送病理室。"

一旁的护士用标本袋装好，送了出去。

这之后他快速将手术收了尾，出去后看到苏为安的手术室只剩下几个人在收拾屋子，兰姐告诉他："手术很顺利，苏翻译已经转到病房了。"

顾云峥点头致谢："我去病房看一眼。"

然而刚出手术室大门，他就被门口等着的警察叫住了，姜慕影跟在旁边帮忙翻译："顾医生，关于早上发生的抢劫案我们有点事想问你。"

顾云峥一愣："抢劫案？"想了想又觉得恍然，这大概就是苏为安被伤的原因，他问，"是苏为安被抢了吗？"

得到的却是否定的答案："不是，当地一位妇女被抢了，苏为安见义勇为，冲上去帮忙抓劫匪来着。"

帮忙抓劫匪……顾云峥只觉得自己怒气上涌，快要炸了。

什么见义勇为？苏为安这分明就是在找死！他是疯了才会担心她！

顾云峥是黑着脸跟警察做完笔录的。

他走到苏为安的病房门前，最终没有推门进去，赌气一般转头走了。

晚上的时候，顾云峥又很"巧合"地路过了苏为安的病房门口，从门上的玻璃窗往里看了看，只见苏为安干裂的嘴唇动了动，似是想要水，他专程去手术室把兰姐叫了出来，请她帮忙去照看苏为安。

苏为安做了一个很长很长的梦，在梦里她看见自己倒在血泊中，她用尽全力想要捂住自己的伤口，伸手却怎么也触碰不到那淌血的口子，她觉得自己仿佛飘浮在空中，离倒在血泊中的自己越来越远，她拼命地想要回去，却根本控制不了自己，她着急到大汗淋漓，在这时听到顾云峥焦急的声音："苏为安，醒醒！"

醒醒……

这之后眼前的场景如云雾掠过，她拼命地睁开眼，映入眼帘的是兰姐的面容。

"醒了？"

苏为安有些吃力地点了下头。

兰姐用棉棒蘸水润湿她的嘴唇，说："你这一觉睡得也太久了，我们还担心你出了什么意外。"

苏为安虚弱得说不出话，只是尽力扬了扬嘴角示意自己没事，视线在房间里转了一圈，却没有看到顾云峥的身影。

苏为安的行李箱在出事那天落在了街头，丢了，生活必需品还有换洗衣物全都没了，多亏兰姐给她买了新的；她稍稍好转的时候可以吃流食，兰姐给她带过两次稀粥；病房里的蚊子多，兰姐还给她买了新的蚊帐。苏为安坚持一定要还给兰姐钱，甚至使出了"你再拒绝我我的伤口就要疼了"这招，然而兰姐一概不收。

兰姐安抚苏为安道："你不用急，这不是我的钱。"

苏为安有些意外，一怔，问："那是谁的？"

兰姐看了她一眼，说："你猜得到。"

顾云峥。

苏为安低头，沉默了一下，才说："我总是给他找麻烦，他这几天没来看过我，我还以为他根本不想理我。"

"他本来是要过来看你的，但跟警察做完笔录以后也不知道为什么，他好像有点生气，就把我叫过来了。"

苏为安自然明白顾云峥在气些什么，大概是觉得她又不自量力，是在找死。

那日她到底是怎么想的，或许连她自己也说不清楚，但此时此刻，她无比感谢还能活着。

"兰姐，可不可以帮我请顾医生过来？我想当面向他道谢。"

无论是从路上救回她还是现在的照顾，她要谢他的太多。

兰姐有些为难："我帮你去叫他没有问题，但以顾医生的风格来说，他要是不想来，我叫他也没有用。"

苏为安沉吟了一下："那你跟他说我不明原因头疼，请他来会诊。"

职责所在，就算顾云峥不信，他依旧要来查看。

果然，顾云峥真的过来了，是公事公办的态度。

"头疼？"

苏为安点头。

"哪儿疼？"

苏为安在自己头后面随便指了指："这儿。"

"你不是上过我的课？我就是这样教你的？"

苏为安有些委屈地瘪了瘪嘴，再开口时，严谨了一些："左枕部有持续性的隐痛，程度可忍，休息可缓解。"

顾云峥走近，双手从两侧绕到她头的后面，那一瞬间就像是将她拥进了怀里，苏为安的心莫名一动，就像是下楼梯时一脚踩空。

他在她描述说疼的地方压了压，问她："这样疼吗？"

苏为安下意识地应声："嗯。"

顾云峥松开手，问："这是你睡觉就会压到的地方，你说压着疼，但休息的时候还能缓解？"

意识到自己失言，眼见着糊弄不过去，苏为安尴尬地一笑："其实也没别的，就是想到欠了顾老师这么多的债就头疼。"说着，她拿出一张银行卡来，"人情债我暂时是还不了了，这些东西的钱还是要还的，密码是我生日，0707。"

顾云峥低头看了一眼，没接。

"你倒是实在，也不怕我把你银行卡里的钱都卷跑了？"

"那不会，顾教授您不是这种人。"她给他戴高帽，随后又得意地挑眉笑,"而且我算过了,交完住院费剩下的钱差不多也就刚好够还,也不是你想卷就能卷的。"

她这样多少有点卖乖的嫌疑,顾云峥睨她,想生气却又生不起来,只好说:"不用了,你之前辞职的时候没领剩下的工资,是用这个钱给你买的东西。"

苏为安才不信这些,说:"那我工资可够高的!"

顾云峥应:"嗯,我教过的学生,身价自然高点。"

就教过她一节课,还把老师的身份搬出来了?

苏为安得寸进尺地道:"那,顾老师,我还想吃西瓜、荔枝、蟹粉小笼包、炖排骨和烤鸡腿,行不行?"

直接给她开满汉全席算了!

顾云峥瞪了她一眼,对她的胡闹言论不予置评,转身就要离开。

苏为安突然叫住他:"顾云峥!"

他停下脚步。

"谢谢。"

她的声音很轻,但语气认认真真。

谢谢。不只谢他在危难关头相救,不只谢他不吝财物地照顾,更是因为他点醒了她——她想活着,不再去想什么生命的长宽高,就好好地、开心地过好现在的每一天吧!

顾云峥没有回答,只是唇角是微微上扬的。

他拉开门,出了病房。

## 第三味药 相思苦
## Healer

第二天中午的时候,顾云峥真的拿了一盒西瓜过来。

在病房里闷了那么多天,苏为安看见西瓜眼睛都是放光的,只见顾云峥从容地打开了饭盒,从容地用牙签扎了……最小的一小角,递到了她嘴边。

他说:"放嘴里抿一抿尝尝味。"

"……"

然后,苏为安就……真的只是抿了抿,尝了尝味……

倒是顾云峥在她病床边的椅子上坐了下来,自在从容地开始吃这一盒西瓜。

"……"

但这件事说到底还是因为她自己还没恢复,不能吃西瓜,顾云峥给她尝尝味已经是仁至义尽,因此苏为安也并没生气,反倒向他道谢:"昨天跟我妈通过电话,他们真的一点也不知道我住院的事,多谢顾老师帮忙,没让他们担心。"

顾云峥面无表情地说:"他们大概连你在中非都不知道吧?"

否则的话,就这一个地名,足够让苏为安的父母提心吊胆。

事到如今，苏为安对顾云峥倒也没什么好隐瞒的，她点了点头，说："我跟他们说我还在法国，找到了一份稳定的工作，很喜欢巴黎这个城市，所以想留下来多待一段时间。"

"事实上呢？"

苏为安垮了表情，说："我一点也不喜欢巴黎，所谓浪漫之都，大家都很幸福，就我一个人身患绝症孤单寂寞，根本待不下去好吗？"

顾云峥被她的模样逗得竟难得地露出了一点笑容，但心里又替她觉得苦："反倒是来到这里以后觉得更轻松一些？"

苏为安勾了下唇，笑意却有点苦涩，说："是啊，来到这里以后觉得自己还很幸福。"

说到这里，顾云峥停顿了一下，大概是怕问到她不想说的地方，语气中带着些许犹豫："为什么不回家陪父母？"

"因为不敢。"她长叹了一口气，向后靠在床头上，"第一，我父亲发病以后，我去做基因检测的事情并没有告诉父母，我怕他们看出来；第二，我父亲虽然嘴上不说，心里却觉得拖累了我们，母亲和我都觉我回去照顾父亲只会让他更自责；第三，我害怕看到父亲生病的样子。"她说着，将手背搭在额头上，闭上了眼，"因为，那会是我不久以后的模样……"

她的鼻子忽然就酸了。

这是她的痛处啊。

这是她第一次和人说起痛处。

曾经因为害怕，她夜夜将自己埋在被子里偷偷地哭，第二天还要强作笑意，装作心情很好地和父母聊起最近网络上又有什么有趣的笑话，而父亲并没有比她想的好到哪里去，发病的时候控制不住自己的动作，连拿杯水都做不到，她走过去想要帮忙，父亲却嘴硬说自己没想喝水，只是看杯子碍眼想挪一挪，让她去忙自己的。

明明家人之间应该是最真实、坦诚的，在这样的时候却是最开不了口的。

她只是不想看到父亲再为了她强颜欢笑，她只是不想自己再强颜欢笑，离开是一个更容易的选择。

真奇怪，环游世界这两年，遇到了形形色色的人都说不出口的话，竟在顾云峥面前这样轻易地说了出来，还有从前不肯示人的眼泪，此刻藏也藏不住。

顾云峥伸手，轻拭过她的眼角，是湿的。

想要掩藏的东西被他这样轻易戳穿，苏为安的心里反而轻快了许多，变得肆无忌惮起来，眼泪突然就止不住了，湿了枕巾。

顾云峥轻轻替她擦掉脸上的泪水，他的声音很轻，近乎一种哄骗："你做的是对的，这样对你和你父亲都好。"

苏为安却忽然清醒起来，许是觉得自己这样太丢人了，她用手掌抹掉眼泪，故意笑道："真是的，说不定其实我心里就是觉得父亲生病了是个累赘，找一堆借口想自己在外面玩，不去帮母亲分担而已。"

这是她的自责。

就算有再多的理由，在父亲病情日益恶化的时候没能陪在父母身边，她依旧不能原谅自己。

回应她的是顾云峥的笃定："你明知道自己不是。"

简单的八个字，顾云峥说得那样稀松平常、理所当然，他竟然那么相信她。

苏为安的心突然安定了下来。

面上的泪渍未干，苏为安看着顾云峥，忽然笑了，这是她这么长时间来，最平静、最真实的笑容。

见她情绪稳定下来，顾云峥才又问："为什么要退学？"

这才是他最关心的问题，以苏为安的能力原本可以成为一个好医生，为什么这么早就放弃？

苏为安敛眸，说："因为觉得无趣。"

这个答案倒是让顾云峥有些意外，问："无趣？"

"嗯，无趣。"苏为安点头，"虽然拿到基因报告书的那一刻，就觉得自己可能已经来不及成为一个顶尖医生了，有了退学的念头，但真正让我下定决心的是贺晓明……老师。"

"贺晓明？"

贺晓明和顾云峥是华仁医院神经外科的同事，对贺晓明，顾云峥是熟识的，但这个时候从苏为安的口中听到这个名字，顾云峥很是意外，究竟发生了什么，竟然让苏为安因为他而放弃了医生这个职业？

苏为安将贺晓明同意温冉以让他加入温教授的课题为条件，顶替她成为文章第一作者的事告诉给了顾云峥，又说："我觉得他很可悲，他为了参与大课题、为了有成绩、为了晋职的样子很可悲。当时我想,原来三十多岁的医生是这样的啊,我不想用生命仅剩的时间,把自己变成一个像他一样的医生。"

原来那个闹出全院轰动的副教授撤职案的学生竟然是她。

顾云峥看着她,竟有些说不出话来。

他平时对这种事情关注不多,只是因为贺晓明副教授头衔被撤的事闹得太大,贺晓明在科里屡次三番为自己辩解,他才对这件事有那么一些印象。

贺晓明说他以宽容之心接收了一个毫无科研经验的学生进实验室,那学生没做什么却还想抢夺同学的功劳,他为维护正义,一怒之下剥夺了那学生的署名权,没想到因此被那个学生告到了杂志社。

其他的同事听了,大多安慰贺晓明:"那学生若真参与了课题,你直接剥夺了署名权多少有些冲动,但她对自己的老师恩将仇报,实在是过分,我们都替你觉得冤枉。"

如果不是此时听到当事人苏为安说起这件事,他可能永远都不会知道真相竟能被扭曲成这样。

好在苏为安也不是平白吃亏的性格,想起刚刚她说起自己向杂志社主编写信举报时,眉眼间那决绝的模样,顾云峥不由得会心一笑。

遇到贺晓明是苏为安时运不济,可因为这样一个人就放弃医生这个职业,未免太过可惜。

他想了想,沉声道:"贺晓明变成那样是因为他无能。"

苏为安状似轻松地笑了一下:"话也不能那么说,顾医生你那么厉害,为了达到晋升教授的指标,还不是来了中非。"

他的眉蹙得愈紧,问:"谁告诉你我来这里是为了晋职称的指标?"

苏为安一怔,难道不是?

就在她以为顾云峥会做进一步解释的时候,他却沉默了。

有隐情。苏为安追问:"那是因为什么?"

顾云峥没有回答,只是将最后一块西瓜吃掉,站起了身,说:"下午还有手术,我先回去了。"

苏为安气道:"顾云峥,你问我问题,我可是掏心掏肺地把从来没和别人说过的事都告诉你了,我才问你一个问题,你就想跑,有没有点诚意？"

顾云峥顿了一下，轻声说："下次吧，等我想好怎么说。"

苏为安沉思了一下，看着他，没有再拦。

看来这隐情还很大。

顾云峥临走时嘱咐苏为安好好休息，但到最后，她横竖是没有休息成。

姜慕影来了。

她刚做完手术那几天，大家怕打扰她休息，所以探病的大多是这几日才来露一面，倒也没什么稀奇的。而这姜慕影与她非但没什么交情，不说有什么梁子，就已经算苏为安大度了，现在苏为安受伤了，姜慕影如愿顶替了她翻译的位置，好好干就是了，还专程来探病，这难道是来示威的？

然而与想象中的不同，姜慕影走到苏为安的病床边，笑得有些小心翼翼："之前顾医生告诉我，当时从你包里拿出的东西里混着你的隐私文件，虽然不知道是什么，但冒犯到你的隐私是我错了。"

苏为安挑眉看她，有些惊奇地一笑："冒犯到我的隐私是你错了，那如果顾云峥不告诉你里面有我的隐私文件，你便觉得自己未经我的允许，从我包里拿东西就没有错了，是吧？"

姜慕影被她说得有些尴尬："是我一时着急……"

"着急？"苏为安又是一笑，"当时我就在离你不远的地方，就算再着急，问一句的时间总是有的，你直接拿了，必然有你直接拿了的目的，大概从头至尾你也未觉得你有哪里错了，毫无诚意的道歉就不必了，今天来找我有什么事就直说吧。"

自己的心思被苏为安直接揭穿，姜慕影反倒松了一口气，答道："我想请苏翻译帮我。"

"帮你什么？"

"自从苏翻译受了伤，我接手顾医生的翻译工作以来，因为对医学术语多有不懂，每次都要连累顾医生花几倍的时间再教我，我心有愧疚，听说苏翻译也是医学专业出身，所以想请苏翻译教我些基本的医疗常识，也好让我能够更好地接替苏翻译的工作。"

苏为安闻言，心里不由得冷笑了一声，这姜慕影倒真是会说话，因为她受了伤，姜慕影才接手了翻译工作，倒好像是姜慕影在帮她的忙一般。"

苏为安一手扶着自己的伤口，一手摆了摆枕头，说："我受伤之前就已经在急诊当着大家的面辞了职，你这翻译现在做得如何和我没有任何关系。"

她说着，抬头瞄了一眼姜慕影，只见对方的脸色已不甚好。

苏为安说的这些，姜慕影自然清楚得很，总归先前是她想将苏为安挤走，没想到挤走之后这工作不怎么好干，才不得不低头来请苏为安帮忙，却被苏为安直接驳了面子。

"不过……"苏为安的话锋突然一转，"这忙倒也不是不能帮，只是总要有些理由才好。"

姜慕影立即会意："你想要什么？"

"讲课费。既然你接手了我的工作，那自然就有工资，你来找我几次，我就要你几日的工资。"

其实苏为安之所以会松口帮她，不过是为了顾云峥罢了，姜慕影对专业术语一问三不知，只怕顾云峥也头大得很，她还欠着顾云峥那么多人情，能有机会还一分是一分，但如果直接答应姜慕影，就怕姜慕影不够上心，遇到点什么事都来问她，那她这伤怕是养不好了，因而她加了问问题的成本。

姜慕影神色一僵，面色有些难堪，倒不是她缺这些钱，只是按次数来换她的每日工资，苏为安未免有些太看得起自己。

可她又有什么办法？再这样下去，只怕顾云峥会对她彻底失去耐心，那她做的这么多努力岂不是白费了？她只能答应："好……"

Kouyate 术后恢复得很顺利，切下的组织病理结果比术前预期要好，是 II 级的胶质瘤。

他的心情很好，向顾云峥感叹道："手术之前有一些关于顾医生的谣言传到我们耳中，来住院的那天我还在犹豫，究竟应不应该再次手术，多亏做检查的时候听了之前那位女翻译的话，她说顾医生虽然人冷淡了一些，但绝对是一名负责的医生，让我们要相信顾医生，多亏我们听了她的话。"

虽然法国医生来闹过一次，但 Kouyate 从没向他问起过，顾云峥还以为 Kouyate 没有听说过这件事，没想到这中间还有苏为安的事。

虽然人冷淡了一些,但绝对是一名负责的医生……

苏为安对他的这个评价可是不低。

尽管起初有过多次争执,但无论是在法国医生面前,还是在患者面前,她都一而再再而三地维护他,苏为安对他竟然如此信任。

他想起第一次见面与他吵得不可开交的那个"张牙舞爪"的姑娘,唇角不由得微微上扬。

这之后,顾云峥又向Kouyate交代了一些治疗相关的事项,这一次,姜慕影对专业内容的翻译变得流畅了许多。

助手在后面听着,先开口夸奖道:"虽然我听不懂法语,但感觉你的状态好多了,进步很大。"

姜慕影有些腼腆地笑道:"我怕拖累顾医生,所以私下自己努力学习了一些。"

对姜慕影的表现,顾云峥也是肯定的:"医学入门并不容易,你自己能做到这样已经很不简单。"

而后急诊又收了一个因打架致颅内出血的病人,倍受顾云峥鼓舞的姜慕影在与家属沟通的时候,几乎是一字不差地说出那一段话:"患者脑子里在持续出血,形成的血肿会积压脑组织,这种情况十分危急,不能耽误,如果压迫到生命中枢的话会导致心跳和呼吸停止……"

顾云峥忽然明白了点什么。

中午他带着粥去了苏为安的病房,她先是一喜,可在看到那粥的分量时又苦了脸:"这么多?我吃不掉啊……"

顾云峥将饭盒递给她,不由得一笑,用有些揶揄的语气道:"多吃点,你又要养伤又要教姜慕影,可是辛苦得很。"

苏为安眼前一亮,问:"这么快你就发现了?"

"这要是再发现不了,岂不是白费了你的心思?"

她教给姜慕影的,可是她第一天来这里时说的原话。

苏为安尝了一口粥,而后坦然答道:"我教她本来就是为了还你人情,若你不知道是我在帮你,又怎么能算还了人情?"

顾云峥点了点头,说:"这道理讲得倒是不错。"

苏为安得寸进尺地笑道:"我还有个道理,不知道顾医生要不要听听?"

"你说。"

"昨天顾医生走的时候,说下次就告诉我你来中非的原因,今天就是那个下次,按道理来讲,顾医生是不是该说了?"

千绕万绕又绕回了昨天的话题,她这记性倒是很好,好奇心也是十足,真不愧是举手七次追着他提问的学生。

顾云峥看着她"一本正经"讲道理的样子,不由得失笑道:"你就没想过,我不愿说是有什么难言之隐吗?"

这一点苏为安自然想得到,但从他昨日的反应来看,她估摸着这件事他有松口的余地,自己应该不会捅了个大娄子,若细算起来,她昨日向他说起的,又有哪件不是难言之隐?

她因而得意地斜眼睨他道:"我就喜欢听难言之隐。"

顾云峥颇为无奈地看了她一眼,将粥放到了她的床头柜上,在她病床边的椅子上坐了下来,思索了片刻,才低声道:"我来这里主要是因为我的母亲。"

这个开头有些出乎苏为安的意料,昨天晚上她闲来无事,想了一圈也没想到顾云峥来中非除了晋职以外,会有什么更有说服力的理由,后来觉得没准人家就是为了爱与和平呢。

没有想到,这会和他的家人有关,她隐约觉得自己有点低估了这个篓子。

"我母亲是名外交官,在我小的时候曾被派驻到中非的使馆几年,我的父亲……在那个时候背叛了我的母亲,并且向我母亲提出,要么她放弃工作回国,要么离婚,我母亲选择了离婚……我想来看看,让我母亲放弃婚姻而留下的地方是什么样子的。"

苏为安忍了忍,没忍住,还是开了口:"你父亲也忒理直气壮了点,明明是自己犯了错,却还逼你母亲辞职回家。"

顾云峥点了点头,说:"是啊,小的时候我曾埋怨过母亲,原本有机会挽回家庭,却选择了留在这里做她的工作。长大后越发觉得父亲卑鄙,明明他也未曾多照顾家庭半分,却将工作和家庭的抉择权抛给了母亲,好像这个家庭破裂的所有责任都在于母亲一般。"

苏为安望着顾云峥,他墨黑的眸子里看不出喜悲,那张好看的脸上,神色平静得好像是在说别人的故事。

苏为安很想安慰他,却不知道该如何开口。

她忽然觉得自己捅的这个娄子有点大。

气氛一时有些沉闷，顾云峥沉默了一会儿，才又说："这件事我从未向别人提起过，没想到在你面前竟然说了出来。"

成年以后从未与父亲单独见过面，家里的亲戚偶然提起当年的事，他也从不接话，原本以为虽然不抵触，但在她的面前提及旧事，也不能保证自己会愿意说多少，没想到，他竟连自己内心真正的想法都这样自然地说了出去。

他绝非容易和人亲近的性格，对苏为安的这份信任让他感到意外，他为什么会这么信任她？

好像苏为安在他心里是不一样的，可还没等到他想明白究竟是哪里不一样，为什么不一样，她对他的影响就已经远远超出了他的想象。

苏为安咽下口中的粥，却完全没有领悟到顾云峥话里的深意，还得意地笑道："你放心，只要你不跟别人说我得病的事，我肯定不会出卖你的！"

她倒是从不吃亏！

顾云峥不由得一笑，却见她盛粥的时候，额边的碎发拂过了勺柄，他下意识地伸手帮她轻轻捋到了耳后，苏为安一怔，只觉得被他碰触到的皮肤都痒痒的，抬眼，正望进他墨黑的眸中。

有三秒钟的沉默，随后两个人几乎同时开口。

"你……""我……"

又同时停住。

病房的门却在这个时候被人敲响，轻而小心翼翼的三声："咚咚咚——"

与顾云峥对视了一眼，苏为安开口道："进。"

门被人轻手轻脚地推开了一个角度，姜慕影从这个空隙中探身进来，看到顾云峥那么自然地陪坐在苏为安的床边，先是一怔，随后向顾云峥道："顾医生，急诊来了一个新病人，Secou医生叫我请您过去。"

虽然午休时间还没结束，但急诊病人自然耽误不得，顾云峥想也没想就起身道："我知道了。"刚要离开，却又突然顿了顿脚步，回身对苏为安道，"吃完以后饭盒放一边，我会回来收拾。"

说完，顾云峥出了房间，跟在他身后的姜慕影在关门时禁不住多看了苏为安一眼，似是想问什么，却又什么都没问。

苏为安没敢把饭盒留给他。

虽然知道顾云峥这么做是照顾她是病人，但苏为安还是觉得这种事有点丢人，毕竟他们还没有熟到那个地步，她还要顾忌着点自己在顾云峥面前的形象。

嗯，形象……想到这个词，苏为安突然有点懊恼。从半夜坐路边喝酒，到不自量力被人用刀捅倒在街头，再到后来装个头疼都被他当面揭穿，也不知道她在顾云峥心里到底还有没有形象可言。

万一有呢？

苏为安央兰姐找了辆旧轮椅来，自己转着轮子到洗手间将饭盒洗好，正好一个人在病房待久了有些无趣，就又转着轮子跑出病房看看。

刚一出病房，苏为安就感觉好像闻到了自由和阳光的味道，看着医院里的人们还像往常一样来来往往，忙碌不停，她的心里涌起一种重逢的欣喜感，她缓缓地向前移动着，旁观着医院里的景象，面上带着微笑，直到……停住了。

她推不动了。

轮椅有些老旧，尤其是轮轴有些涩，她受了伤，还没有完全恢复，力气要小一些，走到住院楼门口，就已然推不动轮子了。

她索性停留在原地，看着目所能及的地方，休息。

就这样一待就是一下午，到后来累了，她浅浅地入睡，再醒来，是有人在她耳边唤她："苏为安，醒醒！"

她揉了揉眼睛，看到了刚刚从急诊忙完回到住院楼的顾云峥，她笑着向他打招呼："嗨！"

顾云峥蹙眉："你怎么在这里睡着了？"

苏为安笑盈盈地道："我本来是想到处看看的，谁知道走到一半转不动轮椅了，就先在这儿歇一歇。"

顾云峥看着她又好气又好笑，说："那你不知道叫个人来帮你一下？"

苏为安依旧是笑，看起来心情不错，答道："我看别人都太忙了，不忍心打扰。"

她倒是好心！顾云峥也不知道该说她什么，不由得也笑了，他颇无奈地摇了摇头，走到轮椅后面，推着她，慢慢向她的病房走去。

苏为安惊叹道："你推轮椅的技术不错啊！要不你以后每天推着我出来转转？"

她倒是挺不见外！顾云峥有些哭笑不得，说："你不是说别人都太忙了，不忍心打扰？"就忍心打扰他？

苏为安想也没想，说："你不算别人啊！"

顾云峥一顿，只觉得呼吸似乎都局促了些。

却听她又说："你不是我老师来着？"

顾云峥想也没想，说："不管。"

苏为安瘪嘴："小气！"

她从兜里掏出一块大白兔，顺手塞进了嘴里。

看清她手中拿的糖纸，顾云峥有些意外，问："你喜欢吃糖？这和你的性格看起来挺不一样的。"

苏为安低头看着手里的糖纸，正思量着折个千纸鹤出来，听到顾云峥的话，头也没抬地道："原本只是为了预防低血糖，最近倒是越来越喜欢吃了，可能是觉得生活太苦了吧，吃点甜的也不错。"

顾云峥先是沉默了两秒，随后道："给我一个。"

"不给。"

"你给我糖，我就答应推你出去转转。"

苏为安从兜里飞快地又摸出一颗，举到了顾云峥的眼前，说："成交。"

顾云峥白天有手术，所以一般都是晚上下班之后推她出去转转，但他也不会白白给她当这个苦力，会顺道带着她这个翻译去商店里买点生活用品。

牙膏、杯子，还有卫生纸，听得苏为安只想拿他打趣："你缺这么多基本用品是怎么活下来的？"

顾云峥头也没回地道："这些都是给你的。"

苏为安一愣，忽然想起自己的牙膏似乎见了底，纸也没剩多少，没想到她都没注意到的东西，顾云峥竟然会发现。

她正想着，就见顾云峥耸肩道："谁知道你是怎么活下来的。"

"……"

买完计划之内的东西，顾云峥突然注意到柜角上摆放的一个当地的木刻工艺品，店主见他感兴趣，赶忙拿下来给他介绍道："这是我们当地英勇的猎人的形象，在仪式中象征着英雄，很有收藏价值。"

苏为安将这句话翻译给顾云峥，顾云峥没有说话，只是微蹙着眉，认真凝视着手里的木雕，片刻之后掏出钱来给了店主，然后将木雕塞进了苏为安的手里，说："送你了。"

苏为安微怔："这么好？"她有些高兴地拿起来仔细看了看，说，"是不是觉得这个寓意特别符合本人英雄主义的情怀？"

顾云峥睨她，答道："因为长得像。"

"像什么？"

顾云峥面无表情地说："你。"

苏为安唇角的笑意一僵，低头看了看木雕方方的脸和浓浓的粗眉，抬眼瞪向顾云峥，言简意赅："你去死！"

虽然他们交流的语言并不太友好，但对听不懂中文的店主而言，眼前两个人的沟通显得很是有趣，她笑着对苏为安道："你和你男朋友感情很好啊！"

苏为安一怔，有些尴尬："他不是……"

话还没说完，就被顾云峥打断："我们走吧。"

推过苏为安轮椅的时候，顾云峥还向店主点了下头致意，虽然知道这是礼貌，但苏为安还是觉得他点头的这个时机好像有点不太对……

出了商店，苏为安就一直在想应该怎么向顾云峥说清头不要乱点这件事，刚开口道："顾云峥……"

推着她轮椅的人却停了下来，她有些意外地抬起头，只见前方围了一圈人，走近一看，是几个壮汉在踢打着地上的人，而一旁的一名妇女恨声道："让你老偷东西！你这个贼！活该！"

那几个壮汉将人揍了一顿，见那小偷躺在地上不太动了，便散了，这个时候，苏为安终于看清了地上那个小偷的模样，只觉得脑海中仿佛有一道光闪过，指着那人对顾云峥道："这个……就是当时捅我的那个人！"

顾云峥也是一惊，说："真的吗？赶紧报警！"

苏为安点头，赶忙掏出手机按下报警电话，却在将手机放到耳边的时候,意外地发现躺在地上的人脸色不太对,他颤抖着向他们所在的方向伸出手来:"救……救救我……"

苏为安蹙紧了眉,轻唤了一声:"顾云峥……"

顾云峥已经上前撩开了对方的衣服,只见左上腹部一片瘀紫,顾云峥的手刚碰到他的皮肤,还没怎么用力,对方就疼得大叫起来。

他转过头来,与苏为安对视了一眼,苏为安很快会意,问:"他不会是脾破裂了吧?"

顾云峥干脆地指示道:"给医院打电话,让他们来人帮忙把他送过去。"

苏为安的手机听筒里传出接线员的声音:"请问您因为什么要报警?"

可她看了一眼躺在地上脸色苍白的那人,最终只能咬牙道:"没事了。"

她挂断了电话,颇为绝望地向顾云峥道:"这是捅了我一刀还把刀拔出来带走了的人!"

"所以?"

苏为安重重地叹了一口气:"我们得救他。"她挣扎着要从轮椅上站起来,"等医院的人过来再把他带走,需要双倍的时间,你先用这个轮椅把他推回去,我会给医院打电话让他们准备手术室。"

"那你呢?"

苏为安看着他,不以为意地微勾起唇角:"我在这儿等你。"

顾云峥很快就将这个人送到了医院,在进行了影像学检查后确认脾破裂,同时排除了颅脑出血,顾云峥将病人交给了许医生,他抬起头看了一眼表,已经过去快半个小时了,他赶忙回去找苏为安,原以为她一个人坐在那儿一定无聊极了,没想到远远地就看见她坐在那里和当地人有说有笑。

见他回来,苏为安招呼他过去,有些得意地对他说:"我刚才和他们讲了我之前帮人抓那个劫匪的事,他们都夸我很勇敢,像个英雄!"

顾云峥见她高兴的样子,明明对她逞能这事还有些生气,心里却有笑意在一点点蔓延,但他仍板着脸,斜眼睨她:"你这么英雄,一定能自己走回去吧?"

他说着，转身佯装要走，苏为安一惊，吓得赶忙拉住他，说："你等等！"

她在他身边看了一圈，有些奇怪地问："轮椅呢？"

"刚才到医院的时候那个病人吐了，把轮椅给弄脏了。"

苏为安苦了脸色："啊？那我怎么回去？"

顾云峥没说话，只是看着她。

她小心翼翼地问："你背我？"

顾云峥瞄了一眼她的伤口："你确定你能让我背？"

他走上前去，直接将她从地上捞起，打横抱在怀里，苏为安下意识地想要挣扎，半调侃道："你……你这么抱我，我……我会害羞的……"

顾云峥制止她："别乱动，一会儿摔了。"又说，"反正也不是第一次。"

苏为安想了想，可不是？上次她受了伤，他就是这样抱着她回的医院，虽然没有过去多久，可此时的心情已经大不一样。

斜阳，微风，他抱着她，在当地的土路上缓缓前行，身后的影子拖得很长。

她想了想，想起了在遇到那个劫匪之前她想对他说的话："对了，顾云峥，你语言也不通，下次不要再向当地人乱点头了，容易引起误会。"

"是吗？"

苏为安点头，答道："比如刚才在那个商店，因为你没听懂店主最后说的话，可能就让她误会了。"

"听懂了。"

苏为安一愣，问："听懂了什么？"

他微低头看向她，两个人鼻尖距离一下子变得只有短短几厘米，他开口："男朋友。"

苏为安又是一愣，脸微热："那你还点头！"

他看着她微红的脸颊，只觉得有趣，就真的露出了一个笑，然后抬起头，似是漫不经心道："就是想点个头。"

他就是想点个头，就是想在"男朋友"这里点个头。

他抱着苏为安的手上稍微松了松力，问："你有意见？"

苏为安被吓得赶紧伸手抱紧了他的脖子,摇头道:"没有没有!"

顾云峥微唇角微微弯起,又将她向怀里抱了抱。

第二天中午,顾云峥又拎着粥去苏为安的病房探病。

将饭盒递给她,顾云峥坐在一旁的椅子上对她道:"昨天遇到的那个劫匪已经脱离生命危险了,你要不要去看看?"

苏为安瞥了他一眼,问:"需不需要我再买束花?"

顾云峥不由得轻笑一声,又说:"已经通知警方了,等他伤好了就会将他带走。"

苏为安咽下口中的粥:"已经通知警方了?"不禁有些遗憾,"报警这事应该让我亲自完成啊!"

顾云峥睨她,说:"你倒是会报仇!"

却见她嘴角粘着一点米粒,他探过身,忽然两个人之间的距离变得很近,苏为安一窒,莫名地有点慌乱,下一刻只觉得自己的嘴角温温热热的,是顾云峥的拇指抹过了她的唇角。

她微小的表情变化没能逃过顾云峥的眼睛,替她拭净米粒,他并没有急于起身,反倒向她的方向凑了凑,微笑道:"你紧张什么?"

他们离得太近,苏为安甚至能看清他瞳孔中映出她的模样,她向后缩了缩,别过眼:"我……我没紧张……"

忽然觉得自己胸前有点热,她一低头,是粥洒在身上了。

她惊叫一声:"呀!"

紧接着,只觉得自己手上一轻,顾云峥已经接过她手上的饭盒,递了纸巾过来:"快擦擦。"

一番折腾,苏为安的衣服上总算是没了脏东西,但身上是黏的,她撇了撇嘴:"我去趟洗手间。"

顾云峥伸手要扶她,苏为安只觉得嘴角处刚刚被他触碰过的肌肤竟还有些发烫,她哪里还敢让他动手,像是被踩了尾巴一样,立即逞强道:"没事没事,这点路我自己也可以。"

扶着床边有些费力地站起来,苏为安就意识到自己说了大话,但这就低头未免有些丢人,她看向不远处的墙壁,咬了咬牙,想着只要走过去扶到墙就好了。

其实并没有几步距离,只是腹部的伤口疼痛让她步履维艰,眼见着就要走到墙边,她还未来得及松口气,就觉得自己脚下一滑,人就要向前跌去。

却在这时,有人抓住了她的手臂,她跌倒的趋势一止,顾云峥顺势将她向后一拉,带进了自己的怀里。

明明已经脱离险境,苏为安的心跳却越发快了起来,心好像要从胸口跳出来一般,四目相对,她一眼望进他墨黑的眸子,像是沉入了深海,她近乎窒息。

还未等她反应,他已经向前一步用手背垫在她的背后将她抵在墙上,俯身吻上了她。

苏为安的脑子里仿佛有一团烟花炸开。

她几乎要溺亡在这个吻里,整个人瘫软在了他的怀里,手下意识地抓住了他腰间的衣服。

这一吻绵长,周围的世界仿佛静止了一般,也不知道过了多久,顾云峥才放开她温软的唇,与她额头抵着额头,他呼出的温热气息拂过她的面庞,她听到他说:"为安,做我女朋友吧……"

苏为安忽然清醒起来。

她在……干什么?

他们为什么会离得这样近?

她赶忙推开他,向一旁挪了挪,有些仓皇地说了句:"我……我去洗手间。"

刚一转身,就见一只手臂拦在了她的面前。

回头,又是顾云峥。

他轻声追问:"为什么不回答?"

苏为安别过头,望着天花板急不择言地胡扯道:"顾老师是我敬重的老师,我怎么敢肖想?我们就当什么都没发生过吧!"

顾云峥蹙眉,说:"借口!指着病人说要告我的时候怎么没见你敬重?"他扳过她的身子,逼着她直视他,"到底是为什么?"

到底是为什么……

为什么啊……

苏为安忽然觉得胸口闷闷的,好像有点生气,却又忽然笑了:"因为我……有病啊……"

他明明已经看过了她的基因报告,怎么能在明明知道她得了亨廷顿舞蹈症的情况下，却像没有这回事一样轻描淡写地问她为什么？

顾云峥回答得没有丝毫犹豫："我就缺一个有病的女朋友。"

苏为安用一种近乎惊诧的目光看着他："我是二代亨廷顿舞蹈症！是病因不清、治疗不明的亨廷顿舞蹈症！我根本没有未来，四十岁，不，三十岁就有可能开始乱动，四十岁就有可能变傻，就连孩子都有一半的可能会被遗传，你到底明不明白？"

他却看着她平静地道："我可以把亨廷顿舞蹈症的国际指南都背给你听，可那些都不重要，为安，你只需要告诉我你喜不喜欢我？"

面对他的问题，苏为安说不出话来。

她想要干脆利落地告诉他"不喜欢"，却笨拙到连自己都不相信。

她在心里拼命地告诉自己这只是意外，偏偏心跳的感觉让她骗不过自己。

她不知道自己是什么时候喜欢上顾云峥的，可能是他将她从血泊中抱回医院的时候，可能是他将她拉至身后护住她的时候，也可能是在当初那节讲颅脑出血的外科课上，他一字一句、有条不紊地将她的所有质疑一一解答的时候。所以明明对他的学识佩服不已，却还是托着下巴嘴硬说"这些难道不都是他应该会的？"，所以总是忍不住帮他说话，所以在被刺伤的那一刻，第一个想要求助的人是他……

可是喜欢又有什么用？他说不重要的那些，恰恰对她而言异常重要。

在人生面前，这一点喜欢是多么微不足道，又那么无力。

她忽然有点想哭，也可能是很想哭，却深吸了一口气，笑道："我不能喜欢你，我好不容易才说服自己，只要发病就放弃自己，不给别人增添负担，我不能让这世上再多一些我可能会留恋的东西。"她抬眼，眼眶中的水迹未干，她直视着顾云峥，一字一字地道，"我不喜欢你，一点也不！"

"为什么不能有让你留恋的东西？你现在还活得好好的，却一心只想要放弃自己，这是什么道理？"

她挣开他的手，说："这是我的道理，与其活着让别人和自己都受罪，不如早日放弃，你看，我们连这么简单的道理都讲不通，顾老师还是去找一个能和你心意相通的姑娘吧！"

"我不需要什么心意相通的姑娘！"

"我也不需要你!"

脱口而出。怕自己过了心,这些话就再也说不出口,她几乎是想也没想,凭借本能说出了这些伤人的话,张口闭口之间,只想快刀斩断对他的那点情愫。

那点可笑的小心思。

"顾云峥,我之所以会和你看似亲近,不过是因为你是我来到这里以后唯一一个认识的人罢了,至于那些别的想法,真的是一点也没有。"

她这样说,却不敢抬头看他。

顾云峥已经不知道该做何表情,只是眉心紧锁,怒视着她,问:"你这些话都是认真的?"

苏为安攒出一个笑,说:"当然是认真的,我怎么敢拿老师开玩笑?"

他的再三坚持,面对固执起来的苏为安都是枉然,他努力想要靠近她,她却执拗地拒他于千里之外,而他竟然一点办法也没有。

顾云峥合眼,自嘲地冷笑了一声,转身出了病房。

眼见着他的身影消失在病房外,苏为安浑身的力气仿佛都被抽走,她靠着墙,缓缓蹲在了地上。

她不断在心里告诉自己这样做是对的,对顾云峥悬崖勒马才是对的,顾云峥对她不过是一时新奇,她好不容易才接受了自己,怎么敢奢求这个世上还能有另一个人全心全意地接受她。

人有那么多贪念,她有那么多贪念,如果今天在一起了就会想着明天,明天在一起就会想到以后,可是她……没有以后啊!

她抱住膝盖,埋下头,将自己蜷得更紧了些。

兰姐在这之后没有多久就来到了病房,说:"顾医生说你要去卫生间,让我过来照看你……"她顿了一下,见苏为安一抬头,满面泪光,惊诧地道,"为安,你怎么了,哭什么?"

苏为安摇了摇头,说:"没什么,就是有点疼……"

兰姐赶忙蹲下来着急地问:"是不是伤口裂开了?"

苏为安依旧摇头,说:"没有……"

先前站起来时还疼得厉害的伤口此刻仿佛已经没了感觉。

只不过是心里疼。

只不过是失去了一个本来就不属于她的人。
她做得没有错,这是她应该做出的抉择,只是既然没有错,为什么比犯下大错的感觉还要难过?

这之后,顾云峥再没有来过她的病房,偶尔苏为安扶着墙走到门口想透口气的时候,会看到他偶然从这边路过,却也不过是看她一眼,未做多余的停顿。
苏为安隐约觉得胸口闷闷的,又隐约觉得,或许这样也好。
时间会治愈伤口,就好像半个多月之前,她是被顾云峥抱回医院的,可此时她已经可以自己行走了,许医生来查房的时候说她恢复得不错,再休息休息就可以出院了,她礼貌地微笑,表示感谢,心里想,或许是该离开了。

交完班的时候,顾云峥去查房,又"偶然"路过了苏为安的病房,却意外地发现病房门是开着的,他有些诧异地向里面望了一眼,看到这里竟已经人去屋空。
他当即找到普外的许医生,问道:"201病房的患者去哪儿了?"
许医生想了一下,才想起201病房里住的是谁,有些奇怪地道:"苏翻译早上已经办完了出院手续,走了有一会儿了,你不知道吗?"
出院手续?
他当然不知道!
虽然算着时间,苏为安的伤应该恢复得差不多了,可事先没有听到她要出院的半点风声,她决定得突然,还特意选了这样早的时候离开,分明就是故意的!
顾云峥顾不上和许医生多说,转头就向医院楼外走,拿出手机按下苏为安号码的时候,这几乎是一个下意识的动作,他要问她在哪里,他要问她去哪儿,她一个年轻女孩子在这里人生地不熟,伤还没完全恢复,如果再出之前那样的事,被人用刀捅伤该怎么办?
连一声招呼都不打,就这样自以为是地离开,她就这样不想见他?
她到底把他当成什么了?
然而电话拨出去,听筒中传来的是法语版的"您拨打的电话已关机",他反反复复听了很多遍,直到先前的恼怒之意被这冰冷的声音一点点浇熄,一种陌生的空荡荡的感觉像是藤蔓般紧紧扼住了他的脖颈。

已关机……

或许这个号码永远都不会再开机了。

苏为安……

连一句再见都没有,她就这样轻描淡写地离开,就好像他们真的只是路人,就好像他们的相识是多余的,就好像他对她的喜欢是多余的,就好像连他都是多余的。

他忽而又自嘲地一笑。

原来失去一个人这么容易,好像一晃眼的工夫,他就再也找不到她了。

原本的两位本地翻译病倒了一个,整家医院只剩下了姜慕影和另一位本地翻译,一时之间忙得不可开交。

姜慕影的工作量因而加大,也发挥了不小的作用,顾云峥由此提出要将姜慕影的工资翻倍。

听到顾云峥对她的肯定,姜慕影内心欣喜,眼中也带着闪烁不明的光芒,她摇了摇头:"不用的,我做这些也不是为了钱,我是为了……"

顾云峥接得自然:"我知道你做这些是因为你有爱心,但这是你应得的。"

姜慕影头摇得更快,说:"不是的,不全是的……"

来这儿的这段时间,她一直在等一个好机会,这些天来他们已经熟悉了很多,又托病倒的那位翻译的福,作为医院仅剩的两个翻译之一,现在她在他面前似乎也有些分量了,就算是为了医院,他也要多给她些情面,这大概就是她在等的那个好机会。

她沉吟了一下,似乎是在踟蹰于措辞,又看着顾云峥一笑,红的唇白的齿,自带风情。她说:"顾医生不会不知道吧,我来这家医院做翻译是为了顾医生你啊!"

顾云峥蹙眉,问道:"为了我?"

姜慕影点头,说:"我从第一眼见到顾医生,就喜欢上你了,之所以留在这里这么久,也只是希望能离顾医生近一些罢了。"

女孩子家的那些心思，被她说得大方而直接，她的目光直白地望着他。

她在期待他的回答。

顾云峥的眉蹙得更紧了两分，说："对不起，是我让姜小姐浪费时间了。"

姜慕影一僵，并不是没有想过被他拒绝的可能性，却没想到他答得没有丝毫犹豫。

她有些难以置信地问："是我有哪里做错了吗？"

顾云峥平静地道："没有，只是我有喜欢的人了。"

他说话的时候语调平稳，连一丝波澜都没有。

姜慕影只当他是拿话骗她，追问道："我不信，我问过你身边的人，他们都说你连一点绯闻都没有过，什么时候就突然有了个喜欢的人？"

"不久之前有的。"

不久之前？这个不久之前难道是在中非？

可在中非的人总共不过这么几个，除去护士，哪里还有什么人？总不会……总不会是苏为安吧？

姜慕影的心里一凉。

她突然想起那日顾云峥抱着受伤的苏为安回到医院时，那几乎要把急诊室掀了的模样，她忽然明白了什么，他的紧张不只是因为医者仁心，他将苏为安紧紧抱在怀里的样子，分明是一种占有的姿态。

那是他的人。

姜慕影的心里凉了凉。

她早就察觉苏为安在顾云峥这里是不一样的，她只当是因为那是他曾经的学生，却没想到……那是他喜欢的人……

姜慕影的心里凉了又凉。

可苏为安不是走了吗？

虽然不知道为什么，可苏为安病愈之后就立即离开了，这么长时间以来，一直留在这里陪他的是她姜慕影不是吗？

她不甘心，质问顾云峥道："她有什么是我比不上的？"

顾云峥因她质问的口气而有些反感，他抬头看表，离下午的门诊开始时间已经不远。

他将装着姜慕影工资的信封放在了她身旁的桌子上,开口,是平静到有些无趣的语气:"我平日最讨厌这些比来比去的事,但姜翻译既然问了,说一说也无妨,在不喜欢与喜欢之间,那大概是什么都比不上的。"他说着,顿了一下,也没忘了礼节这事,"抱歉浪费了姜小姐的时间。"

　　他说完,转身离开。

## 第四味药 且当归

*Healer*

姜慕影郁郁寡欢了一个下午,见顾云峥无动于衷,她在下班的时候辞了职。

医院里的沟通工作一度陷入混乱,助手四处联系翻译也没找到合适的,想到找苏为安应应急,可电话拨过去,提示音已然从当初的关机变为了空号。

他有些稀奇地对顾云峥说:"连手机号都不要了,苏翻译这是已经离开中非了吗?真是奇怪,除去她受伤住院的那段时间,她才来中非多久,怎么这么着急就走了?"

顾云峥没有说话。

好在之前生病的那名翻译并无大碍,很快回来了。

这之后的一个月,援非任务结束,顾云峥带队回到了国内的华仁医院。

所有的一切都回到了从前的样子,他没有任何苏为安的消息,身边的人也没有再提起过她,就好像她从没出现过。

回国满一个月的时候,顾云峥的假期用完了,排上了夜班。

将近半夜十二点,医院病房楼里十分安静,顾云峥正在医生办公室里看书，在对面病区值一线的研究生梁佑震快步走进屋里，先向顾云峥打了个招呼："顾老师好。"随后快步走到今天同样值班的杜云成身边，碍于顾云峥在场，梁佑震压低了声音，却还是难掩语气中的激动，"杜云成，你知道现在谁在急诊吗？"

杜云成不以为意地问道："谁啊？"

"苏为安！好像是怀疑她父亲有脑出血，她跟着救护车送她父亲来的急诊！"

杜云成一下子从椅子上站了起来，问："什么？"

"这还不止，你知道咱们科今天谁值急诊的班吗？"

谁？

"温冉，她跟着……"

贺晓明！

想到这里，杜云成的心里不由得大叫一声糟糕，这可是真正的冤家路窄，他赶忙道："我们……"快过去看看！

可他的话还没说完，就见一向稳如泰山的顾云峥忽然站起了身，一阵风一般冲出了办公室。

他们的预感没有错，顾云峥还没到急诊，远远地就看见那一处围了许多人，他走近一些，听里面吵得不可开交。

"我父亲他平时肌张力不会这么高的，腱反射也不会这样亢进，这不全是亨廷顿舞蹈症的表现，这里面肯定有问题，观察是起不了任何作用的！"是苏为安的声音。

贺晓明毫不示弱："你母亲自己说的，患者之前也出现过类似的状态，可以自行缓解，说明患者目前症状很可能只是舞蹈症的症状波动。你不过学了些皮毛，在这里卖弄什么？"

"卖弄"一词被贺晓明说得极为轻佻，其中的讥讽之意显而易见，跟在贺晓明身边的温冉看似得体地安慰苏为安道："我们能理解为安你的心情，但你也要相信专业人士的判断啊！"

苏为安没有理会温冉的虚情假意，也明白贺晓明此刻对她的刻意为难，分明就是公报私仇，她只是想不明白为什么偏偏这么巧，碰上的值班医生是这两个人，这该是多狗血的电视剧才能编出的剧情，她早就听说过恶有恶报，却没想到有朝一日这恶报反了头，报到了她的身上！

她努力让自己平静下来，才说道："这也有可能是一过性的新发疾病症状！我不过学了些皮毛，也知道这个时候应该先鉴别诊断，排除那些会造成严重后果的疾病，你不过草草查看了我父亲一眼，就说要观察，这种不负责任的态度我实在无法相信，我要见今天的三线！"

明知与他讲不通道理，与他再这么纠缠下去只会耽误父亲的治疗时机，苏为安只能寄希望于今天值班的上级医生。

贺晓明又怎么会同意？他想也不想就回绝道："我对患者的诊断和处理方法很明确，我不会只因为你的胡搅蛮缠就去找我的上级，你既然那么厉害，请便！"

"你的诊断不过是凭猜测罢了！"苏为安因为着急，脸已经涨红，咬着牙决绝地说了狠话，"贺晓明，如果这次我父亲有任何意外，我一定会用尽所有方法告到你这辈子再也当不了医生！"

她抬眼，与贺晓明四目相对，火星四溅，空气中似乎都弥漫着火药的味道。

一时之间，四下皆是倒吸气的声音，所有人都无不震惊地看着这个看起来瘦弱的姑娘。

因她而被撤了副教授的职称，这股气足足在贺晓明心里憋了一年多，如今丝毫未减，温冉有她的父亲撑腰，他惹不起，下令撤他职称的领导那边他更惹不起，苏为安偏偏在这个时候撞到他的手里，连她这么一个退了学的学生都敢这样威胁他？

贺晓明毫不犹豫地按下了墙边为了防止医闹设置的呼救铃。

很快，几名体形高大的安保人员赶了过来，贺晓明指着苏为安对他们说："这儿有一个医闹的，扰乱了急诊的正常工作秩序，把她给我带出去！"

苏为安怎么可能拧得过这些保安？她内心惊怒交加，体内的肾上腺素已经飙升到了顶峰，却依旧无计可施。

眼见着情形就要失控，场面一时混乱，人群中走出一个挺拔的身影，白大褂的扣子颗颗工整地系紧，一丝不苟，明明面无表情，却带着一种不怒自威的气场，周围的人不由得都噤了声。

他径自走到患者床边，平静地问贺晓明道："怎么了？"

这声音……

从两名保安中间的缝隙里看清来人的那一刻，苏为安愣在了原地。

顾云峥。

同样惊讶的还有贺晓明，他看着本应在病房，却不知道为什么突然出现在急诊的顾云峥，搪塞道："家属和医生的意见出现了一些分歧，在这里闹事，我让保安请她先出去冷静一下。"

顾云峥凝眉，冷声道："我问你患者怎么了？"

贺晓明心里一紧，犹豫了片刻，避重就轻地解释道："这是一个亨廷顿舞蹈症发病两年多的患者，因为女儿发现他肢体发僵才入的院，但他配偶说之前出现过两三次这样的症状，过一段时间会自行缓解，因而我判定这是原发疾病的问题，让他们先观察。"

顾云峥没有立即说话，只是反复地检查着苏父的肌张力，随后掀开被子，检查下肢的病理征，是阳性。

顾云峥眉心紧锁，说："立刻送到CT室！"

贺晓明一怔："CT看不出亨廷顿舞蹈症……"

顾云峥威严尽显："但CT能看得出脑出血！"

在这么多人面前，贺晓明只觉得没面子，负隅顽抗道："患者神清，面部对称，四肢肌力未见明显异常，就算巴氏征阳性，可是亨廷顿舞蹈症本身也可能出现病理征阳性，这就是舞蹈症的症状波动，不需要再浪费时间！患者家属刁钻不讲道理，如果头部CT做出来没有问题，是不是还要反过来告我们过度医疗啊？"

顾云峥的面色越发阴沉，说："亨廷顿舞蹈症的不自主动作应该是什么样的？你又是怎么判断患者的肌力都正常的？"

贺晓明一怔："舞蹈样动作……顾医生，亨廷顿舞蹈症是罕见病，平日里能遇到的患者少之又少，而且我的方向是颅脑肿瘤，你这个时候非要我具体描述亨廷顿舞蹈症的细节，未免有些强人所难了吧？"

顾云峥的语气越发严厉："你连亨廷顿舞蹈症的舞蹈样动作是什么样的都不清楚，在这样严重的不自主动作的干扰下查体，患者更是无法完全配合，你又是凭什么判断出患者肌力完全正常？又怎么敢断言患者主诉的肢体僵硬是亨廷顿舞蹈症造成的？这个时候先排除更严重的疾病难道不是常识？"

虽然是问句，顾云峥却没想要贺晓明回答，他随即转头看向苏为安母亲的方向，问道："患者这个状态多长时间了？"

苏母愣了一下，一旁的苏为安先一步开口道："快三个小时了。"

虽然听到了她的声音，顾云峥却没有看她，而是继续向苏母问道：

"患者之前出现这种状态一般多长时间自行缓解?"

苏母看了一眼苏为安,迟疑了一下答道:"一个多小时吧……"

贺晓明的面色变白。

顾云峥连多看他一眼的意思都没有,当即指着旁边的保安道:"帮我把患者送去CT室!"又对贺晓明身边的温冉命令道,"通知急诊手术室立刻准备一个手术间!"

CT图像很快出来,真的在基底节区发现了出血,而且从影像上看,出血量大于30ml,达到了手术的标准。

在签手术同意书的时候,苏母的手有点抖,苏为安一面安慰着母亲,一面把签得歪歪斜斜的同意书递给了顾云峥,她强作镇定,却是难得低眉顺目,连语气都软了许多:"拜托了。"

苏母起先没有想到苏父这次会这么严重,此刻担心得已经魂不守舍,几乎是带着哭腔对顾云峥说:"拜托医生一定要救救我丈夫……"

苏为安扶住自己的母亲,因为知道顾云峥一贯极少浪费时间在安慰家属上,她拍了拍母亲的肩,想安抚住母亲的情绪,却在这时听到顾云峥说:"我肯定会尽全力做好手术,家属请不要太担心。"

许是很少说这样的话,顾云峥的语气略有些僵硬,其中的安慰之意却是十足的。

苏为安有些意外地看向顾云峥,却见他似是不认识她一般,并没有理会她的意思,目光只是对着她的母亲。

苏母感激地点了点头。

手术由顾云峥亲自主刀,没有给贺晓明上台的机会,杜云成作为助手进了手术室,想了想,他还是向顾云峥道:"刚刚的那个女生以前是我们班的同学苏为安,这位患者是她的父亲,还请……多关照一些。"

顾云峥手指微动,飞快地系好了手术服的系带,没有转身,冷声问:"从前没听你为谁向我说过这种话,她和你有什么特殊关系吗?"

杜云成因这样直白的问题有些尴尬,答道:"那倒没有,只不过……"

他没有再说下去,但他想说什么顾云峥已经猜出了七八分。

"你喜欢她?"

顾云峥是何其聪明的人,既然是想请他帮忙,有些事遮遮掩掩反倒显得没有诚意。

杜云成接过护士递来的卵圆钳，一面给患者的头皮进行消毒，一面状似轻松地道："喜欢过。她聪明、努力、性格直爽，你别看她长得文文静静的，上学那会儿最好路见不平，一旦惹了祸又会讨好般看着你乖巧地笑，真是拿她一点脾气也没有……但她不喜欢我，后来又突然退学了，我们班没人知道是因为什么。今天得知她父亲竟患有亨廷顿舞蹈症，我总觉得可能跟这个有关吧，想来她和母亲也挺不容易的，所以想请你多关照一些。"

除了工作以外，这几乎是他们之间最长的对话，更不要说听到杜云成这样夸一个人，为了这个人不惜低下头向他求情。看来，对苏为安，杜云成是真的在意。

顾云峥看着片子，似是漫不经心般问："只是喜欢过？"

杜云成沉默了一瞬，随后压低了声音："我有女朋友了。"

同在一个科里，顾云峥多少了解一点，问："那个跟在贺晓明身边的女生？"

杜云成又沉默了一会儿才答道："是，温冉和为安，她们原本是很好的朋友，不过因为贺老师的课题，好像产生了一些误会。"

顾云峥冷笑了一声："误会？你什么时候这么天真了？"

杜云成没有说话。

他自然见过苏为安在实验室和图书馆为了课题拼命的样子，可温冉和贺晓明老师提到这事时言辞一致，都指责苏为安明明没出过多少力，却贪图文章的第一作者署名，才导致双方翻脸，他并非天真，只是在现在这样的情境下，他找不出除了"误会"二字之外，其他还能让他接受的解释。

他犹豫了许久，终还是说："这世上的事并不是非黑即白、非对即错，这件事不管是谁的错，都有自己的苦衷。"

顾云峥看着他自欺欺人的样子，面无表情地冷声道："这么多年，你还真是没有变化。"

这么多年……

多年前那个枯燥的夏天，在爷爷的老宅子里……

杜云成一瞬之间白了脸色。

死寂。

明明是夏日，手术室里的气氛却压抑冰冷似寒冬。

除却手术指令，两个人再没有任何多余的交流。

顾云峥手上的动作极快，动作依旧有条不紊，杜云成看着，忽然想起他这次进神经外科之前，他的父亲杜院长曾对他说的话："虽然我知道云峥那孩子和你之间一向算不上和睦，但他的手术思路和技术是这家医院神经外科数一数二的，我让他们将你分去跟着他，你要借这个机会向他多学学，对你以后有助益。"

父亲说得不错，每当他跟着顾云峥上手术台，总会觉得他们之间的差距并不只有那几岁的年龄。他从小拼命努力，得了数不清的荣誉和掌声，内心却始终无法证明自己，每当别人面带春风般的笑意夸奖他年少有成时，他的脑海里都会浮现出那个人的面孔，明明面无表情，却又感觉他看着自己的目光带着清冷的嘲讽之意，明明什么都没说，却比说了什么都残忍，因为在他的眼中杜云成看到的自己，不过如此。

那是他极少为人知道的同父异母的大哥，顾云峥。

手术在四个小时之后结束了，已是深夜，走廊里异常安静，手术室的大门打开，率先走出来的是主刀医生顾云峥和助手杜云成，苏母和苏为安赶忙起身围了过去，有些焦急地等待他们说出手术结果。

开口的是顾云峥："手术很成功，但现在还无法判定这次出血对患者造成了多大的损害，术后患者有可能完全恢复，也有可能会残留部分功能损害，还需要进行手术后的进一步观察。"

苏母有些颤抖地点了点头，说："我丈夫他大概什么时候能醒啊？"

"有可能是术后二十四小时内，也有可能是几天，要看患者的情况，我们会先将患者送进ICU，等到病情平稳后再转入普通病房。"

苏为安想起母亲曾提到父亲之前的情况，总觉得有些不安，因而向顾云峥问道："我父亲之前出现过两次症状类似，但程度比较轻，而且有自行缓解了的情况，不知道与这次脑出血有没有关联？"

苏母亦是不解："是啊，医生，这次出血究竟是什么原因引起的？"

顾云峥看着紧张异常的苏母，用尽可能简单的语言答道："手术中我们看到血管上形成了动脉瘤而且破裂了，尽管脑动脉瘤导致脑实质出血的情况很少见，但目前来看这个可能性是最大的，术中我们已经对责任动脉瘤进行了夹闭,等患者病情稳定后会再行CTA等检查,明确血管情况,不必担心。"

"动脉瘤?"苏为安蹙眉,只觉得蹊跷,"半年前我父亲参加药物试验之前刚做过头部CTA,一切正常,才几个月的时间,怎么就形成了这么严重的动脉瘤?"

顾云峥有些疑惑地向苏母重复了其中最重要的几个字:"药物试验?"

苏母点头答道:"是章和医院温教授关于亨廷顿舞蹈症的治疗药物试验。"

顾云峥沉思了一下,向苏母道:"已经很晚了,你们先去休息一会儿,方便的时候把之前的检查报告,还有关于试验的资料拿给我看一下,看会不会发现什么问题。"

苏母感激地点了点头,连连道谢道:"今天要不是您出现,怕是要出大事啊,谢谢顾医生!"又招呼苏为安,"为安,快来谢谢顾医生!"

苏为安心里很清楚,在急诊时顾云峥的突然出现于她和她的父亲而言是何其重要,贺晓明公报私仇,甚至叫来了保安,那个时候她其实已经无计可施,如果不是顾云峥,她不敢想象事情会变成什么样子,她不知道为什么顾云峥会在那个时候出现在急诊室,她告诉自己也许真的只是一个巧合,至于其他的,她并不敢多想。

她望向顾云峥,微抿唇,低声认真地道:"谢谢!"

顾云峥礼节性地向苏母点了点头,目光扫过苏为安,却也不过是短暂的一瞥,像是在看一个不认识的人。

又或许他就是希望他们从来也没有见过。

总归是她在中非不告而别在先,总归都是她自找的。

顾云峥随后就离开了。

见苏为安低了头,方才跟在顾云峥身后没有说话的杜云成走过来安慰道:"别太担心了,顾……老师手术完成得很出色,你也知道ICU不允许家属留陪,我会帮你看着,等伯父清醒过来立刻告知你们。"

苏为安刚要说"谢谢",一旁的母亲身体却晃了一晃。

先前她们和贺晓明闹了那样大的一出,之后又在恐惧和担忧中挨过了大半夜,几乎要将整个人耗竭,此时松下这口气,随之而来的是一种天旋地转的感觉。

苏为安赶忙伸出手想要扶住母亲,却是杜云成的速度更快,他搀住苏母走到一旁的椅子上坐下,问道:"您怎么样?"

苏母深长地呼吸了几次,感觉缓和了些许,摇了摇头,说:"我没事,就是有点累了,谢谢。"

苏为安下意识地去摸兜,里面却是空的,倒是杜云成从白大褂口袋里掏出一颗糖来,递给了苏母,也不是别的什么糖,是颗大白兔。

苏为安有些意外地看了一眼杜云成,视线相接,下一刻却都不约而同地别开了眼。

偏偏不明所以的母亲看了一眼道:"好巧,我们为安也喜欢随身带块这个糖。"

其实一点也不巧。

苏为安很清楚杜云成的这个习惯是从什么时候开始的,大四那年他们一起代表学校参加比赛,由于她从小的体质问题,只要一紧张就容易低血糖,因而总是在兜里备一块大白兔,但难免会有遗漏的时候。有一场比赛她因为头晕状态全无,全靠杜云成顶了下来,事后他并没有任何责怪,反倒是自此有了一个习惯,总会在兜里替她多准备一块糖,可她没有想到,他到现在依然保留着这个习惯。

苏为安若无其事地向杜云成道了谢,接过糖喂给了苏母,杜云成看了一眼表,才凌晨四点,离天亮尚有一段时间,他对苏为安说:"伯母现在身体虚弱需要休息,这个时间打车也不好打,要不我带你们先去科里医生休息室歇一歇,等天亮了再回家吧。"

苏为安轻蹙眉,有些犹豫,倒是苏母先开口道:"这样太给你们添麻烦了,我没什么事,我们……"她说着,刚要站起来,却是腿一软,又跌坐回了椅子上。

杜云成赶忙道:"没什么麻烦的,苏为安和我原来是同学,这点关照还是应该有的。"

苏母微讶:"同学?"

杜云成应道:"六年同窗。"

六年……这话说出来,就连苏为安都有些感慨,加上她离开的这两年,他们认识有八年了。

杜云成望向她,希望这份同学情谊能够打消她的顾虑。

他话都已经说到这个地步，而且母亲此刻连站立都困难，确实迫切需要一个地方能躺下歇一歇，苏为安因而迟疑了一下，还是承了杜云成的人情，说："谢谢。"

　　但苏为安忘了一件关键的事情，神经外科不只有杜云成，当她想起这一点的时候，已经站在了医生值班室的门口，旁边医生办公室的门是开着的，她装作不经意地看向里面，只见顾云峥正在电脑前写着记录。

　　杜云成推开值班室门的时候，正撞上从屋里出来的贺晓明，对方显然是刚从睡梦中被叫醒，杜云成礼貌地叫了一声："贺老师好。"

　　贺晓明打着哈欠揉着眼睛应了，却在视线变得清晰，看到杜云成身后的人时愣住，下一刻，他两条眉毛拧得似乎都要打成死结，指着苏为安和她母亲道："你们……"

　　杜云成赶忙解释道："为安以前是我同学，她母亲现在身体有些虚弱，现在又是夜里，回家有些不便，我将他们带到值班室暂时休息一下，还请贺老师见谅。"

　　杜云成话说得聪明，贺晓明又怎么会不知道苏为安以前是这里的学生，但杜云成这样一说，便是假装自己不清楚当初的事，将两个人的恩怨隔过去了，再加上他是杜院长的儿子，贺晓明也不能像对别人一般直接呵斥过去，虽然心里不满，面上却要做出客观公平的样子。

　　他开口："这里毕竟……"是医生休息的地方，外人进来不太合适吧？

　　话还没说完，就听医生办公室里传来顾云峥微沉的声音："贺医生，刚刚你那女学生来和你说九床怎么了？"

　　他的语气很是平静，似乎只是随口问起。

　　贺晓明一怔，也顾不上苏为安和她的母亲了，赶忙道："头有点晕，我正要去看。"

　　说完，他赶紧向病房走去。

　　看似与她无关的一句话，却解了她的围，苏为安看向办公室内，顾云峥正专注地看着面前的显示屏，视线并未移开半分，她在心里自嘲一笑，没准他的那句话本来就与她无关。

　　杜云成帮她扶着苏母到值班室最里面的床上躺好，苏为安向他道谢，他也只是笑了笑，说了句"我先去忙了"。

　　母亲是真的累了，躺下没有多久便睡着了，苏为安起初担心贺晓明回来会再有冲突，强迫自己清醒着，然而等了许久也没见有人进这间值班室，终是抵不过重重倦意睡了过去。

再醒来的时候天已经大亮，苏为安睁开惺忪的睡眼，就见杜云成正轻手轻脚地进屋来，手里拎着一袋子早饭。

看到她醒了，杜云成带着歉意小声道："我吵到你们了吧？"

苏为安摇了摇头，看了一眼表，已是早上七点，快到早交班时间，一会儿这里的人就要多起来了，她赶忙叫醒母亲："妈，我们该回家了。"

杜云成将手里的早饭放到桌子上，安抚她们道："没事，还有一会儿，不用那么急，吃了早饭再走吧。"

苏为安看着杜云成，带着歉意地道："还麻烦你给我们带早饭，真的太不好意思了！"

杜云成坦然地笑了笑："没有麻烦，昨天后半夜的时候顾云峥……顾医生叫我们过去办公室，帮他一起整理这个月的病例来着，说要表示感谢，所以订了早饭，多了不少，我就拿来借花献佛了，你不用客气。"

苏为安轻蹙眉，问："整理病例？"

杜云成打了个哈欠："嗯，可能是刚从中非回来的第一个月吧，顾云峥这次好像格外重视，把贺老师和我们都叫过去帮忙了，弄了一晚上。"

原来是这样，她还说昨天晚上在这里怎么这么安稳又安静地待了一整夜，原来是顾云峥把其他人都叫走了。

苏为安低头，轻声道："谢谢。"

不明所以的杜云成又摆了摆手，说："没事。"

苏父在术后第二天就清醒了过来，在ICU观察了两天后没有什么大的问题，转入了普通病房，由苏为安和母亲去医院看护。

这件事迅速传遍了医院上下，大家都知道那个举报了神经外科副教授的女学生回来了，还在急诊室扬言要告到贺晓明再也当不了医生，于是每天都有许多认识或不认识的人"路过"苏父的病房门口，来围观这桩热闹。神经外科的医生更是对苏为安久闻其名，毕竟这可是害得整个科室在全院大会上挨骂、被扣奖金的罪魁。

苏为安和母亲刚将病房里的东西收拾好,就听没有关严的病房门外面传来两个人的议论声:"这就是那个因为想占作者署名就把贺晓明举报了的那个学生?"

"就是这个,一封邮件直接闹到国外杂志社去了,厉害吧?"

"但她怎么退学了?"

"谁知道?自己亏心,觉得待不下去了吧?"

"遇上这么一学生,算贺晓明倒霉。"

"谁说不是。"

他们的声音不大不小,刚好让屋里的人听清楚,苏母有些惊诧地望向门外的方向,问道:"为安,他们这是在说谁啊?"

苏为安正叠着父亲的一件衣服,蹙紧了眉,头也没抬地道:"别管,和我们没关系。"

虽然这么说,苏母神情中的担忧却丝毫没有减退,她有些不忍地看向女儿,自从苏父被查出患病以来,苏为安已经很久没和家里提起她自己的事了,偶尔聊起来也总是报喜不报忧,这些年究竟发生了什么苏母也无从得知,但是"贺晓明"这个名字苏母是有印象的,记得之前刚加入课题组的时候,苏为安曾经很兴奋地和他们提起过,可是怎么就……

门外的两个人似乎还意犹未尽,没有要走的意思,苏为安忍耐用尽,正要走过去将门撞开的时候,听到外面传来语调冷淡的声音:"两位张医生在我负责的病房门口聊什么呢,这么热闹?"

顾云峥的目光似是不经意地扫过他们,两个人不约而同地噤了声。

总觉得顾云峥好像……生气了?

其中一人反应快,赶忙道:"没什么,我们手术去了,顾医生先忙。"

这之后苏为安只听到一阵远去的脚步声,而后顾云峥走进了病房,他走到苏父的病床旁,简单地查看了情况,确认没有什么异常,才对苏母道:"目前没什么问题,先注意看护,有什么事及时和我沟通。"

苏母连连点头,就听顾云峥又道:"您之前提到的临床试验的事我去查了一下资料,这个药物之前的小型临床试验结果好像都没有什么问题,但动物试验中确实有报过会有形成动脉瘤的风险,谨慎起见,我建议你们先停药看看。"

苏为安闻言一怔,没想到顾云峥这么快就将这个药物之前的动物试验都查得一清二楚,她看着他,一时说不出话来。

苏母还有些顾虑,问道:"但是停药的话,我先生的亨廷顿舞蹈症要怎么办?"

顾云峥早有安排:"控制亨廷顿舞蹈症的药物我会请内科的专家来开新的方案,但还需要你们之前在章和医院的材料做参考。"

苏母这才放下心来,感激地应道:"好好好,我这就让我女儿回去取。"

她说完,看向苏为安,苏为安会意,又看了一眼父亲,随后转身出了病房。

这之后顾云峥又向苏母询问了一些苏父之前亨廷顿舞蹈症的情况,大致了解之后叮嘱苏母说:"等您女儿将资料拿回来就给我看。"

苏母连连应声。

该说的都说完了,顾云峥转身正要出病房,却又突然被苏母叫住:"顾医生!"

他回头,却见苏母变得有些犹犹豫豫:"那个……顾医生,我女儿苏为安之前是华医大的学生,曾经在这家医院学习过将近三年,不知道您原先教没教过她?"

顾云峥微蹙眉,问:"怎么了?"

苏母低下头,似是在踌躇措辞:"为安她以前很喜欢学医的,特别想当医生,可是两年前她突然退学了,我们其实也不知道是因为什么,刚刚我听到外面有医生说什么杂志社的事,很担心他们是在说为安,特别怕为安闯了什么祸不敢跟我们说,想着要是您以前也教过为安,能不能问问您为安上学的时候怎么样?"

刚刚的话,屋里的人果然听得一清二楚,就连不明所以的苏母都知道那或许与苏为安有关,并且不是什么好话。

顾云峥轻叹了一口气。

苏为安啊……

他抬起头,直视着苏母的眼睛:"她是我见过的最认真、最聪明的学生,她很清楚自己在做什么,她并没有做错任何事,更谈不上闯祸,所以你们不用担心。"

顾云峥语气中的坚定让苏母有些意外地一怔,一时之间竟觉得自己对女儿产生这样的担心不仅多余,而且是她身为一个母亲不应该产生的不信任:"她……我……我知道了,谢谢您了!"

顾云峥点了下头,说:"没事。"

苏为安将材料带了回来。

她进医生办公室的时候,杜云成正在和另外一个同学梁佑震一起看着一张脑部MRI片子,争论着什么,她从后面走过去仔细地看了看,说:"这是海绵状血管瘤吧?"

打光板前的两个人一起回头,见来的是她,梁佑震诧异地道:"苏为安?"

并不是不知道她父亲住院,只是没想到她这么坦然地站在这间医生办公室里,毕竟从某种角度上来说,她可算得上是神经外科的"公敌"。

杜云成倒是没什么惊讶,只是依旧专注地看着片子,问她道:"为什么?"

苏为安又向前凑了凑,指了指皮质的位置道:"T1和T2都是混杂信号,T2和SWI上的边缘低信号还算明确,但占位效应不是很明显,水肿也不大,不是很像肿瘤,应该是海绵状血管瘤。"

梁佑震顺着她指的地方看了一眼,却是满脸的难以置信:"你说这儿?低信号?"

杜云成认真地端详了半晌,点了点头,说:"确实是有一些,但如果这里算的话,那这边是不是也应该算上?"

他说着,手指上了周围的一圈,苏为安看了看,蹙眉道:"这个应该不是。"

"为什么?"

苏为安仔细想了想,慎重又慎重地说了两个字:"感觉。"

杜云成回头看她,忽而一笑,摇了摇头。

苏为安挑眉。

她知道他在笑什么。她还是老样子,和当初他们组队代表学校参加比赛的时候一样,每次有什么拿不准,都会以这两个字作为依据,但关键是她的感觉一般还挺准,所以杜云成大部分的时候都会选择相信。过了这么多年,眼前似乎又浮现出了当年的情景,竟有难得的熟悉感。

却在这时,杜云成忽然回过神来,向苏为安解释道:"这是急诊刚收的一个病人,主任拿着这两张片子,一眼就从患者脑出血的血肿里看出了海绵状血管瘤,我们就拿来琢磨琢磨。"停了一下,他又问,"你来是有什么事吗?"

"嗯,我找顾云峥,有一些资料要给他。"

杜云成微蹙眉,隐约觉得苏为安对顾云峥的叫法有哪里不对,却也没有细想:"顾医生刚接了一台急诊的动静脉畸形破裂手术,可能要等一会儿了。"

"动静脉畸形破裂?"这可不是一般的手术,难度高、风险大,一不小心患者就可能下了手术台,所以一般的医院、一般的医生都不愿意接这样的手术,接下这台手术,顾云峥可能一时半会儿忙不完了。

她正要说"没事,那我再等等",不知道从哪儿忙完的温冉在这个时候回来了,她一进办公室就看到苏为安在和杜云成说着什么,先是一愣:"为安?"随后换上了灿烂的笑容迎了过去,"你这次回来这么长时间,我们也没来得及好好聊聊,伯父现在好多了吧?"

苏为安淡淡地应了一声:"嗯。"心里却很反感温冉问及自己的父亲,急诊入院那天她和贺晓明一唱一和地挖苦她,差点延误父亲病情的事还历历在目,此刻温冉未免太过自讨无趣。

温冉不动声色地站到了杜云成和苏为安的中间,十分"大度"地说:"为安啊,你有什么需要帮忙的,就及时和我说,这么长时间以来,虽然发生了很多事,但我们的情谊还在,我一定会尽力帮你的,还有云成,小事情他可能也会帮你。"

温冉这话一半是说给在场其他人听的,一半是说给苏为安听的。这么长时间以来发生了很多事,指的就是文章署名的风波,在科里的人眼中,温冉和贺晓明才是受害者,此刻温冉却能念及情谊照顾苏为安,显示出了她的大度,而提到杜云成的时候,她用了"可能也会"几个字,就是想告诉苏为安,杜云成与她苏为安并没有多深的交情,就算是小事情,也不要老来找杜云成。

苏为安看着温冉认真的样子,忽然笑了。温冉总是在这样无聊的事情上这么认真,真的很可笑。可是她眼底清清冷冷的,透着一股子寒意,说:"我没什么需要你这种'专业人士'帮忙的。"

父亲在危急关头时,温冉的冷嘲热讽犹在耳畔,什么相信专业人士的判断,若不是顾云峥突然出现,只怕她要在派出所收到失去至亲的消息。

先是抢夺她的成果、对她肆意构陷，又差点害了她的家人，就算是心胸宽似太平洋也无法忍受，更何况苏为安自认胸怀有限，若不是现在父亲还住在科里，若不是照顾重病的父亲已经让她十分疲惫，她绝不可能再与温冉进行如此和平的对话。

杜云成试图替温冉解释："为安，温冉那天的话是无心的，没有恶意，她后来听说伯父病情危急，也很自责来着。"

自责？看她进来时趾高气扬的样子，哪里有半分的自责。这些话温冉用来糊弄杜云成就够了，经历了这么多事，苏为安却是不会再相信了。

扫了一眼温冉半青半白的脸，苏为安冷声道："我还有事，先走了。"

走出办公室的时候，她听到身后传来梁佑震不明所以的声音："哇，这个苏为安，简直了……"

虽然顾云峥没有在，但下午的时候，神经科的主任亲自过来会诊，说："顾医生说患者病情复杂，坚持请我亲自过来会诊，把资料给我看一看吧！"

苏为安自然知道请大主任腾出时间过来会诊是一件多不容易的事，连声感谢，赶忙递上了文件袋。

大主任戴着一副金丝边的眼镜，认真地将文件一一看过："你父亲的情况确实有些复杂，好在病程不算长，既然决定要退出药物试验，那我就先写一个服药方案，你等会儿交给小顾，正好趁患者住院的时候观察一下效果，随时调整。"

苏为安点头，就见主任拿出纸，一字一字严谨地写清了服药名称和方法。

主任时间宝贵，这之后便要赶回自己科里开会，苏为安恭敬地将他送出病房。主任临走之前像是忽然想起了什么，特意提醒她道："这个病是遗传的，之前的医生应该也和你们提过，你是患者的子女，应该考虑一下去做基因检测的问题。"

苏为安面色一僵，随后有些勉强地笑了笑："我知道，谢谢您了。"

主任略一颔首,在他转身离开的时候,苏为安看到离他们不远处,温冉站在那里用一种奇怪的表情看着她。

苏为安心里下意识地一紧,温冉应该是听到了他们的对话,但转念再想,听到了又能如何。

她没做理会,转身回了病房。

顾云峥这一台手术直接做到了晚上下班的时间,其他的医生都去会议室交班了,苏为安出来给父亲打饭的时候,就见顾云峥组里的小医生揉着膀子、转着脖子地走回来,感叹连连:"动静脉畸形破裂可真是够折磨人的,跟拆弹一样,咱们都已经快撑不住了,想也知道主刀有多累,也真是亏了顾医生能撑下来。"

另一人应声道:"谁说不是,像这种费力不讨好的手术,科里也没几个人愿意接,闹得现在急诊一有这种病人就找顾医生。"

"是啊,不过你说顾医生老接这种难度高、风险大的手术,居然还能保持零手术台死亡率,也是够厉害的。"

另一个人也是一番唏嘘:"这人和人真是不能比啊。"

"反正我是不想和他比,我还是先想想还房贷的事吧。"

也不知怎么,苏为安忽然想起他们在中非初见的那天,她指着他的鼻子指责他为了保持手术成功率拒绝难治患者的情景,想来真的是冤枉了他。

他们在中非那会儿啊,他可是那个"不近人情"的顾云峥。

细算下来已经过去了将近三个月的时间,现在想起,却又清晰如昨。

为父亲打完饭之后,苏为安又去小超市买了些父亲要用的生活用品,回到病房的时候就见母亲正和不知道什么时候过来的顾云峥说着什么。经历了一天的漫长手术之后,苏为安能看出顾云峥的神情之中透露着些许疲惫,却还是很有涵养地、耐心地和苏母聊着。

见她回来,母亲招呼她过去打招呼,她看了一眼顾云峥,正撞上对方的视线,顾云峥公事公办地向苏为安点头打了个招呼,下一刻,就若无其事地向苏母略一致意:"您多休息,我接着去查房了。"

苏母突然反应过来,忙说:"耽误了您这么长时间,真是不好意思!"

顾云峥礼貌地笑了一下，说："没事。"

他随后离开了病房，目不斜视地从苏为安身边走过，她却在他擦肩而过的时候心里漏跳了一拍。

她在心里戳着自己的脑袋警告自己：苏为安，别多想了，人家也许根本就不想见到你，是你先说的，你们没有可能，是你先告诉自己要悬崖勒马，又在中非不告而别，好不容易如你所愿断得干干净净，你却平白生出这么多乱七八糟的心思，丢不丢人？

可就算是这样想，心里的那点念想也没能消失，反倒是又多了几分难过，掺在一起，难受得很。她却还是若无其事地走到母亲的身边，唤了一声："妈。"

苏母将将从顾云峥离开的方向收回视线，轻叹了一口气，对苏为安道："你爸这次病得又急又重，多亏遇到了你顾老师，自入院以来这么关照我们，真是应该好好谢谢人家。"

自然是应该感谢顾云峥的，苏为安心里也很清楚，她点了点头，却在这时忽然意识到什么……

她惊诧地道："妈，你怎么知道他当过我老师？"

说到这里，苏母的神色之中也有些尴尬："早上那会儿我怕你在医院惹过什么祸不敢告诉我们，正好顾医生过来，我就问了问他以前教没教过你、知不知道什么事，顾医生说他以前确实教过你，还说你是他见过的最聪明、最认真的学生，没有做错任何事，让我们放心。"

苏为安没想到之前那两个医生在病房外的话终是让母亲猜出了端倪，也没有想到母亲居然去问了顾云峥，更不会想到顾云峥是这样回答的。

她一怔，问："顾云峥……顾医生他真的是这样说的？"

"嗯，为安，你真的是遇到了一个好老师。"

嗯，好老师。

苏为安轻合眼，心里像是被谁拧了一下，疼得说不出话来。

晚上的时候，苏为安怕母亲的身体撑不住，自己留下来值晚班陪护父亲，因为父亲的病情已经见好，不像起初那么凶险，苏为安只需照看至父亲入睡，自己也可以在一旁休息。

深夜的时候，苏为安去了一趟卫生间，回来的时候轻轻地替父亲掖了掖被角，却隐约觉得父亲好像有哪里不太对劲，她赶忙拍着父亲的双肩唤道："爸！爸！你醒着吗？"

躺在床上的父亲没有任何回应，她掀开被子又试了试父亲手臂的肌张力，是硬的，抬了抬父亲的脖颈，也是硬的。

她只觉得心里咯噔一下，赶忙按下了床头上的呼救铃。

值班医生宋乔生很快赶了过来，在对苏父进行了初步的查体后，发现左侧瞳孔对光反射消失，宋乔生当即对值班的一线医生道："立刻带患者去做CT，随时准备手术！"

眼见着一群人手忙脚乱地将父亲推走，苏为安整个人都在抑制不住地颤抖，父亲几天前刚刚发生了动脉瘤破裂出血，经历了一场大的开颅手术，还没从上一次的损伤中恢复过来，现在又出现了这么严重的新症状……

她不敢再想下去！

拿出手机按下顾云峥电话的时候，她其实不敢有什么期待，她并不知道他的国内电话，只有他在中非时的那个国际长途，想来他回来这么久大概早就不用了，可此刻除了顾云峥，她想不到能够让她更加信任的人，就算已经是空号，她也必须要试一试。

出人意料地，电话嘟嘟地响了两声，竟然接通了，是顾云峥略显低沉的声音："喂？"

苏为安一怔，惊恐交加的内心淌过一份暖意，让她的鼻翼不由得有些发酸，她深吸了一口气，强迫自己平静下来，说："是我。"

"嗯。"

"我爸他……他病情加重了……"

顾云峥匆匆赶到医院的时候，就见苏为安一个人蹲在手术室门口的墙边，双手抱膝，将自己蜷成了一团，许是听到脚步声，她抬起头，见来的是顾云峥，她急忙想要站起来，然而因为蹲得太久，腿已经麻木，整个人晃了一个趔趄。

顾云峥伸手扶住她问："你还好吗？"

苏为安本能地摇了摇头示意自己没事，可腿上袭来的强烈酸麻感让她动弹不得，只能靠扶着顾云峥的手臂勉强站立。

"对不起，这么晚还打扰你……"

"没事，到底是怎么回事？"

"十二点多的时候我发觉父亲的样子不太对,试了一下双侧肌张力都是高的,脑膜刺激征也更重了,就呼叫了值班医生,宋医生检查后发现左侧瞳孔对光反射消失,CT显示蛛网膜下腔伴脑实质出血,现在人刚进手术室没一会儿,我不敢告诉母亲这件事,我怕她现在一个人出什么意外,只能自己先在这里等着……父亲他刚熬过去一场大手术,又出现这样的情况,我真的特别害怕……害怕他……"

苏为安说不下去了,却又忽然醒悟过来,伸手抹了一把脸,自嘲地笑道:"我在跟你啰唆些什么……"

顾云峥看得出她此刻极度焦虑,安慰她道:"你先别着急,虽然你父亲连着两次进行开颅手术创伤确实会很大,但好在他的年龄还不算大,基础情况还算不错,应该能撑下来的,宋医生的动脉瘤手术非常娴熟,我马上也会进去看看有没有什么能帮忙的,你听话,在这里等着,不要胡思乱想,自己吓自己知道吗?"

苏为安喉头发酸,哽在那里说不出话来,只能点了点头。

顾云峥随后就换了衣服进了手术间。

再出来的时候已经是三个小时以后,苏父果然被成功地带下了手术台,见到父亲平静地躺在轮床上,苏为安终于长舒了一口气。

父亲随后被重新送到了ICU,上一次和母亲在一起时,为了照顾母亲,她时刻提醒自己坚强,然而这回只剩下了自己,见手术成功,支撑她到现在的那股力气已经去了一半。

宋乔生在手术结束以后就回科里值班了,留下顾云峥向她做术后交代。

"我们在术中看到这次出血很可能是眼动脉上形成的一个动脉瘤破裂导致的,已经夹闭,目前看来患者是多发动脉瘤,等患者病情平稳会尽快行CTA检查,以筛查有没有其他的动脉瘤。"

"又是动脉瘤?"苏为安只觉得不可思议,"一年前参加试验的时候血管还是好好的,怎么这么短的时间内就出现了这么多的动脉瘤?"

虽然是问句,但顾云峥很清楚苏为安并没有想要他回答。

果然,只见苏为安伸手扶住了自己的脸,后背靠着墙缓缓地蹲了下去:"我应该阻止他们的,他们说要参加那个药物试验的时候我就应该阻止他们的……"苏为安的声音中已经带着哭腔,"可那个时候我刚查出亨廷顿舞蹈症不久,天天光顾着怨天尤人,如果那个时候我能像你一样,想到去查一查这个药物之前的动物试验,看到有出现过动脉瘤的情况,说不定就会阻止他们参加试验了!"

顾云峥在她面前蹲下身来,看着双肩起伏不止的苏为安,安慰道:"现在还不能说这些动脉瘤都是试验药物导致的,而且就算你当时看到了那一例动脉瘤的动物试验,也不可能预料到会有这样的后果的,毕竟这个药物前期的临床试验记录良好,你没有阻止他们,也只是不想让你父亲错过这一次可能使病情好转的机会罢了。"

苏为安抬起头的时候已是满面泪光,她说:"不是的,我是为了自己,我那个时候想,如果父亲参加的这个试验药物有效,那是不是就意味着我也有药可治了……"她说着,在已经哭花了脸的情况下竟还能挤出一个自嘲的笑,"你看我有多卑鄙,竟然为了自己,让父亲去做试验品。"

顾云峥看着她狼狈的样子有些心疼。明明她也是受害者,明明她也是无辜的,却偏偏把所有的责任都揽在自己身上,这样苛责自己。查出亨廷顿舞蹈症是一件多么令人痛苦的事情,他光想想就已经觉得恐怖,更何况她作为当事人该是怎样的心情?可面对此时父亲出现的不可能预料的情况,她的第一反应是责怪自己,责怪当初那个已经足够痛苦,不可能完全理智的自己。

他开口,语气很重:"嗯,你特别卑鄙,明明早就预料到父亲参加药物试验一定会出现严重的动脉瘤破裂,却为了自己能被治愈而逼着父亲去参加药物试验。"

苏为安沉默了。

顾云峥目光紧紧地盯着她问:"苏为安,告诉我,你是这么做的吗?"

既然不是,你究竟做错了什么,要这么折磨自己?

苏为安说不出话来,眼泪却止不住地往下掉。她只是想不明白,如果她没有错,如果谁都没有错,那为什么这么多无法预料的灾难都发生在他们的身上?为什么他们总是那十万分之一,甚至百万分之一?为什么这种被雷劈一般的概率总是落到他们头上?

她咬住自己的手背,不让自己哭出声来。

顾云峥拉开她的手,只见一圈牙印上个个都出了血点子,他心疼地将她揽进怀里。

这个夜晚，靠在他的身上，苏为安哭到近乎脱力。

后来等她再也哭不动的时候，顾云峥将她打横抱起，带回到她父亲原来的病房，让她休息一会儿，回去的路上，她靠在顾云峥的身前问："你为什么还留着中非的手机号啊？"

顾云峥轻描淡写地道："怕中非那边的医生需要远程援助。"

"真的就只是因为这个？"

顾云峥沉默了几秒，才说："怕你遇到什么事，找不到人帮忙。"

苏为安忽然开心地笑了，她将脸埋进他的胸口，半晌，声音闷闷地道："好困，我要睡了，等我醒过来，你说的话我都会忘了的。"

顾云峥平静地应："嗯，那就忘了吧。"

苏为安没有再说话，只是没过多久，顾云峥觉得胸口处温温热热的，又有点湿，她大概又哭了。

因为太过疲惫，苏为安随后就昏昏沉沉地睡了过去，醒来的时候时间已经不早，她环顾了一下四周，想起昨晚父亲突然发病的事，还没来得及告诉母亲，再过不久母亲就要到医院来了，想到这里，她赶紧去洗漱，一面洗一面在想要怎么让母亲尽可能平静地接受这个事实。

梳洗完回来的时候，苏为安才注意到床头柜上多了一个袋子，她打开一看，里面是几个饭盒，西瓜、荔枝、蟹粉小笼包、蒸排骨和鸡腿，一样不差，都是她在中非时跟顾云峥喊过的要吃的东西。这么一大早，鬼知道他究竟是上哪儿凑齐的这些东西，饭盒下面还有一张纸条，上面是四个遒劲有力的大字："生日快乐。"

苏为安掏出手机，日期上端端正正地显示着几个数字：2017/07/07。是她的生日。

因为父亲突然生病，她连自己的生日都忘了，她只是在给他银行卡的时候顺嘴提了那么一句，他却替她记得清清楚楚。

她几乎是想也没想，转身就冲了出去，医生办公室里的人说他刚刚出去会诊了，她追到楼梯间，终于叫住了他："顾云峥！"

已经下了半层楼梯的人停住了脚步。

她往下走了一级楼梯，小心翼翼地问："你还缺女朋友吗？有病的那种！"

话音落，四下寂静，苏为安连呼吸都变得小心翼翼。

在苏为安紧张的注视下，顾云峥转过身，向她张开了双手。

苏为安跑下楼梯,几乎是扑进了他的怀里。

就算她没有以后,可此刻她那么喜欢他,怎么舍得再放开他。她这辈子也不可能再遇到第二个顾云峥,她离开过一次,上天给了她第二次机会,她要知道珍惜,就算以后会很痛很痛,她也想先把这一刻过好。

她说:"顾云峥,我们就随意交往一段时间吧,不想以后。"

顾云峥却突然放开了她。

"我从不干不想以后的事。"

苏为安愣住了。

她好不容易才决定放下那些于她而言像噩梦一般的事实,为什么他一定不肯放过?

她看着他,几乎要哭出来:"你明知道我没有未来可言……"

可是自决定在一起的那刻起,他就将她放进了他对未来的所有计划里。

他义正词严地对她说:"苏为安,你不需要未来,因为我就是你的未来。"

他要的不是得过且过的欢喜,而是能够风雨共担的相守。

虽然那是她不敢去想的东西,可是有这样一个人这样坚定地愿意为她一力承担,她忽然觉得庆幸。

顾云峥直视着她的眼睛认真地道:"如果你再敢像上次那样不告而别,我绝不会原谅你第二次!"

一句话不说就敢从中非离开,电话提示音从关机到空号,气得他都快炸了,却还是担心她一个人会出什么事,怕她没人帮忙,所以他留着一个国际长途号码不敢关机,每每想起,自己都觉得真是中了邪。

后来在医院再见到她,时隔一个月想起当初的事,他心底的气竟然丝毫未消,原本一句话都不想跟她说,可是看到她哭,又忍不住想抱着她。

他一向自认行事果断,最讨厌优柔寡断,可偏偏遇上苏为安,让他想放放不下、想忍忍不了,连生个气都要小心翼翼,生怕伤到她。

提起在中非不告而别的事,苏为安自然能想象到他当时该有多生气,可是……

绝对不会原谅她第二次……

苏为安禁不住撇了撇嘴,好凶啊!

被他开除那会儿他都没有这么凶啊!

她瞄了他一眼,假装被他吓到,转身道:"那我走了。"

刚转了六十度,她就被人用力抓住手臂拉回了怀里,顾云峥用手抵住她的后脑,直接吻了下来。

良久,他才放过几乎软在怀里的她,他的声音在她的耳畔响起,虽轻却是异常坚定,他说:"为安,不许再离开。"

苏为安抬头,正望进他墨黑的眼眸中,里面有星星点点的光芒,映出了她的模样,她的心里莫名一动。

她轻踮起脚,与他唇齿相贴,又是绵长的一吻。

## 第五味药　误会生

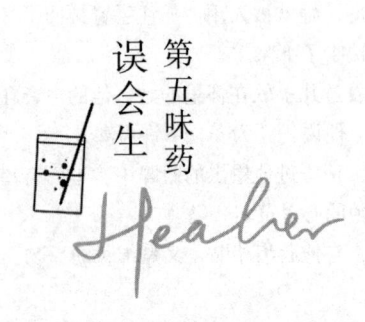

*Healer*

因为和顾云峥之间的事情涉及她去中非那一段，怕本就因为父亲的病情而焦头烂额的母亲生气，苏为安决定等到父亲痊愈出院以后再向他们坦白，更何况父亲现在还住在科里，她也怕他们之间的事会无端生出许多流言，影响到顾云峥。

将父亲夜间发病的事告知母亲的时候，母亲果然又晃了一大晃，好在苏为安及时扶住了她，幸而父亲已经转危为安被送入了ICU，母亲才稍稍放心了些。

顾云峥会诊完回到科里，第一件事就是来和苏母谈接下来的治疗计划："患者动脉瘤的情况比我们想象的还要严重，虽然还不能完全确认与试验药物有关，但以目前的情况看，是必须要退出药物试验的了。等到过两日患者情况平稳后，我们会立即送他去做CTA检查，以免还存在其他高风险的动脉瘤。"

惊魂未定的苏母连连点头，又忍不住与苏为安一样责怪自己："都怪我，好端端地，为什么要同意他去参加什么临床试验？"

顾云峥看着懊恼的苏母安慰道："这并不一定是试验药物的原因，也有可能是患者前期就存在动脉瘤的危险因素，只是刚好赶在这个时候长出来罢了，更何况就算真的是药物导致的，也不是你们能预料到的，这个药物的前期结果都很好，被业界普遍看好，若不是因为患者出现了这么严重的不良事件，说不定能很好地控制住他的亨廷顿舞蹈症症状。"

苏为安也道："是啊，妈，你之前不也说过，这个药物对控制父亲的症状起到了不错的作用吗？至于可能出现的不良事件，是药物在临床试验期不可避免的风险，怨不得您啊！"

苏母没有说话，可从她的表情来看，苏为安知道母亲的心情并没有轻松多少，她陪着母亲在监护室门口，从上午十点足足等到下午三点的监护室探视时间，进去看了一眼父亲，各项生命指征平稳，才松了一口气。

之后父亲的病情再次转好，回到了普通病房，顾云峥第一时间开出了血管影像检查。检查当天顾云峥组里有手术，一干人等全都上了手术台，苏为安和母亲守在病房里，从早上八点到下午三点多，始终没有等到接父亲去影像科的师傅，苏为安觉得不对，进医生办公室找到其他组的医生询问，对方找了一下单子，发现时间是今天上午，但到现在患者还没被接走，也有些意外，又打了个电话叫师傅过来。

没过一会儿，就见一个大嗓门的老师傅急匆匆地赶了上来，对医生嚷嚷道："你们科做增强CT的那个病人，不是上午就接走了吗？"

苏为安一怔："不可能，我们等了一天，连来接的人影都没见到。"

那师傅也有些诧异，说："怎么可能？我上午过来的时候，有个女医生把一个病人的检查单子塞给了我，还给我指了病人，看着我把病人接走的。"他说着，视线在医生办公室里转了一圈，指着窗户旁边的人，"就是她。"

苏为安转头一看，只见站在窗边悠然喝着咖啡的那个女医生，正是温冉。

见大家都看着自己，温冉一脸不明所以的样子，说："啊？怎么了？早上的时候我开了一个患者的CTA，师傅来的时候，我以为是来接我的病人的，是不是闹出了什么误会？真是不好意思啊！"

她说着，不好意思地笑了一下，一旁的梁佑震赶忙道："没事没事，也不是多大的事，再送一次就好了。"

还真是和谐的科室气氛！

苏为安冷笑了一声："直到现在，原本应该来接你病人的师傅也没有出现，只怕你根本没有联系接病人的师傅，你这不是误会，而是打劫。"冷眼扫过温冉，她转身向师傅道，"请帮忙将我父亲送到CT室。"

她说话的时候面无表情，语调中连一丝波澜也无，眼神中却让人感到了一股凛冽的寒意。

那师傅连连点头："好，好……"

她随后转身出了医生办公室，还没走远，又听到身后传来梁佑震熟悉的声音："这苏为安，简直了……"

万幸的是，苏父并没有查出其他的动脉瘤。

苏为安与母亲每日两班倒，母亲值白班，她值晚班，往返于医院和家之间，中间的距离并不算近，线路还不是很顺，在炎炎夏日里，接连几天下来，苏为安已经有些顶不住了，中午顾云峥送她出医院门的时候，她被阳光晒得整个人一个恍惚，险些跌倒在地上。

顾云峥将她扶进怀里，苏为安已经有了些许中暑的征象，却还是嘴硬道："我没事……"

话还没说完，就听顾云峥长叹了一口气，带着她往其他方向走去。

嗯，他家。

为了上下班方便，他住得离医院很近，让苏为安在这里休息可以免去很多奔波的时间，他一直一个人住，也不存在方不方便的问题，只是因为两个人刚确定关系不久，怕她多想，所以他才一直没提，可此刻苏为安已经快要病倒，也来不及顾那些虚礼了。

将空调调到最舒适的温度，顾云峥将卧室和浴室的方向指给她看："去洗个澡，然后好好休息一下吧。"

苏为安原本正仔细观摩着顾云峥的家，简单大方的装修、简洁的色系搭配，还有工整的布局摆放，像极了他的风格，听到他的话，她先是愣了一会儿，随即有些警惕地看向他："什么？"

"你身上都快被汗水浸透了，这样很容易生病的。"顿了一下，顾云峥俯下身戳着她的脑门道，"你脑子里每天都在想什么？"

喂！这怎么能怪她啊？是他一进门就说洗澡，吓了她一跳好吗？

但所谓人在屋檐下不得不低头，这些话苏为安也只敢在肚子里过一过,说出来是万万不敢的。之前出的那些汗,这会儿已经渐渐干了,裙子几乎是粘在她的身上,黏腻腻的,确实不舒服得很,她因而也没有故作矜持地推拒,只是说:"可我没有换洗的衣物。"

这确实是一个问题,因为顾云峥一向一个人住,家里连一件女人的衣物都没有,他想了想,说:"拿我的睡衣先凑合一下吧,洗衣机是带烘干的,一会儿就能换回来。"

他说着,走进卧室,从衣柜里拿出了一套叠得整齐的睡衣交给她,说:"没有新的了,你先将就一下吧。"

苏为安也没介意,点头接过以后就进了浴室。

洗完出来的时候,苏为安已经闻到了饭香,她穿着手长腿长的睡衣,趿着拖鞋走到厨房门后,倚着门看他。

顾云峥将绿豆汤盛好放进冰箱,转身的时候正好看到了她,他蹙了蹙眉,走到她面前,蹲下身,替她挽起裤腿,还有袖口,一边弄一边说:"衣服不合身,怎么不知道挽一挽?"

苏为安看着他狡黠一笑:"我知道,我就是想让你替我挽。"

他抬头的时候无意间蹭过了她的脸颊,他闻到她身上有他的男士洗发水和沐浴液的味道,明明是他熟悉的味道,可从她的身上闻到,竟带着一种说不出的诱惑,让他心里痒痒的。

他的睡衣对她而言确实很大,领口处已经露出了半个肩膀和胸前白皙的皮肤,他一僵,有些慌乱地别开了眼。

苏为安原本只是想开个玩笑、撒个娇,此时却也察觉到气氛不对,赶忙换了话题:"那个……你们家的洗衣机怎么用啊?"

嗯,洗衣机……

顾云峥快步走到卫生间,将机器调好,对苏为安道:"一会儿按一下开始的按钮就可以了。"

有了刚刚的前车之鉴,她没敢往顾云峥身边凑,只是乖巧地点了点头。

顾云峥揉了一下她的脑袋,又接着回去准备午饭了。

绿豆汤和意大利面,虽然菜式不难,但中午时间有限,顾大医生亲自下厨,能尝到她就可以表示荣幸了,更何况还是有模有样的饭菜,还有点好吃,她禁不住夸奖道:"顾云峥,你简直是个厨子啊!"

顾云峥不置可否地笑了一下,伸手轻轻抹掉她嘴角的肉酱,苏为安的心里又是一荡，好在中间隔着桌子，她赶忙埋下头，做出一副专心吃饭的样子。

顾云峥看着她有些紧张的模样，只是笑了笑，没有戳穿。

午饭过后，顾云峥要回去上班，不忘嘱咐苏为安道："下午好好休息一会儿，需要给叔叔阿姨准备晚餐的话，厨房里的东西可以随便用，我下班可能会晚，你出门的时候将门带上就可以了。"

苏为安靠在墙边看着他，调笑道："细想起来，我们接触的时间好像也没有多久，你就敢把我带到你家，而且留我一个人在这儿，也不怕碰上什么'仙人跳'骗得你血本无归，或者把你家搬空了什么的。"

听她这么说，顾云峥只觉得有趣，存心逗她："我倒是想知道，你这觉得自己能做'仙人跳'的自信是从哪里来的？"

苏为安愣了半响，终于爆发："顾云峥！"

他却早料到她会有此反应，还未等她说完，直接将她拉进怀里以吻封唇，再回过神来的时候，是他兜里的手机在振，苏为安赶忙松了手："你下午还要上班！"

顾云峥看着她脸颊上因为害羞而染上的绯红，不由得一笑，伸手揉了揉她的脑袋："嗯，我下午还要上班。"他顿了一下，"那，为安，我先走了。"

苏为安低头闷闷地应了一声："嗯。"

周围萦绕着他的气息，这一觉躺在顾云峥的床上，苏为安睡得格外踏实，半梦半醒间，又想起在中非被伤之后他将她抱回医院时的情景，好像有他在，她就会心安。

醒来的时候已经是下午三点多钟，免去了路途劳顿，又经过了一中午的休息，她的状态比中午从医院出来时好了不少，算算还有两个多小时才需回去接母亲的班，刚好还够做个晚饭。

她走到厨房拉开顾云峥的冰箱，惊讶地发现里面各种食材一应俱全，装在不同的盒子里，根据不同类型分置在不同层。

苏为安将大袋的虾、鸡翅和几样青菜挑拣出来，一番折腾之后，做了一道蒜蓉粉丝虾、一道红烧鸡翅，还有上汤娃娃菜，又做了蛋花汤和绿豆粥，将顾云峥的分量盛好装盘，放进了蒸锅里，方便他回来的时候加热，才将剩下的装进饭盒带去了医院。

因为几日来父亲的情况明显好转,母亲的心情也好了许多,接过苏为安准备的饭菜,见里面菜量不少,便招呼病房里的其他家属一起来尝尝苏为安的手艺。

顾云峥来查房的时候,只听屋里一片欢声笑语,见他进来,苏母招呼着他过来一起尝尝,并将饭盒端到了他跟前,其他的患者家属也起哄道:"是啊,尝尝吧,小姑娘手艺真不错!"

顾云峥连忙摆了摆手解释道:"手上脏,而且还没下班,你们吃吧!"

苏母却是热情地说:"没事,为安,你拿筷子帮顾医生夹一下。"

苏为安看了一眼顾云峥,又看了一眼自己的母亲,有些尴尬地道:"妈,人家上班我们就别强求了。"

被扫了兴的苏母瞪了苏为安一眼:"上班才容易累、容易饿啊,你这孩子真不会来事!"

苏为安只觉得自己这顿骂挨得有点冤,内心不由得咆哮:我也知道上班会饿,所以给他准备了一锅的菜啊!

可惜这话是不能跟母亲说的,她只好趁母亲不注意,偷偷瞪了顾云峥一眼。

都是你,害我挨骂!

顾云峥心情大好地笑了笑。

询问了一下苏父现在的状态,又简单地做了做查体,能看出苏父的身体机能已经恢复了许多。他交代了一些注意事项,又去查看了另外两个病人,便离开了,走的时候苏为安将他送到了病房门口,两个人的手指悄悄勾到了一起,却也只是短短片刻,很快就脱开了。

苏为安将门合上,转身走回母亲身边,就听母亲颇为不满地道:"人家就出个门,你还跟在后面等着关门,像要轰人家走一样,你怎么这么不会来事?"

苏为安一脸迷茫地看着自己的母亲,她那是要轰顾云峥走吗?她那分明是不舍啊!

许是她不舍得有些含蓄,苏母是结结实实地一点也没看出来。

苏母一面收拾着小桌子上的东西一面说:"你别说,顾医生人真的是挺好的,也不知道多大了,有没有对象。"

苏为安的内心在喊:看这里看这里看这里!

只听话锋一转，苏母又道："不过那么优秀的人要求应该会比较高吧？"说着，她转过头来，恨铁不成钢地看了自己女儿一眼，摇了摇头，"唉……"

"……"

顾云峥离开后就没有再联系她。

起初苏为安觉得他可能还在吃饭，等到了九点，终于忍不住发了一条消息问他："饭菜的味道还合口味吗？"

他回复："嗯。"

她又问："在忙？"

他回复："嗯。"

没了。

苏为安觉得有点憋屈。

第二天是周五，每周一次的主任大查房，一大早全科上上下下忙成一团，顾云峥更是一大早就被主任叫走了，直到查房的时候一行人浩浩荡荡地来到了病房，她才在这一天第一次见到顾云峥。

作为主治医生，顾云峥在众人面前向王焕忠主任汇报了苏父的病情，主任听完又向顾云峥核实了一些细节，随后点了点头道："患者病情复杂，目前状况不错，但还是要注意严密观察。"

顾云峥应道："是。"

主任转头扫视了一下身后的队伍，作为离他最近的学生，杜云成不幸被选中，主任看着他说道："你，来说说亨廷顿舞蹈症的主要症状都有什么啊。"

杜云成对答如流："舞蹈症状、精神异常和痴呆。"

"发病机制是什么？"

"神经变性，基底节沉积致病蛋白、尾状核萎缩，胆碱和GABA缺失，影响了基底节环路。"

"致病基因是什么？"

"4号染色体三核苷酸重复序列，是C……C……"

杜云成意外地卡住了。

在场的医生没有人接话，毕竟亨廷顿舞蹈症本就少见，更何况是在外科，这种细枝末节的东西他们也记不清了，反正事不关己，总比说错了丢人要好。

等了一会儿，没等到答案，顾云峥见主任已经皱起了眉，刚要救场，就听病床边的苏为安道："跳舞啊，啦啦啦……"

杜云成很快反应过来，当即接道："CAG。"

苏为安不由得点了一下头，Bingo！

刚才想了半天都没想起来的东西，在苏为安莫名其妙的几个字的提示下，杜云成居然当即想了起来，这两个人之间的默契……

顾云峥不由得蹙起了眉。

主任看了看苏为安，饶有兴味地问杜云成道："她是？"

杜云成谨慎地道："我们以前的同学。"

"刚才她说的是什么意思？"

"因为很多细节不好记，我们就编了点类似口诀的东西，比如这个是她编的，舞蹈症，要跳舞，但是没有音乐，就是差歌，拼音简化，CAG。"

主任听完笑着点了点头："有意思，小姑娘想象力不错啊。"又问苏为安道，"除了这个你们还编过什么口诀啊？"

许是因为好久不用，已经有些生疏了，苏为安想了想，片刻之后，忽然想起了一个："那个，'马人带隆乳'，就是边缘系统有海马、杏仁核、扣带回、穹窿和乳头体……啊！"

话还没说完，苏为安只觉得头上一疼，是苏母一掌呼了过来："小姑娘家家的，当着这么多人的面胡说些什么？"

苏为安往旁边挪了挪，揉着自己的脑袋委屈道："妈，这是学术问题！"

苏母又是一掌："学术问题你不能找个学术点的说法？这都什么乌七八糟的东西！"

苏为安越发委屈，脱口而出道："他们都比我污多了！"

一语出，四下寂静，自知失言的苏为安小心翼翼地抬起头，望向在场的众人，只见大家碍于主任在场，都在努力地板着脸憋笑，而主任带着和蔼的微笑，注视着她问道："小姑娘，你叫什么啊？"

主任话音刚落，短短瞬间，所有人的笑意都消失了，连空气好像都突然凝滞住了。

在众人的注目中，苏为安看了一眼顾云峥，对方微微向她点了一下头,她的视线又扫过面色不甚好的贺晓明,随后才向主任报出了这三个字:"苏为安。"

主任听完先是自然地点了点头,又意识到好像有哪里不对:"这个名字怎么这么耳熟?"

等了许久没有人应和,还是过了一会儿,一旁一名副主任小心地提醒道:"主任,这就是去年向杂志社举报了晓明的那个学生。"

主任恍然:"哦……"

一时之间,容纳了这么多人的病房安静得惊人。

主任没有再问话,而是转身向病房外走去,苏为安的心凉了半截,只觉得在这位大主任心里,她大概就只是一个贪图名利、恩将仇报的学生吧。她突然有些后悔,早知道如此,何必要接话呢,好好地在这里当一个患者家属不好吗?

却在这时,已经走到门口的主任隔着层层人墙忽然开口:"小姑娘不错。"

苏为安一愣,猛然抬起头来,而主任已经被身后众人掩盖得不见踪影。

待到这一屋子的人离开,母亲就向着刚关好门转身回来的苏为安蹙紧了眉,面带担忧地问:"什么举报?"

那位副主任当着那么多人的面挑明了这件事,想搪塞是搪塞不过去了,苏为安考虑了一下措辞,尽量简单地对母亲阐述道:"我临退学那会儿,撞见了温冉私下找到课题的负责老师贺晓明,以让贺晓明加入她父亲的课题合作为条件,想要顶替我,成为我所写的论文的第一作者,贺晓明同意了,找我谈话,但我没答应。后来等我退了学,他们未经我允许,将论文发了,而且把我的署名完全删掉了,我就向杂志社举报了他们,作为代价……贺晓明的副教授头衔被撤,温冉被警告处分。"

说到最后,苏为安的声音渐渐小了下去,这就是她们送父亲去急诊的时候,遭到刁难的原因,她为了一时意气,将人得罪得干净,以至于绕了一圈差点害了父亲,虽然当初的事她问心无愧,可确实做法太绝,母亲说不定又会说她不会来事,不给自己留后路。

她微微低下了头。

却听母亲长叹了一口气,伸出手将她抱进了怀里,轻拍着她的脑袋道:"做得好,做得真好,对那些不尊重你的人,就应该这样保护自己。"说着,又是重重地一叹气,"我的女儿受委屈了……"

苏为安的鼻翼忽然有点酸。

恍然间又想起大六在实验室的那些夜晚,困了就在一圈鼠笼的包围中睡了,醒了就抱着切片和试剂,固定标本的甲醛要自己按照浓度用固体配置,实验室有些老旧,条件有限,通风不是很好,满屋子弥散的都是刺鼻的味道,眼睛也被刺激得直流眼泪。

后来统计数据,又是日日对着电脑不眠不休,遇到数据不理想,她又要回去加做实验,终于得到了几条像样的曲线的时候,她直接抱着电脑哭了。

再之后完成文章的时候,还赶上执业医师的考试,那段日子是怎么熬过来的,她已经不想回想,那文章中的每一个字都是她的心血,她有多么期待这篇文章能够发表出去,得到业界的认可,可是现在……

可是现在啊,一切都毁了。

副教授头衔被撤,还有了这样的污点,贺晓明对她可以说是恨之入骨,宁可把这篇文章扔了,也不会让苏为安作为第一作者将这篇文章发表,没有贺晓明的同意,她永远也不可能再将这篇文章发出去。

她其实真的很委屈。

委屈到描述不出,委屈到无人能说,可总不能让父母跟着担心难过不是?只好装作从来没发生过,好像自己很洒脱,可原来她真的很委屈。

她趴在母亲的肩头,咬住下唇,不让自己哭出声来。


中午的时候和顾云峥一起离开医院,苏为安的眼睛还有点肿。

顾云峥看出她哭过,不由得问:"怎么了?是不是查房的时候那么多人让你不舒服了?"

苏为安摇了摇头,心里还是有些发闷,原本什么话都不想说,却又怕顾云峥担心,仔细地解释道:"没,只是我家里人先前不知道论文那件事,刚才向他们解释的时候想起之前的事有些难过。"

顾云峥轻叹了一口气,伸手将她揽到自己怀里,心疼地揉了揉她的脑袋:"如果那个时候你在我组里就好了。"

苏为安靠在顾云峥身上,在他胸口处蹭了蹭,摇头:"如果那个时候我在你组里,我只会恭恭敬敬地把你当作我的老师,你也只会把我当成一个普通的学生,我不敢喜欢你,你也不会注意我,虽然有点委屈,但还是现在这样比较好。"

她的话让顾云峥心里不由得一动,依然不忘逗她道:"恭恭敬敬?以你上课七次举手追着我争论的状态看,你真的会对我恭恭敬敬?"

苏为安脸微热,还是嘴硬道:"万一呢?"

顾云峥没有说话,只是又揉着她的脑袋笑了笑。

啊!她的脑袋要被他揉成鸡窝了好不好?

回顾云峥家午休的路上,苏为安才从顾云峥口中得知,原来上午的大主任王焕忠就是他的博士导师,因为清楚导师的为人,并不会因为几句流言就对苏为安心怀偏见,所以他才会在主任问及她姓名的时候让她放心。

怪不得,主任临走时会说那一句"小姑娘不错",原来不是敷衍。

还能在这个科里得到认可,她忽然觉得感激。

苏为安上学的时候听说过这位神经外科的大主任王焕忠,学识渊博不用多说,各种高难度的手术都能驾驭,在胶质瘤领域更是有独到建树,因为自身成就卓然,对手下的人要求也是严格,尤其是自己的学生,达不到他要求的统统都要延期毕业,而他的要求简直就是……不可描述,想来大概也只有顾云峥这种不可描述的人能达到他的要求。

想到这里,苏为安不由得偷笑了一声,却被顾云峥抓了个正着。

顾云峥睨着她:"笑什么?"

"听说王主任是一位非常严厉的老师,我在想象你挨骂的样子。"

得到的是顾云峥不以为意的回答:"我没怎么挨过骂。"

苏为安震惊了:"怎么可能?像什么熬夜赶出的开题报告老板不满意,手术的时候第一次做的操作出现意外,这难道不是每个学生都会经历的吗?"

"我不会熬夜赶开题报告,我一般都会提前一个月完成,改三遍以上再给老师看,手术时出现意外确实是所有医生都会经历的事,但我会提前准备好补救方案,自己将问题解决,而这也正是老师试图教给我们的,手术台上一切情况都有可能发生,我们不可能提前预知,但我们一定要学会善后。"

虽然顾云峥的话透着浓浓的优越感,简直像是工作汇报,但苏为安不得不承认他说的一点没错。

"不管在手术台上发生什么都要努力解决，大概也只有有着这样过硬的技术和心理素质的人，才有可能像你这样维持零手术台死亡率吧。"

苏为安难得这么当面夸他，然而出人意料的是，顾云峥只是淡淡地接了一句："或许吧。"

他的这一反应倒是让苏为安有些意外，不由得挑眉，有些戏谑地道："你好像对这句话不太满意，是我夸得不够到位吗？"

她倒是会拿他开涮！

顾云峥一笑，又伸手揉了揉她的脑袋，想了想，认真地道："虽然我很幸运，目前还是零手术台死亡率，但我并没有想过要如何去维持这个数字，0%和100%大概是这世上最不长久的东西了，早晚有一天，我也会有在手术台上无能为力的时候。"

这并非他的谦辞，而是事实，早晚会有复杂到他无法应对的情况出现的。

顿了一下，他又道："比起0%这个数字，我更看重自己是否对每一个可能有良好预后的患者，不管多难，都用尽所有可能的方法去救治了，就算有一天真的出现无能为力的情况，我也可以问心无愧。"

所以不管是处于生命禁区脑干上的胶质瘤，还是脑子里像炸弹一样的动静脉畸形，他从不会拒绝，因为他知道虽然手术的难度极高，但只要做好，就有可能为患者赢得一段有质量的生活。他唯一会拒绝的手术，大概就是像他们在中非相遇的第一天那位出了车祸的受害者那样，即使他救活了这个人，最好的预后也不过是植物人。

他说完，转身看向身旁的苏为安，只见她像是第一次认识他一样望着他，眼中有星星点点的光芒，他轻笑："怎么这么看着我？"

苏为安收回视线，挽过他的手臂，扬唇道："没事，就是觉得自己眼光真不错。"

这丫头今天嘴怎么这么甜？

顾云峥微扬唇，牵过她的手，变成了十指相扣的姿势。

他们手牵手走在街上，闷热的夏季、磨人的正午，在这一瞬间似乎都消失不见了，天正蓝、云正清，阳光明媚、繁花盛开，这一切都刚刚好，因为身边的人刚刚好，就好像这世间所有的美好都在自己的身边。

而就在他们身后三米多远的地方，温冉难以置信看着不远处那两个熟悉的身影，愣住了。

那是……顾云峥和……苏为安？

他们两个为什么会走在一起？为什么会……牵着手？

临近下班，从温冉口中得知苏为安和顾云峥在一起了的时候，杜云成下意识地摇了摇头，否认道："不可能。"

除了当初他们班一起上过顾云峥的一节课以外，杜云成实在想不出这两个人之间还有什么交集，那日苏为安的父亲病倒入院，整个过程他都一直在旁边看着，顾云峥连半句话都没和苏为安直接说过，根本不像认识的样子，更何况在一起？

温冉似乎早就料到他不会轻易相信，拿出手机摆在了他的面前，杜云成看着屏幕上手牵着手相视而笑的两个人，震惊到瞪大了眼。

温冉化着精致的妆容，伸手撩了一下自己的大波浪卷头发，说话的语气却是刻薄，啧啧叹道："早就知道苏为安不是善茬儿，想抢我们论文的署名也就算了，居然连父亲生了重病住院都不闲着，这才几天啊，居然把顾老师骗到了手，以前真是小瞧她了！"

杜云成直接冲出了休息室。

彼时苏为安刚刚从顾云峥家里准备好晚饭回来接母亲的班，在医生办公室外碰到顾云峥，顺便告诉他下午有人去他家查过水表。

而杜云成看到的就是他们有说有笑的这一幕。

他想也没想地走到顾云峥和苏为安中间，指着顾云峥道："你，跟我过来。"

顾云峥察觉到他的样子不太对，问道："什么事？"

"跟我过来！"

杜云成将顾云峥带到了楼梯间，苏为安看杜云成的表情不太好，有些不放心，也跟了过去，而她的预感一点没错。

杜云成起初是背对着门口的方向，但当顾云峥进入、门关上的那一刻，伴随着门撞上时咚的那一声，杜云成转身就向顾云峥挥出一拳。

"别动苏为安！"杜云成几乎是从牙缝中挤出的这句话。

苏为安被眼前的一幕惊呆了，赶忙过去扶住顾云峥，担心地询问他的情况，还没等她恼火地质问杜云成到底是怎么回事，她就从杜云成口中听到了自己的名字。

她愕然："我？"

杜云成死死地瞪着顾云峥道："温冉给我看了你们牵手走在一起的照片，顾云峥，我知道你恨我，恨我母亲拆散了你的家庭，我也知道这么多年你在心里从没有接受过我这个弟弟，可就算你再怎么恨我们，也不应该拿为安当报复我的筹码！"

这么多年，因为母亲插足了顾云峥父母的婚姻，父亲在第一段婚姻中婚内出轨，好像所有的人都不肯接受他。

思想老派的爷爷从前在杜家也并不承认他们母子，哪怕顾云峥已经改随母姓为顾，在爷爷的眼里也只有那一个嫡长孙，那个优秀的、无人能及的顾云峥。

在杜云成十五岁之前，他从没有去过杜家的老宅——那个杜家人才能进的地方。直到中考那年他以全市第一的身份考进了爷爷的母校，而后母亲在奶奶生病时尽心照顾，打动了两位老人，那年爷爷的寿宴，他和母亲才第一次有幸坐在杜家老宅的沉香木桌旁。

那是他人生中最重要的时刻之一，他终于得到了爷爷的认可，他有些紧张局促地坐在那里，期待着这意义非凡的一餐，直到顾云峥的出现。

那个时候顾云峥已经完成了第五年的医学学业，是同届学生中的佼佼者，全国大赛奖项、国际会议汇报一样都没落下，是杜老爷子心中的骄傲，与顾云峥相比，杜云成只觉得自己这个全市中考状元真是幼稚得可笑。

而他也从顾云峥那里得到了验证。

当爷爷向顾云峥解释为什么今年会有他们这些"不速之客"坐在这里的时候，爷爷说："云峥啊，已经这么多年了，你们也该和解了，来见见你弟弟，他也挺不错，今年中考的时候还拿了市里的状元。"

杜云成抬头，正撞进顾云峥清冷的目光中，已经成年的顾云峥居高临下地看着他，在那清冷的眼神中，杜云成只觉得自己像一个笑话。

母亲见气氛有些冷，迎了上来，对顾云峥笑道："云峥来了啊，我们等你好久了，今天难得我们一家团圆，快来尝尝阿姨的手艺。"

顾云峥理也不理，转身就要离开。

母亲有些尴尬，杜云成从没见过母亲那么低声下气地对谁说过话，她说："云峥啊，今天是爷爷的生日，你就给阿姨个面子，别走好不好？"

可是她得到的是顾云峥的一声冷笑。因为是爷爷的生日，所以他才什么都没说，可她的话都说到这份儿上了，他再沉默倒显得他不懂礼数了。

他开口，声音凉凉的："您的手艺我早就尝过了，在您到杜家的第一天，您做了一份炒饭，特意端到了我屋子里，然后撒在了我的被子上，说是我闹脾气弄翻的，您忘了吗？"

那些狗血的家庭剧戏码，至今回想起来，他都觉得幼稚得想笑。

顾云峥的语气让杜云成很是不爽，他走到自己母亲身旁，与顾云峥对峙："你瞎说什么，我母亲为什么要这样做？"

顾云峥没有回应，只是冷眼看着杜云成的母亲，杜云成回头，只见母亲虽然面色苍白，却还竭力撑着笑，说："云峥，你误会了，阿姨……阿姨没有……"

却在顾云峥炯然的目光中无法再继续说下去。

从她嫁入杜家的第一天起，她的目标就很明确，她要把这里变成自己的家，真真正正的自己的家，她不会和那些庸俗的女人一样，想方设法地去讨好别人的孩子，以此证明自己是一个多么与众不同、善良贤淑的后妈，她选择直接将顾云峥赶出去，她要让顾云峥和他的父亲都觉得，这个孩子再在这里住下去不合适。

而她成功了。

对付顾云峥，她甚至只用了不到一个月的时间，那个一向骄傲的少年就收拾好行李离开了。

在他离开的第二周，她就把这个家里所有的东西都换了一遍。

而她现在想要的，是杜家老人的认可，是她和她儿子在杜家的地位，她这个人一向是这样的，想要什么就要不遗余力地去得到。

所以她低头，用满是隐忍、带着颤抖的声音道："云峥，我们不争了好不好？千错万错都是阿姨的错，今天是爷爷的生日，我们开开心心地给爷爷过完这个生日，好不好？"

杜云成震惊地道："妈，我们怎么能听着他这么侮辱你？"

他向前两步，来到与顾云峥只有半步之隔的地方，咬牙对顾云峥道："你算什么，你凭什么用这种自以为是的语气对我妈说话？我知道你讨厌我们、讨厌我妈、讨厌我,你觉得是我们毁掉了你的家庭,可是你有没有想过,事情发展到这个地步,每个人都是有苦衷的,每个人过得都不像你想的那么容易!"

那是他憋在心底很久的话。每当他看到顾云峥,看到顾云峥不咸不淡的态度,他总会想起自己那并不光彩的身世。外人都以为他出身医学世家,父亲是华仁医院最年轻的副院长,光鲜无限,可眼前的这个人总是能够轻而易举地唤起他心中那点可怜的……自卑。

事情发展到这个地步,每个人都有自己的苦衷,他有多希望那个高高在上的顾云峥能够明白!

得到的却是不以为意的一声笑,从顾云峥清冷的目光中,杜云成能看到了自己的影子,何其幼稚。

他听到顾云峥说:"为了成全别人所忍受的叫作苦衷,为了成全自己所不得不承受的,叫作自作自受。"

杜云成永远也忘不了这句话,出自他"大哥"之口的"醒世名言",当着那么多人的面,犹如一记响亮的耳光,狠狠地打在了他的脸上。

他想也没想,一拳砸了过去。

他们的关系也只是在杜云成来到神经外科以后才有所缓和的,毕竟他们已成年许久,既然不得不朝夕相处,就要用更成熟的态度去面对当初的恩怨,他还以为自己能释怀,可原来不说并不代表不记得。

过了十年,他们又回到了当初对峙的姿态。

面前,苏为安已经惊呆了。

这句话的信息量太大,什么叫拆散了顾云峥的家庭?什么叫没有接受过他这个弟弟?什么叫拿她报复杜云成?谁能告诉她,她该从哪儿问起?

顾云峥向她低声道:"你还记得我和你说过我父母离婚了吗?"

苏为安小心翼翼地点了下头。

"后来我父亲再婚了,又有了一个孩子。"他说着,抬起头望向了站在对面的杜云成。

苏为安惊呆了:"你们是……兄弟?"

顾云峥、杜云成,两个人的名字里都有一个"云"字,原来不是巧合!

这样说的话，那顾云峥那个自私薄情的浑蛋父亲就是……杜院长？

顾云峥在华仁医院这么久，全医院上上下下竟然没有一个人知道他也是杜院长的儿子，足以见得这父子之间的关系有多僵，因为完全没有往来，所以没有人能察觉。她和杜云成同学这么久，从来没听说过他有一个哥哥，如果是杜云成的母亲拆散了顾云峥的家庭，只怕两人的关系已不是"兄弟不睦"几个字就可以轻描淡写地一笔带过的。可是既然已经瞒了这么久，为什么现在要提起这件事，甚至大打出手？

她试图控制住局面，向杜云成道："这里面一定有什么误会，杜云成，你先冷静一点，咱们慢慢说。"

杜云成看着站在顾云峥身前护着他的苏为安，有些着急："这不是误会！为安，从伯父入院那天到现在不过才一周多的时间，你们才认识一周多的时间，我不知道顾云峥是怎么和你说的，是一见钟情，还是什么他自己都不相信的鬼话，但他一定是在骗你，他只是想利用你来报复我，他只是想让我难受罢了！"

苏为安并不是十分明白："让你难受？"

杜云成别开眼："因为伯父急诊手术的时候，我为了请他多照顾一点伯父，向他说过……说过我……"

他蹙紧了眉，双手紧攥成拳，却半响没能说出那几个字。

却在这时，顾云峥开口替他道："他喜欢你。"

杜云成猛然转过头，咬着牙一字一顿地纠正道："喜欢过。"

他有女朋友了。

"你还记得，这很好。"

这是顾云峥对杜云成的警告，离苏为安远一点。

杜云成听懂了。

他忽而自嘲地一笑，真不愧是顾云峥，每一次都可以在三言两语之间，把他的心思变得这么可笑。

他深吸了一口气，让自己冷静下来，认真地注视着苏为安道："无论如何，为安，不要和他在一起。"

苏为安所有的话都因为杜云成的"喜欢"二字哽在了喉头，从此刻两人剑拔弩张的状态，她能够想象出杜云成和顾云峥之间的关系有多僵，可为了她父亲，杜云成竟然向顾云峥开口求情，而这件事在此之前他甚至从没有跟她提过，除了感激她不知道还能说什么，或许，除了感激，她也什么都不能说。

还未等她想好应该如何向杜云成解释，身旁的顾云峥已经冷声道："她不会离开我的。"

挑衅意味十足。

两人四目相对，霎时之间火星四溅。

眼见着情形不好，苏为安赶忙上前拦在两人中间，焦急地向杜云成解释道："这真的是一个误会，杜云成，我们不是这一周多才认识的，我们是在中非遇到的，我曾经给他做过法语翻译。"

苏为安的话完全超出了杜云成的预期，他忽然僵住了："你说……什么？你们在中非就认识了？"

苏为安看着他，点了点头："在中非发生了很多事……总之我们并不是什么一见钟情，顾云峥他没有骗过我，除了他和你是兄弟这一件事他没提过以外，我们是经过了慎重的考虑之后，才决定在一起的，我真的非常非常感谢这段时间来你对我的帮助，这对我而言非常重要，我也非常感谢过了这么多年你还能念着我们的友谊，但在这件事上，你真的误会了。"

杜云成此刻的惊讶不亚于得知他们是兄弟时的苏为安，回过神来的时候，已经不知该做何表情的他，却是不断地重复着她的第一句话："发生了很多事……"忽而，他失望地冷笑了一声，"无论是顾云峥在手术台上听我提到你时，还是你在手术结束后听我提到顾云峥时，都只字未提的事，我们这么多年的……友谊，可真好！"

苏为安的心里咯噔一声，从杜云成的表情中，她明白自己把这件事搞砸了。

她试图解释："我很抱歉，我们那会儿……"

在冷战……

杜云成却没有听她说下去的意思，自嘲地笑道："好，这样真好，你们是心意相通的灵魂伴侣，只有我一个人是笨蛋，是恶人，想要拆散你们！"

他忽然大笑起来，那笑声却似一把刀扎在苏为安心底，她不知道该做什么，才能让杜云成冷静下来听她解释，可她患病的事是不能说出去的，她不能告诉杜云成为什么她在中非会不告而别，为什么顾云峥和她再次见面的时候一句话都没说，这样想来，就算杜云成愿意听，她也不

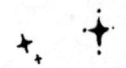

知道该如何解释。

她确实隐瞒了他太多事，对这个曾经喜欢过她、旧日同学里唯一一个肯这样帮她的人，她隐瞒了他太多。

可她只是不能说。

对不起。

杜云成笑了很久，笑得眼泪都快要出来了才停了下来，他看着苏为安，眼里的失望不加掩饰："好，是我错了，是我自作多情、多管闲事了，我是多余的，我走。"

说完，他越过苏为安，走向楼梯间的门口。

和顾云峥对峙，他永远是输的那个，顾云峥总是能那么轻易地得到他求而未得的一切。

十年前在爷爷的老宅，明明顾云峥毫不犹豫地向他还了手，爷爷却依然将先出拳的他"请"出了杜家老宅，而十年后，十年后啊……

他想到苏为安，想到那个笑起来像阳光一样明媚的女生，就算她和顾云峥是在中非认识的，又如何？两个月，三个月？她和顾云峥最多也不过只是相识了百天，而他们曾经是六年同窗啊！

六年，两千多天的时间，因为喜欢，所以格外珍惜，小心翼翼，生怕有哪里唐突会吓到她，他准备了两年的表白，那一天，她却像不认识他一样，一个字也没说，转身就走了。

他因为这件事懊恼了很多天，那时尚是苏为安最好的朋友的温冉告诉他，原来她觉得他当众向她表白是为了给她压力，原来她只是拿他当普通同学，原来他们之间的熟悉不过是因为苏为安和谁都是这样的，是他多想了。

又或许，其实在苏为安的心里，他连一个真正的朋友也算不上。

他拉开门，只见温冉不知道什么时候已经站在了门口。

在外面听墙脚被抓了个正着，有些难堪的温冉正艰难地想着该如何为自己解释，却听杜云成用他前所未有的温柔声音向她道："阿冉，我们走吧。"

只听砰的一声，楼梯间的门在苏为安的面前关上了，她只觉得自己的心情糟透了。

顾云峥伸手揽过她，她有些难过地靠在他的肩上，声音闷闷的："我之所以会知道温冉和贺晓明要删了我的署名发表论文，是因为杜云成提前来问我的,我父亲入院以后,他也是除了你以外,唯一一个事无巨细地来关照我们的人,他曾经是我很好的朋友。"

顾云峥轻拍着她的后背:"我知道。"

得知她父亲急诊入院正好赶上他的女朋友和贺晓明值班时,杜云成担忧得几乎是从值班室的椅子上跳起来,从那一刻,顾云峥就已经察觉到了杜云成对苏为安的心思是不同的,后来杜云成在手术台前的那一番话,只是刚刚好为他做了印证。

查房时那么多人前,可能连杜云成自己都未曾察觉,他看向苏为安时,目光里夹杂了多少说不清的情绪。

他喜欢苏为安。

不管杜云成如何自欺欺人地说是"喜欢过",他的心思却能让人一眼就看穿。

今天将他叫到这里来的,不仅是他同父异母的弟弟,更是苏为安曾经很好的朋友,所以对杜云成刚刚的那一拳,他没有还手,但他对杜云成的忍让也只能到这里了,他绝不允许杜云成离苏为安再近一步。

好在苏为安的心思比杜云成还要简单,她只是很难过,作为杜云成曾经很好的朋友而难过:"可是我什么都不能对他说。"

顾云峥抱着她,轻声安慰道:"那就不要说。"

因为杜云成真正想听的,其实从来不是她以为的那些,他从来都不只当她是朋友,明明是喜欢的人,怎么能当朋友呢?

还好苏为安在这个时候笨一点、心思简单一点,又或者是本能地想要回避,对顾云峥而言,那都很好。

## 第六味药 多疑窦

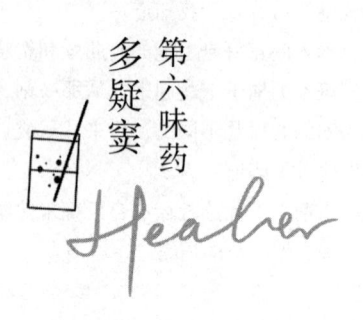

*Healer*

苏为安走回病房的时候,温冉已经提前在苏父病房门口等了很久,见到苏为安回来,那个一向喜欢踩着十厘米高跟鞋俯视别人的温冉,双手插在白大褂的口袋里转过身来,因为医院规定,她此刻穿着平底鞋。没有了十厘米高跟的优势,她只能抬起头望向苏为安:"离云成远一点。"

何其简洁的开场白。

她听到了刚刚他们在楼梯间里的对话,原本只是出于好奇,想要听听杜云成会对这样不知自重的苏为安说些什么,却没想到竟听到了那样大的一个秘密,虽然早就察觉到顾云峥和杜云成二人之间不太对,可她怎么也想不到顾云峥竟是杜云成同父异母的哥哥,而更重要的是,就在一周前,为了苏为安,杜云成竟开口向顾云峥求了情,他说,他喜欢……过苏为安。

那是她的男朋友!是她在苏为安离开以后,用尽了所有方法才追上的男朋友!过了这么久,她怎么能再听着他说喜欢别人,而且那个别人还是苏为安?

就算今天杜云成从楼梯间里出来的时候,一怒之下似乎要与苏为安断绝所有往来，可她很清楚，杜云成越是生气，就证明他对苏为安越是在意。意识到这一点，温冉终于不能再假装平静，她要警告苏为安，离杜云成远一点，离他们远一点，最好就这样离开，再也不要回来，反正两年前她已经走过一次了，不是吗？

面对温冉的严词厉色，苏为安没有理，只当没看见她，径自伸手要去开病房的门。

温冉一把拉开苏为安的手："你听到了没有？我不管他以前是不是喜欢过你，但从今往后，请你离他远一点！云成他是一个念旧情的人，我不能看着你利用他的善良伤害他！"

温冉的动作很大，苏为安被她抓得有点疼，她甩开温冉的手向后退了两步，拉开两人的距离。

苏为安看着她，忽然觉得有点可笑："温冉，不要利用杜云成的善良伤害他这种话，难道不应该由我对你说吗？"

这么多年来，碰上温冉的人似乎都没什么好下场，比如当初的梁亚怡，比如贺晓明，又比如她，温冉总是能那么轻易地毁掉对别人而言很重要的东西。

温冉满是难以置信地看着她："云成是我最爱的人，我怎么会伤害他？"

苏为安冷笑了一声："你曾经还到处和人介绍你有一个最好的朋友，后来你对她做了什么来着？"

苏为安眸光锐利，直直地望向她，温冉下意识地别开了眼，低声道："云成和你不一样……"

她的话让苏为安不由得扬起了唇，不知道是在笑温冉还是在笑自己。曾经推心置腹、哪怕得罪所有人也要维护的人，如今却说出这样的话，而苏为安竟然已经连惊讶都没有了。

"是吧，杜云成和我对你而言的价值是不一样的，那等你遇到更不一样的人的时候，还请善待杜云成。"

苏为安说完，抬起头，视线越过温冉望向了她身后，温冉察觉到什么，猛然转过头，只见杜云成就在离她们不远的地方，她的脸红一阵白一阵，想要向杜云成解释些什么："云成，我不是……"

却见杜云成几步走到她身边，蹙眉问道："你在这里做什么？"

"我……"

还没等她说完，杜云成已经牵起了她的手，转过身直面苏为安："我们的事就不劳外人操心了。"说完，拉过温冉就离开了。

眼见着他们的身影消失在视线中，苏为安想起刚刚杜云成决绝的态度，她想要提醒杜云成小心温冉，她知道杜云成听到他们的话一定会有比较大的反应，可她猜中了开头，没有猜中结局。

她先前从没有见过杜云成有这样的姿态，冷漠得就像是一个陌生人，好像突然之间，他们变成了同窗六年的陌生人，可那又能如何？在杜云成这件事上，是她活该。

而这一天似乎也变得格外漫长。

走进病房的时候，苏为安看到母亲刚好结束了一通电话，脸上的表情也很是严肃，她轻声问母亲："怎么了？"

苏母回头，见是苏为安回来了："你来得正好，我正要找你，之前你爸爸在章和医院进行临床试验，认识了几个病友，建了个群，大家平时也有交流，刚才其中一个病友老李的家属打电话过来，说老李也突然出现了你爸之前那种全身发僵伴头痛的情况，医生说是什么……什么下腔出血，问我们应该怎么办。为安啊，你能不能跟你顾老师说一说，让他也帮忙看一看啊？"

苏为安的心一沉："有人出现了类似的症状？"

先前的时候，她虽然觉得父亲的情况蹊跷，或许是与试验药物有关，但也无从确定，毕竟他们没有证据，并不能完全排除是父亲个人原因的可能，也可能就是父亲刚刚好在这个时候长了动脉瘤，可能就是这么"走运"地"被雷劈"，可现在又有人出现了类似的症状……

苏为安眉心紧锁："我去和顾……老师商量一下。"

如果这次还是动脉瘤的话，那么这个药物……苏为安不敢再想下去。

和顾云峥说了这件事之后，他同样意识到了这件事的危险性。因为患者就在本地，他当即就让患者转来华仁医院，做了一个头部的血管造影，结果出来，糟糕的事情还是发生了，竟然也是动脉瘤，虽然立刻做了动脉瘤栓塞术，而且手术顺利，但这件事还是让苏为安格外在意。

苏为安看着屏幕上的DSA影像道："一个是偶然，那两个呢？"

"可能是巧合。"虽然也觉得这里面有问题，但顾云峥依然冷静，"我去查过温教授的这个试验，被试数多达三百以上，再加上这位姓李的患者之前患有长期的高血压这种容易患动脉瘤的危险因素，就算我们再怀疑，也还不能得出什么确切的结论。"

虽然心里着急，但苏为安很清楚顾云峥说的是对的，现在想要断言这个药物有什么问题还为时尚早，毕竟这是近期唯一一个到达临床Ⅲ期的亨廷顿舞蹈症治疗药物，承载了包括苏为安自己在内太多人的希望，绝不是一件简单的事。

苏为安忧心地道："那我们现在该怎么办？"

顾云峥关掉检查结果的窗口，转身向苏为安一字一句地道："将这个病人的动脉瘤处理好，让他把动脉瘤这个不良事件像你父亲一样报给这次试验的实施者，交由他们去处理，然后，我们一起期盼类似的事情不要再发生。"

苏为安抬头，正望进顾云峥的眸子里，他是那样冷静而坚定，让苏为安的心也渐渐安定下来。

她点了点头，垂了眸，低声轻叹道："不要再发生了……"

可偏偏事与愿违。

这之后没有多久，又有一名病友家里打来了电话，经过全脑动脉造影过后，在一支细小的动脉的末端，发现了动脉瘤。

一次是偶然、两次是巧合，三次就既不是偶然也不是巧合了。

苏为安连夜帮着那名病友的家属把相关的检查结果整理好，发给了章和医院的药物实验团队。

原定为期两年的临床试验刚刚进行到一半，就出现了这样严重的不良事件，在这种情况下，按照规定，已经应该上报伦理审查委员会，考虑对试验进行干预或停止试验了。

然而等了一个多星期，章和医院温玉良教授的实验团队一点消息都没有。

苏为安觉得不能再这样干等下去了，作为别的医院的医生，顾云峥出面只会让事情变得更为复杂，苏为安以被试家属的身份到了章和医院，找到了这个国内亨廷顿舞蹈症疾病诊治方面的权威专家，也就是温冉的父亲，温玉良教授。

还在上学的时候，苏为安曾经多次听说过温玉良在学术界的赫赫威名，以第一作者研究上过顶尖杂志的专家，国内凤毛麟角，因而即使与温冉的积怨颇深，但对这位大名鼎鼎的温教授，苏为安依然抱着尊敬的态度。

正是中午,章和医院人群熙攘的门诊楼里,温玉良身后跟着一队医生,浩浩荡荡地从人群中走过,苏为安小跑两步追了上去,终于站在了温玉良的面前。

她的开场白简洁而直白:"温主任,我是HDQ199药物试验中被试苏建明的家属苏为安,关于这次的药物试验有点事想咨询您一下。"

温玉良有些疑惑地看着她,一旁的医生提醒他道:"主任,就是亨廷顿舞蹈症药物试验中第一个因为动脉瘤要退出的那个患者家属。"

温玉良似是恍然想起了什么,点了点头:"我记得。"又问,"你父亲现在恢复得怎么样?"

"连续两次动脉瘤破裂,有点严重,还好发现得及时,术后恢复还不错,就是头痛比较严重,肢体活动也有一点不灵活。"

温玉良颔首表示了然:"亨廷顿舞蹈症伴发动脉瘤破裂导致了颅内出血,确实是会对患者的生活产生比较大的影响,要靠家属多照顾了。对了,你今天来是有什么事要问?"

"是这样,我父亲认识的也在您这里参加这项试验的两个病友,先后也发现了动脉瘤,资料已经发到您这里有一段时间了,想冒昧问一下你们打算怎么处理这样的情况。"

听到苏为安的话,温玉良看起来有些意外:"又有患者发现了动脉瘤?"他说着,转过头看向自己身后的医生,不怒自威,"小杨,怎么回事?"

他身后的医生一凛,赶忙低头恭顺地道:"确实又收到了两名患者的资料,但因为不是在咱们医院做的检查和治疗,我们就将内容整理了一下,正要递交给您看。"

"这样啊。"温玉良这才点了下头,又对苏为安道,"我回去先看看,之后会安排团队里的医生尽快给你们回信。"

温玉良已经这样说,想必应该也用不了多少时间,苏为安应道:"好的,谢谢您了。"

温玉良并没有诓她,第二天,那两位患者家属就接到了章和医院的电话,在尊重患者及家属意愿的前提下允许他们退出试验,并由温玉良温教授亲自为他们安排好后续的诊疗方案。

对患者而言,这已经算得到了非常满意的结果,两位病友出院在向苏为安和顾云峥道谢的时候,也不忘夸奖温教授团队的态度真是好。

事情能这么顺利地解决自然是好的,但苏为安的心里还是隐隐有些不安,因为到目前为止,并没有关于试验本身被干预的消息出来,苏为安两次打电话过去,得到的答案都是"正在讨论"。

苏为安有些不安,向顾云峥征求意见道:"你觉得他们已经将情况上报给伦理审查委员会了吗?"

顾云峥明白她内心的矛盾和担忧,他双手轻扶在她的肩头上:"我不知道,为安,我们是在谈论国内从事亨廷顿舞蹈症研究的最权威的教授,'觉得'这两个字是没有用的。"

苏为安蹙眉:"可直接问他们,得到的也只是敷衍,我们还能怎么办?"

"下周末在C市有国内神经病学的年会,我看过日程安排,里面有温玉良的专题讲座,内容正与他所进行的亨廷顿舞蹈症治疗药物的临床试验有关。"

"你是说……"苏为安很快会意,在会议上介绍他们的试验,就表明他们会提及目前实验的进展情况,很有可能会涉及试验中几名被试退出的原因,当着全国那么多专家的面,温玉良不能敷衍,必定要给一个答案,这确实是一个好机会。

可是……

"温玉良是国内的顶级专家之一,他的发言必定会放在主会场,我并非注册的与会人员,也不是哪家医院的医生,要怎么混进会场?"

"谁说你要混进去?"顾云峥看着她犯愁的样子,不由得轻笑了一声,"我带你进去。"

"你?"苏为安惊喜过后却又有些不解,"可你是外科的,为什么要参加内科的年会?"

顾云峥顺手揉了揉她的脑袋:"我联系了一位国外的专家,拟定了一个亨廷顿舞蹈症的课题,已经完成并提交了基金项目申请书,所以任何相关会议,有我出现都不算唐突。"

"你……什么?"苏为安已然震惊了,"你的研究方向明明是胶质瘤……"

顾云峥专注于胶质瘤九年时间,他的研究被视为胶质瘤领域最有前途的研究之一,而他刚刚说……他拟定了什么课题?

亨廷顿舞蹈症？

苏为安难以置信地看着他。

顾云峥倒显得很是平静："以后不是了。"

苏为安突然不知道该说什么。

她先前还在想，顾云峥可能只是突然兴起，顺手看看亨廷顿舞蹈症的课题而已，却没想到他远比她想象得决绝。

以后不是了……

一个新项目的申请书哪里是那么好写的？就算是顾云峥，也一定熬了不少的夜、看了不少的文献，才能在这么短的时间内完成。

她忽然想起之前那段时间，晚上给他发消息他都回得那么简短，竟然是在写申请书吗？

更改研究方向，他到底是什么时候产生这个念头的？

能够在一个专业领域走到顾云峥现在这个位置绝非易事，重新涉足一个新的领域，采用新的试验方法，全部都要重新摸索，前一两年的时间很有可能就这么过去了，得不到太多重要的结果，发不了高影响力的文章，而现在是他评教授的重要关口，他就这么轻易地做了这个决定？

她的嗓音微哑："顾云峥，你是因为我……所以要更改你这么多年的研究方向吗？"

顾云峥勾唇，将眼圈已经微红了的苏为安圈进了自己的怀里，坦然应道："当然是因为你。"

因为她。

苏为安合了眼。

他们才刚刚确定关系多长时间？一个月？

这是他的职业生涯啊！

"顾云峥，研究方向不是儿戏，也许过两天我们就吵架了，或者你会发现我这个人其实事多又无聊，到时候你是不可能再随随便便地把已经申请下来的课题改回去的！"

顾云峥将下颌抵在她的额前，轻应："嗯。"

"还有你明年还要再评教授，新课题的开始阶段很难这么快出结果，你的职称怎么办？"

"嗯……"

"另外，你和王主任说过吗？他应该也不会让你这么冲动地更改研究方向的吧？"

"嗯……"

"还有……"

顾云峥俯身，以吻封唇。

起初只是想要浅尝辄止，然而触及她温温软软的唇，他突然就不想放开。

苏为安还在挣扎着想要推开他，找回自己的理智，继续劝他放弃改课题的事，顾云峥却没给她这个机会。

她最终放弃了抵抗。

等到她再回过神来的时候，她已经有些想不起来自己准备充分的理由，而刚刚放过她的顾云峥又离她近了两分。

她赶忙伸手隔在他和自己之间，他却在她的腰上轻轻地挠起来，苏为安整个人在他怀里，想跑也跑不掉，只好用手去制止他，可手刚放下去，他就已经将她抵在墙边，吻了下来。

平日里看起来温雅克己，即使是在中非那么热的地方，也会工工整整地系好领口第一颗扣子的禁欲派，在如何引诱她这件事上，却是意外在行，两个回合下来，苏为安已经完全缴械，揽着他的腰软在了他怀里。

顾云峥这个时候才在她耳边轻声道："我已经和主任说过了，项目申请书也已经提交给主任看了，之前之所以没有和你说，就是怕你背负着'影响了我整个职业生涯'这种负担，不过现在想想让你背点负担也有好处，最起码下一次你就不会轻易不告而别。"

苏为安知道他这么说是为了减轻她的压力，却还是忍不住轻笑道："我怎么觉得我不告而别这事，真的给你留下了很大的心灵创伤。"

顾云峥挑眉看她："你还笑！"

苏为安抿唇，绷住笑，踮起脚尖在他的唇上轻啄了一下，认真地道："我以后肯定不会再不告而别了，我保证！"

就在顾云峥抬起手，要满意地揉一揉她的脑袋的时候，只听苏为安若有所思道："起码留封信。"

顾云峥捏住她的脸，凑到与她的鼻尖只有三厘米的地方，直视着她的眼睛："你敢！"

苏父在动脉瘤术后恢复良好，又因为亨廷顿舞蹈症，转入神经内科住了一周的院，不过这个时候，苏为安作为家属陪护的压力已经小了不少，苏父又从来不想给女儿添麻烦，不想看到她在自己床边一坐就是一天，每次都说自己一个人就可以，轰她出去。

虽然父亲的情况确实已经没有太大问题，但把父亲一个人留在医院她还是不敢的，因而她也只是在医院里走走。顾云峥平日里手术很忙，也只有下班的时候，她去给顾云峥送晚饭，两个人可以闲聊两句。

因为之前胶质瘤的课题要结题，顾云峥比往常更忙了一些，几乎要住在实验室，她过去找他的时候，他也只是让她在生活区远远地看着，让她远离摆满了有毒有害化学品的实验区，所以苏为安起初只是坐在一旁的椅子上安静地陪着他。

直到有一次，墙上的三个计时器先后响起，而正在处理凝胶的顾云峥完全无法抽身，苏为安看了看墙上叫得正欢的计时器，又看了看顾云峥，起身走到实验区拿了一副手套戴上，走上前去按掉了计时器，将细胞培养皿内的液体用移液器一一换掉，动作娴熟而利落。

顾云峥处理完凝胶的时候她已经换完了一半，顾云峥走到她身边，原本是要接手，然而看到苏为安专注的神情，他停住了动作，只是靠在一旁的实验台边，专心地看着她。

解决！

将最后一个培养皿放回摇床，苏为安将移液器收好，转过头来有些得意地向顾云峥笑。

顾云峥看着她狡黠的笑容，不由得微眯起眼："怎么笑成这样？"

苏为安挑眉："我知道你想夸我。"

顾云峥不置可否，只是向她凑近了一点："是吗？"

他呼出的气体拂过她的耳畔，温温痒痒的，苏为安笑着瞪他："快夸我！"

顾云峥却忽然沉默了一下，就在苏为安有些不解，以为自己做错了什么的时候，只听他声音微沉，认真地道："来实验室帮我吧。"

苏为安唇畔的笑意忽然僵住了。

她抿了抿唇，微低头："算了吧，我长学制没读完就退了学，已经不是这家医院的学生了，以本科的学历几乎不可能进到这家医院，可能真的帮不上你了。"

顾云峥看着目光躲闪的苏为安不由得蹙眉："想要作为医生进来确

实很难，但以你的能力，成为一个研究助理并不是不可能。"

苏为安摇了摇头："还是算了吧……"

顾云峥察觉到有些不对，扳过她的肩追问道："为安，到底为什么？"

躲不过去，想了想，面对顾云峥，她也并不需要躲，毕竟他是此刻这世上唯一懂她的人。

她试图用最轻描淡写的语气解释道："两年前我就放弃医学这个专业了，在我如此有限的生命里，我不想后悔自己当初的决定，也不想让自己每天都在看不到曙光的研究中变得绝望。"

顾云峥不想她就这样放弃喜欢的专业，可他无法反驳她说出的理由，把人生仅有的时间投入到极可能一无所获的研究中，培养皿中凋亡的细胞每天都在提醒着她，她的体内正在发生着什么，这一切真是再残忍不过的事，若不是因为刚刚她自信的笑容太过耀眼，他怎么忍心提出让她回来面对这些的建议。

他伸手，将她轻揽进怀里，轻声道："不来也好。"

周五晚上赶最后一班飞机到了C市，一下飞机，海边城市的晚风就让苏为安忍不住连打了三个喷嚏。

顾云峥将纸巾递给她："现在是盛夏，我并没有外套可以给你。"

苏为安连忙摆了摆手，示意自己没事，刚要说话却又忍不住打了一个喷嚏。

顾云峥微勾唇："但我可以把自己借给你。"

苏为安一怔："什么？"

紧接着，她整个人就被顾云峥紧紧地揽进了怀里，他为她挡住了来意不善的夜风，搭在她手臂上的手掌心有暖意传来，她微讶，下意识地唤他："顾云峥……"

"嗯？"

苏为安抬眼看向一旁，有经过他们的路人微笑着看着他们走过，她有些难为情地道："我会害羞的……"

顾云峥想了想："所以？"

苏为安向他的怀里缩了缩："把我挡严实点。"

顾云峥伸手将她的脑袋压到自己胸口，没忍住，笑出了声。

之后两个人风尘仆仆地赶到举行大会的酒店，然而在前台问过，竟被意外告知酒店已经住满，而在他名下预定的只有一间双人房。

顾云峥赶忙给负责酒店事宜的会务打电话，当得知他们一行两个人是一男一女的时候，知道自己惹了祸的会务倒吸了一口凉气："那个，不好意思，我把您同伴的性别记成男了。"

顾云峥蹙眉："可我和你说过是位女性。"

会务连连赔笑："是，可能那个时候太忙，电话里没听清，想着您是神经外科的，不是几乎没有女医生吗？"解释之后又赶忙道，"我这就给附近的其他酒店打电话，问问还有没有房间。"

顾云峥点头："谢了。"

然而由于这次是全国性的大型会议，来的人本来就多，再加上又是会议多的季节，会场周围的酒店早已被订满，会务问了一圈都是回复"抱歉"。

此时已经是深夜，他们已经很累了，没有更好的解决办法，苏为安迟疑了一下道："要不我们先住下吧。"

虽然对只有一间房这件事有一点不满，但好在房间干净，而且比较大，旅途劳顿的苏为安进屋之后坐在床边，随后自然而然地躺了下去，长舒了一口气，开心地道："床好软！"

随后进来的顾云峥听到她半撒娇半满足的语气，不由得笑道："这么喜欢？"

苏为安随即意识到自己的举止有些太不注意形象了，当即坐了起来，却没想到正撞上刚走到她身边的顾云峥，毫无防备的顾云峥倒是没什么事，但"肇事者"苏为安已经开始揉额了。

疼……疼啊……

她几乎是下意识地伸手摸向了刚被她撞过的顾云峥的腹部，这一下倒像是发现了新大陆，隔着白色衬衫，手上的触感格外结实，苏为安想了想，嗯，这可能就是传说中的腹肌，于是手掌格外欢快地在他肚子上摸来摸去。

"为安，别闹。"

苏为安却是心情大好地调戏他："别害羞啊！"

看她得意的样子，顾云峥微眯起眼，向她走近了一步，俯下身来："你确定会是我害羞？"

他们之间的距离本就很近，此刻苏为安已经完全处在顾云峥身前的阴影区，而他还在一点点向她越凑越近，苏为安察觉到危险，手上的动作也停了下来，本能地向后躲，可她身后是床，眼见着情形不太对，苏为安赶忙推开顾云峥站了起来："那个……我去洗澡……"

说完就要进卫生间，却又觉得这个时候说这种话好像也不太对，又转过头来解释道："我就是临睡之前要洗个澡，你别想多了！"

明明是要澄清自己的话，苏为安说着，却不争气地脸红了。

她的样子逗得顾云峥不由得一笑，他迈开长腿向她走了过来，就在她紧张地以为他要干什么的时候，他却绕过她，打开了衣柜，将放在里面的浴巾拿出来递给了苏为安，他伸手揉了揉她的脑袋："你觉得我会多想什么？"

苏为安被他这句话憋得脸更红了一点："我……我哪儿知道……"

顾云峥扬眉："你不知道？"

苏为安挺直腰板，一副此心可昭日月的样子："不知道。"

"那我告诉你。"顾云峥说完，俯身吻上了她的唇。

苏为安的脑子轰地炸开，她这是不是……被、套、路、了？

好在顾云峥只是偷袭了一下，随后就放过了她："快去洗吧，早点休息。"

苏为安恍恍惚惚地点头，走进浴室，将淋浴开到最大，半晌才回过神来，顾云峥只听到浴室传来了她的咆哮声，大约是以为水声够大，外面的人听不清，她说的是："顾云峥你个浑蛋！"

顾云峥悠然地回应道："你叫我？"

只听浴室里瞬间安静了，后知后觉的苏为安赶忙道："没有！"

苏为安用十分钟飞快地洗完了澡，只怕在浴室里待久了，会让情形变得更加奇怪。

出了浴室，她说了一句"晚安"，就钻进被子里装睡了。

平日里看起来那么厉害的一个丫头，这个时候居然尿成这样，顾云峥觉得有趣，但毕竟劳累了一天，让她早点休息为好，他也就没有继续逗她。

他去浴室清洗过后，轻手轻脚地拿出了电脑，根据主任反馈的意见对项目书进行修改。他工作的时候专注度很高，修改到一半，拿水杯的时候一偏头，才发现苏为安不知道什么时候醒了，正安静地看着他。

他有些抱歉:"是我动静太大吵到你了吗?"

苏为安摇了摇头:"是在工作吗?"

"在改项目书。"

"亨廷顿舞蹈症那个?"

他应声:"嗯。"

经过一天的劳累,此时已经是凌晨,他却还不能休息,苏为安有些心疼,问:"很急吗?"

"嗯,这两天要再次提交。"

因为她,他才会想要申请亨廷顿舞蹈症的课题,苏为安心里总觉得愧疚,认真地道:"有没有什么我能帮忙的?"

"没事,你休息吧。"

"反正我在这里躺着也会看着你,不如帮你做点什么。"

她的目光真诚而清澈,就那样看着他,顾云峥不由得轻叹了一口气:"真的想帮忙?"

苏为安点头:"嗯。"

顾云峥向床的另一侧挪了挪,为她腾出空间,苏为安起身过去靠床边躺下,小心地在两人之间留了一道空隙。

他将电脑向她这边挪了挪,指着研究设计的部分说:"主任觉得这个试验设计所需的样本量太大,会在可行性上制造难度。"

苏为安沉吟了一下,问:"交叉试验呢?"

"我也在考虑这件事,但样本量的计算难度会比较大。"

苏为安抬起头望向他,毫无犹疑地道:"我之前算过类似的,我帮你。"

她说着,拿过他的电脑放到自己面前,将样本量的计算公式进行了修改,随后问:"有几种实验条件?"

"两种。"

"那还好,我算算啊,0.3%乘以164除以4……"

顾云峥提醒她:"这儿不能用0.3%,这是前一种试验条件下算出来的数,在这儿要改。"

"但最后算出来的数是一样的。"她说着,自然地拉过顾云峥的手,在他的手心比画着算起来,"你看,把这个分子和分母换了,但在这儿刚好能约掉,还是0.3%……"

顾云峥摇了摇头，反拉过她的手，比画起来："不对，你看这儿，算完之后还要再除以2。"

苏为安沉默了一下，好像是这样的："嗯……那就是0.15……"她想了想，又觉得好像有哪里不对，指着后面的部分问，"这样的话这个数是不是也要变？"

"哪个？"

为了让他能看清，苏为安向他身边凑了凑："这里。"

顾云峥点头："也要变。"

苏为安算得飞快，很快将要改的数字填好，将电脑放回他面前，得意地道："解决！"

一抬头，却发觉两个人不知道什么时候已经离得极近，她忽然有些慌乱，下意识地想跑，却被顾云峥一把拉回了怀里，她的鼻子撞到他的前胸，有些吃痛地闷哼一声："你干什么？"

顾云峥睨她："算错了数就想跑？"

苏为安怒道："我哪儿算错了？"

他指着电脑上的一个数字："你算这个数的时候分子肯定忘了除以2！"

苏为安想了想，竟一时想不起自己到底有没有除以2，可是顾云峥刚刚又没看到她是怎么算的，凭什么这么确定？

她嘴硬道："除了！"

顾云峥低声坚决地道："没除！"

苏为安瞪着他："除了！"

顾云峥轻叹气，快速地给她重复了一遍算法："185乘以0.3除以2再除以4，是7左右，而你算出来的是十几……"

他的话还没说完，已经意识到自己算错了的苏为安一探身，讨好似的在他的唇上碰了一下，然后撒腿就要跑："太晚了，我先去睡了。"

刚要转身爬回自己床上，却又被人抓了回来，顾云峥"一本正经"地对她说："你不是说就算你躺着也会一直看着我？那就在这儿待着吧，我给你一个好视角。"

"……"

这之后顾云峥开始修改研究背景部分的内容，对这方面研究了解有限的苏为安并不能帮上太多忙，只能给予精神上的支持，她起初还竭力撑开沉重的眼皮，然而随着时间的推移，她终于还是靠在顾云峥身上，进入了梦乡。

这一觉睡得不太舒服，好像有点挤，她下意识地往顾云峥的方向钻，想把他……挤下去……

等睁开眼的时候，她先是看了看陌生的天花板，想起自己在哪里，转过头的时候发现顾云峥一只手被她枕在头下，整个人已经被她挤得贴在了床边，但依然在睡，大概是太累了。

内心愧疚感爆棚的苏为安往后挪了挪，哪知刚一动，就被人整个拉了回来，半梦半醒的顾云峥睁开惺忪的睡眼看着她："去哪儿？"

苏为安有些自责："我是不是挤到你了？"

顾云峥含糊地应了一声："嗯。"

苏为安愧疚更甚："我去收拾东西，不好意思影响你休息了，还有一点时间你再好好睡一会儿。"

她刚要起身，却被顾云峥拉了回来压进怀里，他说："别动，我就这么睡一会儿，挺好的。"

昨天晚上改项目书改到很晚，项目书看起来越来越完善，他的心情却越来越糟糕，他查遍了近几十年的研究，洋洋洒洒地写了两千多字的项目背景，用一句话概括，却依然是"机制不清、治疗不明"。后半夜他合上电脑，半梦半醒之间所想的，依旧是亨廷顿舞蹈症的致病假说和通路机制。

他虽然未曾和她说起，但他从不是不在意，更不是不恐惧。

从1872年亨廷顿医生描述这种疾病的遗传方式到现在，已经过了一百多年了，一百多年啊，治疗方法依旧是这样一个不痛不痒的局面，而他们还有多久时间？十年？二十年？

他从医这么多年，从没有像现在这样恐惧过，他害怕的不是研究过程有多艰难，而是连方向都没有的茫然，这一百多年来诞生了那么多的假说，不到最后水落石出，谁也不知道哪一条是对的，如果从一开始就站在了一条错误的路上……

他不敢再想下去。

作为一名医生，他一向相信所有事情的发生都是有原因的，可此刻，他比任何人都更期待奇迹出现，那种茫然而又盲目的期待让他觉得无力。

更让他觉得无力的，是他很清楚，根本不需要等到事情发展到最坏的那一步，她就会提前离开他。

她说过，她不想给人增添负担。

她也说过，和他在一起，她不想以后。

顾云峥揉了揉怀中人的脑袋，在她耳畔欲言又止："为安，你有没有想过，我们在一起，就算是你夜里会挤我，也是我应该也愿意承受的，你不用有丝毫愧疚？"

你有没有想过，我们在一起，就算有一天你会傻、会残，也是我应该也愿意担待的一辈子？

但苏为安当然没有这样想过。

她笑了笑："起初的时候你觉得我挤你是浪漫、是甜蜜，然而等时间久了，当你次次因为睡眠不足匆匆起床来不及吃早饭的时候，当你晕头转向要站一天手术台的时候，你就会发现平淡无奇的生活才是最重要的。人本来就是自私的，在能为他人着想的时候，当然要多为他人想想。"

她听懂了。

她竟然听懂了他的言外之意，可她心里的主意，远比他要坚定。

顾云峥只觉得有些头大，随口一说的话依然能这样头头是道，她还真是他的冤家。

他刚想再说些什么，却在这时，闹钟响了。

他转念想到，操之过急只会让她压力更大，那不如让他们来日方长。

"走吧，我们梳洗一下，去吃早饭。"

## 第七味药 无所惧

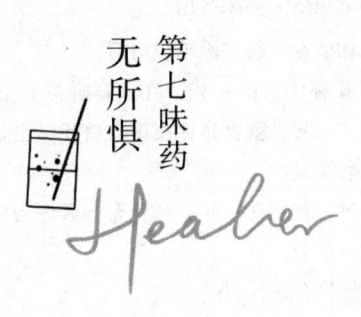

*Healer*

抵达会场的时候离大会正式开始还有十分钟，会场里几乎坐满了人，顾云峥和苏为安本就不是神经内科的专科医生，只是为了温玉良的讲座才来到这里，也没有必要去和其他人抢那些前面的位子，在靠近门的地方找到位置就坐下了。

温玉良是这次大会力捧的大教授之一，他的讲座排得也相对靠前，大会开始一个小时之后，温教授就上台了。

先前不知在多少大会上发过言，温玉良对这种场合早已驾轻就熟，原本枯燥无味的研究背景和实验设计竟能让他讲得风趣起来，尤其是最后那句："想要让病人同意入组，就要和他们讲清我们这个药物的原理，还有是怎么设计的这次试验。亨廷顿舞蹈症在神经科里都算冷门，相信我之前说了那么多，但这间会场里真正能听懂的也是少数，更不要提毫无医学背景的患者了，尤其是当你把可能存在的风险一一跟他们提到之后，他们就会变得非常犹豫不决，那在这种时候，医生作为这项研究的实施者，应该怎么和患者沟通？我组里那些没经验的小医生看见患者犹豫了，就会说'你们回去考虑清楚再来吧'，我们原来能达到四百例患者的研究，就这么被考虑没了。"

温教授风趣地一摊手，会场里的医生都笑了起来。

温玉良又继续道："但我面对这样犹豫不决的患者的时候，就会告诉他们，这是一个研究了一百多年的疾病，别说治愈的方法，连控制的方法都是寥寥，我们都知道这个疾病的发展会变成什么样，会失控、会变傻，甚至会死亡，所有的药物试验都有风险，这个我们必须要正视。正式上市的药物确实风险小，但药物的试验、审批和上市各项流程少则十几年、多则几十年，因为害怕风险而盲目地等下去，也可能会使得他们错过治疗时机，每次我这样和患者讲清楚，他们很快就会同意入组并且签好同意书。"

会场内掌声响起。

在全场的赞叹声中，顾云峥却只觉得心里一紧，偏头看向苏为安，她的表情果然已经不太自然，温玉良一句"连控制的方法都是寥寥"，又一句"会失控、会变傻，甚至会死亡"果然扎进了她心里，顾云峥有些担忧地握住了苏为安的手，安慰她。

而温玉良的讲话还在继续："那让我们来看看，他们入组以后都发生了什么。"

他将PPT向后翻了一页，屏幕上出现并列的两段影像，里面是同一个患者，一段内容是这一年试验治疗前的，一段是治疗后的，患者的舞蹈样动作幅度和频率都有所下降。

现场掌声雷动。

为了保护患者的隐私和对患者的尊重，视频中患者的面部都被打了马赛克做遮挡，然而顾云峥还是觉察到里面的这位患者有几分眼熟，这是……

他心里一紧，偏头看向身旁的苏为安，只见她盯着屏幕上的画面目光发直，顾云峥这才确认，这是她的父亲。

他轻声道："为安……"

苏为安不可遏制地抖了一下。

顾云峥忽然有些后悔："对不起，我不应该带你来听这些的。"

他说着，就要起身带她离开，却被苏为安紧紧拉住。

"我……我没事。"停顿了一下，她低头用手揉了揉脸，"我……应该没事吧……"

温玉良的这两段视频并不是假的，服药对她父亲症状的控制确实有着肉眼可见的改善，对这样一个连控制方法都寥寥的疾病而言，这点改善足以让全场的医生发出惊叹，可对患者而言……

对患者而言……

依旧是无法自己穿衣服、洗漱、吃饭、喝水，毫无生活质量可言，每一天醒来都是如出一辙的绝望。

如果她还是两年多以前的那个医学生，坐在这里，听着大教授有理有据的讲座，一定也会像在场的其他医生一样赞叹连连，现在，她却觉得，他们这些做医生的，是不是对病人太残忍了？

不过是看起来稍微好了一点，只不过是量表的评分有所改善，他们有必要得意得像是做出了什么了不得的壮举一样吗？

更不要提她的父亲最终以两次动脉瘤破裂作为试验治疗的终点，为什么他在这里一句不提？

她一定要问问他！

接下来的讲座在全场几乎没能停下的掌声中结束了，终于进入了提问环节。

毕竟是面对全国最顶尖的教授，毕竟是全国最大的神经科大会，医生们也有一些拘谨，不太敢第一个举起手来提问，主持人环顾四周，不由得笑着对温玉良道："看来是您讲得太清楚了，大家都没什么问题啊！"

下面的听众纷纷点头，温玉良笑道："哪里哪里，大家不要客气，有什么问题请尽情提出来……"

他的话还没说完，就见靠近后门的地方，有一个人举着手，许是因为位置有点偏，他们之前并没有注意到。

场务帮忙将话筒递给了苏为安。在众人的注视之中，苏为安站起身来，用异常冷静的声音道："在新药的临床试验中，大家最关心的两部分，一个是疗效，还有一个就是副作用，刚才温教授详细地介绍了药物的疗效，那么我想请问一下温教授，在这次的试验中，有没有出现什么不良事件？"

她的问题直白而犀利，引来在场之人纷纷侧目，这个人到底是什么来历，敢在这样的场合质疑全国顶尖的大教授？

面对这样刁钻的提问，温玉良倒也没恼，反而风度翩翩地一笑："这个问题问得很好，的确，对新药，大家最关心的就是有多大的好处,以及有没有伤害,那关于我们这次的试验,运气比较好的是,除了一些常见的消化道的不良事件,以及头晕等不适以外,目前并没有发现这个药物有什么大的不良事件。"

温玉良的话让台下的观众又情不自禁地想要鼓掌,然而手掌还没合在一起,就听先前提问的那个女人斩钉截铁地开口道:"有!明明有动脉瘤的不良事件发生!"

听到"动脉瘤"这三个字,温玉良亦是一惊,除了他组里的人,根本没有几个人知道动脉瘤的事,怎么会突然有人提到这个问题?

他定睛看向问题的来源,会场比较大,他们之间的距离有些远,他刚刚并没有仔细去看这个人,然而此刻他意外地觉得这个年轻的女人有些眼熟,还有那个声音……

这是……

他蹙起眉:"你是前几天那个病人的家属?"

温玉良的这一句话,让现场几乎炸开了,所有人都不约而同地向苏为安看了过来,就连场务都有些坐不住了,随时准备请人离场。

如果这个人真的是患者家属,那她是怎么进来的?她来这里做什么?

面对全场质疑的目光,苏为安一滞,接下来准备问的问题也随之哽在喉中。

她的确是患者家属,可这个身份怎么能在这种场合说起?一旦让他们知道她是患者家属,那么她提出的所有问题都将得不到客观公平的看待。

她在众多不善的目光中抿紧了唇。

却在这时,坐在她身旁的顾云峥站起了身,从她的手里拿过了话筒。

"温教授,您好,我是华仁医院神经外科的医生顾云峥,这位是我的学生,我们在前不久刚好收到了三位参与您药物试验的患者的求助,他们先后发生了血管瘤,资料也都整理好发给了您的团队,我想刚刚我学生的意思是,想请问您这三例动脉瘤患者的情况有没有得到足够的重视,是否与试验药物有关?"

顾云峥沉着而又冷静,将事情的前因后果解释得清清楚楚,众人闻言,皆是了然地点头,原来是这样啊,接着又望向温玉良,毕竟是三名患者，不像单纯的巧合。

"神经外科的医生专门来开内科的年会，挺有意思的。"温玉良说着，笑了一下，就像只是单纯觉得有趣，随后四两拨千斤地解释道，"我们收到这三名发生动脉瘤的被试的资料后第一时间做了评估，大家都知道，一个疾病的发生是由多种因素导致的，也涉及这个患者的实验分组到底是不是在试验药物组，并不是说因为他参加了药物试验，所以就是药物导致的，因此我们针对各个患者综合分析之后，判断这个动脉瘤的发生与药物无关，至于是怎么判断的，这个就很复杂了，毕竟时间有限，我要是再讲下去，只怕后面的专家们都要上来把我赶下去了，所以今天就先到这里，但这的确是一个好问题，谢谢这两位年轻的医生。"

他说完，鞠了一躬，随即走下了台。

台下掌声响起，为这位大教授的坦然和幽默。对在场的绝大多数医生而言，听到温教授说他们进行了分析，确定与药物无关就已经够了，至于是怎么分析的，他们毕竟不是做这个研究的，并不太要紧，总归大教授不会骗人吧。

然而听到温玉良的话，苏为安与顾云峥对视了一眼，彼此心里所想基本一致，这温玉良说了这么多，其实什么都没解释。

但再在这里纠缠下去是不行了，毕竟场面太大，而且有会程压着，不可能给他们时间争论这个，当着这么多人的面让温玉良那么大的教授难堪也是不行的，苏为安原想等会议休息的时候再去找温玉良问一问，然而从台上下来之后，温玉良在会务的引领下直接出了会场，苏为安在中场的时候找到会务，才知道温玉良已经去赶回程的飞机了。

顾云峥看着有些着急的苏为安，轻轻揉了揉她的头道："别急，我们也该回去了。"

周一的时候，苏为安再次来到了章和医院。

还未等温玉良开口，他身后的杨医生昨天也参加了大会，认出了苏为安，充满敌意地看着她，用带着些许讥讽的语气道："你这三番两次的，不会是想要赔偿来的吧？"

苏为安一怔，觉得有些不可思议："当然不是，如果是为了赔偿，我会这样一个人站在你们一帮人的面前吗？我只是想问一下，你们到底有没有将动脉瘤的情况上报给伦理审查委员会？"

"不需要。"温玉良的回答斩钉截铁，"这三个动脉瘤的患者包括你父亲在内，都有高血压病史，发生动脉瘤是由于患者自身的问题，与试验药物无关，不需要上报。"

苏为安愕然道："我父亲只是这两年血压才刚刚达到150/95左右，口服降压药控制在130/80左右，这种程度怎么会长出那么严重的动脉瘤？"

温玉良有些不悦地道："患者的个人体质不同，情况当然不同。"

他说完，一旁的医生冷眼扫了一眼苏为安，随后对温玉良恭敬地道："主任，中午的科会还有五分钟就要开始了。"

温玉良点了下头，绕过苏为安就要离开。

苏为安转过身，再一次抢到温玉良的前方，坚决地道："无论如何，这样严重的不良事件都应该上报给伦理审查委员会，到底是不是药物引起的，不是你一句话能决定的，应该由他们去调查不是吗？"

温玉良被她磨得已经有些不耐烦了，教训她道："这个药能缓解大部分患者30%至50%的症状，之前的基础试验也没有发现过任何严重的不良事件，万一因为上报了一些不确定与它有没有关系的症状，而导致试验被终止，你知道这会让多少人绝望吗？"

面对温玉良的指责，苏为安毫不避让道："给他们虚假的希望才会让他们绝望，无论是为了什么，医生都不能向患者隐瞒药物可能出现的不良反应，在疗效和副作用之间做抉择，应该是患者的权利不是吗？"

温玉良凝眉，微眯起的眼中，目光锐利地望向苏为安："你这是在教训我吗？"

"我不是那个意思……"

"我们的试验超过三百人，在其中许多被试都有多年高血压病史的危险因素之下，发生动脉瘤的概率还不到1%，这根本说明不了任何问题。"

苏为安此前怎么也想不到温玉良的态度竟然是这样的，不仅冷漠，而且坚决，她以为最差的情况不过是他们的团队还没来得及研究清楚患者动脉瘤的情况，但事实上他们似乎并没有太当回事。

是啊，超过三百名的被试，在亨廷顿舞蹈症这样少见的疾病中能够有这样大样本的临床试验，足以见得温玉良的能力和地位，有多少双眼睛在关注着他们，现在不过是出现了三个动脉瘤的患者，连1%都不到，似乎不影响大局，但无论如何，在临床试验中，安全原则所对应的应该是100%的被试，而并非99%。

苏为安死死地盯着他："所以你一定要等到再有病人发生动脉瘤，发生率高到不可忽视的时候，你才肯承认这个药有发生动脉瘤的风险吗？"

"根本就不会再有病人发生！不要再浪费我的时间了，要么你拿出直接证据证明动脉瘤和试验药物之间有关系，要么就请你别再来耽误我的时间！"

温玉良说完，就那样居高临下地看着苏为安，凌厉的目光好像是在嘲笑苏为安根本不可能拿出证据，除了在这里胡说八道什么都不会。

他昨天问起自己在华仁医院的女儿，神经外科这两个年轻医生是什么情况，哪知温冉一听苏为安的名字，就不屑地嗤笑了一声："她？两年前就退学了，算什么医生！"

连医生都不是，就敢来这里教育他？

你这么厉害，就拿出直接证据给大家看啊！

就在温玉良觉得苏为安已经哑口无言的时候，却听到她忽然开口道："如果我真的找到证据了呢？"

他抬头，只见苏为安冷眼看着他，却是异常坚定。

他微怔，但很快回过神来，冷笑了一声："那我就立即终止试验，并当众道歉。"

"好，我们一言为定！"

温玉良看了一眼苏为安，只觉得她真是不自量力，就像一个笑话。他不欲答话，带着身后的一队人浩浩荡荡地离开了。

回到华仁医院的时候，苏为安直接去找了顾云峥。

她开门见山："之前你说想让我做研究助理来医院帮你的话，还算数吗？"

顾云峥先是因为她突然的态度转变有些意外，点了点头，又问："怎么了？"

"温玉良让我拿出证据证明动脉瘤和他们的试验药物之间有直接关系，我要回到实验室，证明给他们看。"停顿了一下，苏为安问道，

"医院招聘是在什么时候？我是不是应该先把简历什么的准备好？"

顾云峥却稳住她："为安，你先别急，你想好了，你是要应聘一个职位，而不只是临时在这里待一待而已。"

苏为安自然明白他的意思，她轻叹了一口气，点了点头道："我知道。"

回来的这一路上，她想了很多。

她不只是与温玉良赌气，想证明他是错的，才要回到实验室，更是为了自己。

她是喜欢实验室、喜欢实验、喜欢科研的。就算会被污染了的培养箱气得想跳脚，就算会被怎么统计怎么错的数据气得想搬电脑砸墙，但再怎么艰难，都抵不过看到好端端的数据图摆在自己眼前、将辛辛苦苦写成的文章存成PDF并在标题中加上"最终版"的那一刻带来的成就感，那种感受无可比拟。

可那是她还不知道自己患病时的心情，每得到一个小成果，每向前走一小步，她都会觉得无比欣喜，然而当她变成了一个病人，面对亨廷顿舞蹈症这样一个令人绝望的难题，每走一小步，都只是在提醒着她还有九万九千九百九十九步没走。

她不想让自己厌恶甚至憎恨曾经那么喜欢的科研，所以宁可远离，抱着虚无缥缈的希望，总比绝望好。

可是当她看到温玉良的态度，这个主导国内亨廷顿舞蹈症研究的大教授，用这样不可一世的态度面对承载着那么多亨廷顿舞蹈症患者希望的研究，她连虚无缥缈的希望都没了，她怎么还能假装自己什么都不知道，让这样的人主导国内亨廷顿舞蹈症的临床研究？

在这个时候，比起什么都做不出的绝望，她会更恨自己什么都没做。

她想回来。

研究胶质瘤近十年，从未碰过亨廷顿舞蹈症研究的顾云峥那么果断而又坚决地更换了自己的课题，他什么都没有怕过，而她又在怕什么？

她反握住顾云峥的手，看着他坚定地道："我知道，我想回来，和你一起。"

顾云峥看着她的神情，已然明白了什么，他微笑，点了点头："好。"

她说她想回来,和他一起。

就算这可能是条绝路,但最起码她已经可以正视未来,最起码她已经不再害怕,还有,最起码,他们在一起。

真的很好。

但现在想要入职并不是一件简单的事,顾云峥仔细地向她解释道:"医院毕业季的招聘在两个月以前就已经结束了,每个科室的名额也都已经定了,在这个时候想要再招人进来,必须经过科室主任王焕忠王主任的同意,并且经主管人事的院长审批,所以在你准备好材料以后,我会先带你去见王主任。"

苏为安想也没想就一口答应:"好。"

面对自己的得意弟子提出的请求,王焕忠格外照顾了一下,特意为面试苏为安腾出了时间。

接过苏为安递过来的简历,王焕忠对上面所写的苏为安在上学时获得的奖项只是快速扫过,听着苏为安的自我介绍,他开口却是简单直接:"既然你当时那么优秀,为什么退学?"

苏为安看了站在王焕忠身旁的顾云峥一眼,避重就轻地道:"我父亲得了亨廷顿舞蹈症,症状越来越恶化,我陪他去专家门诊看病的时候却发现,不管是多有名的教授,除了告诉我们这个病无法治愈以外,都几乎没什么可做的,所以突然对医生这个职业有些失望。"

"那你现在又为什么要回来?"

"我父亲和另外两名病友参加了亨廷顿舞蹈症的药物临床试验,都发生了动脉瘤,然而实验团队不肯承认这是由药物导致的不良事件,我要找出直接的证据给他们看,避免剩下的参与试验的患者在接下来的一年中发生类似的危险事件。"

王焕忠将她的简历放回到茶几上,推了推眼镜:"你说的是章和医院温教授的试验吧?"他说着,像是想起了什么,转头向一旁的顾云峥道,"我听说前两天在神经内科大会上,你向温教授提了个问题,让他有些下不来台?亨廷顿舞蹈症的课题还没申请完,你就已经把国内做亨廷顿舞蹈症最权威的专家,也是国家级课题项目的评审给得罪了。"

这件事竟然已经传到了王主任的耳朵里?

苏为安有些担忧地看向顾云峥,却见他依旧淡然,平静地解释道:

"只是觉得温教授在不良事件的回复上有些语焉不详,因而多问了两句,毕竟学术大会就是让大家交流探讨的,相信温教授不会见怪。"

王焕忠闻言,不予置评,只是又扫了一眼苏为安的简历,向苏为安发难:"所以你就是拿我们科当跳板,想给你父亲讨回个公道?"

苏为安赶忙摇头:"不是的,我们当初签了试验的知情同意书,就要承担出现不良事件的风险,所以并不涉及公不公道,只是这件事涉及科研中最看重的真实和安全问题,我想证明给他们看,研究要有研究的样子,我想做出好的研究,即使我想要研究出亨廷顿舞蹈症的治疗方法的心情比他们迫切一百倍,我也不会通过牺牲真实性和安全性来完成。"

"好研究可不是随随便便就能做出来的!"

"我知道,虽然努力了也不一定能研究出什么,但不努力一定什么也研究不出来,所以……"苏为安深吸了一口气,坚定地道,"我想试试,万一呢?"

王焕忠点了点头,似是对她的话有所认可,然而再开口,语气并没有因此缓和:"我听说你之前举报了贺医生,你为什么认为在你让我们科丢了这么大的人以后,我还会同意你进我们科工作?"

"因为顾医生说您是讲理的人,既然您讲理,一定明白让科里丢人的不是我,而是抢夺了我的劳动成果,去讨好别家医院大教授的女儿的贺医生。"

王焕忠看了一眼顾云峥,似有责怪之意却又不忍心:"你这小子!"

他说着站起了身,就在苏为安紧张地等待着结果的时候,他说:"下次去找别家医院大教授的时候记得带着你们找出来的直接证据。"

苏为安一怔,随后意识到王焕忠是同意了的意思,高兴地鞠了一躬:"谢谢您了!"

过了主任的第一关,苏为安长舒了一口气,对顾云峥道:"接下来就要看院里能不能同意给科里这个名额了。"

顾云峥沉思了片刻,随后道:"明天我带你去找院长。"

苏为安有些迟疑,问:"我们直接去找院长是不是不太好?而且院长那么忙,我们说见就能见到吗?"

顾云峥微抿唇:"没事。"他稍稍停顿了一下,"王主任同意了给你这个应聘的机会,自然就会去和院里沟通,更何况那位院长,反正不管怎么去找他,都不会好……"

原本以为只是因为自己已经错过了应聘季,给人家凭空增加了许多麻烦,所以院长大概不会高兴,可直到站到院长办公室,苏为安才真正明白顾云峥话里的意思,主管人事的院长不是别人,就是顾云峥的父亲,杜院长。

从一进门,苏为安就觉得周遭的气氛似被冰封一般,杜院长板着脸,眉头紧蹙,顾云峥则是面无表情地站在距他办公桌一米的地方,连多走近一步都不愿,这是顾云峥第一次来找杜院长帮忙,如果不是为了苏为安,他大概永远也不会像这样站在这里。

苏为安将文件袋递到杜院长的桌子上,礼貌而客气地自我介绍道:"杜院长,您好,我是华医大临床医学系2015级的毕业生苏为安,想要竞聘神经外科研究助理的职位,这是我的简历和相关材料,请您过目。"

杜院长瞟了一眼文件袋,没有动,冷声问道:"什么学历?"

苏为安又怎么会不明白他的意思,顿了一下,道:"本科。"

杜院长签完最后一份文件,合上笔盖,抬头看向她:"老王给我打过电话,提到过你的事,今年神经外科的确还有一个招人的名额,但除了你之外,还有一位今年要毕业的博士想要申请这个岗位。"

苏为安想要再争取一下:"杜院长……"

杜院长抬起手制止她:"你也不用多说了,既然是应聘,按应聘流程来就可以了,明天下午两点,我会和其他几位主任一起对你们双方进行面试,谁进谁退到时候自有分晓。"

能够有面试的机会,就是要她靠实力说话,虽然苏为安知道杜院长的原意是想让她知难而退,但她反而感激能有这样的机会,既然是一起面试,就算不能证明自己,至少也能心服口服。

但当看到坐在院长办公室沙发上的杜云成和温冉时,苏为安只觉得在意料之外,可仔细想一想,却又在情理之中。

原来杜院长口中的那个想要留院的博士就是温冉。

上一轮面试的时候,温冉因为论文被举报撤稿没能顺利入选,两年之内也不能申请本院博后,但本院博士、神经外科二把手的学生、章和大教授的女儿的身份,以及在读期间有论文发表的经历,令她终是没有被直接拉进黑名单，假如未来有足够的成果，还是有留院成为医生的可能的。

华仁医院神经外科是全国甚至全亚洲的神经外科中心，有着其他医院绝不可比的医疗和科研平台，为了不离开华仁神外的科研平台，温冉选择了屈尊来申请科研助理的岗位，这是她的迂回战术，也是她对自己足够自信。

就算她名义上只是一个科研助理，但有她父亲的面子在，科里愿意给她科研资源的主任也还是有的，只要她能够抓住机会发表一篇子刊甚至主刊文章，别说转岗回到临床医生的岗位，之后评选各种人才项目也不在话下，温冉果然是一如既往的好算计。

杜院长坐在中间，左右两边还有神经外科的两位主任，温冉和苏为安坐在他们对面，杜云成和顾云峥则在屋子后方的两边。

杜云成看到苏为安的时候也是惊讶的，可转眼看到她身旁的顾云峥，他很快平静了下来，开口："我……"

还没来得及说什么，他就被杜院长制止了："今天是对这两位女学生的面试，让你们到场只是让你们在一旁看着，做个记录和见证。"免得结果出来有什么怨言。

这话虽然是对着杜云成说的，却是说给顾云峥听的，毕竟从各方面的条件来看，弱势的似乎都是苏为安。

顾云峥依旧面无表情，对刚才杜院长的言论不置一词、不为所动，但杜院长知道他听到了。

杜院长随后开始了面试，向温冉道："自我介绍吧。"

温冉嫣然一笑，说："好的，院长，我是华医大本博连读的学生，今年即将博士毕业，导师是神经外科的张副主任，课题方向是胶质瘤，目前已经发表三篇SCI文章，累积影响因子破十，参加过'科学杯'大学生课外科技作品竞赛，获得了一等奖，还在多项英语竞赛中获奖，但我知道作为医生这些都不是最重要的，我会努力提高自己，成为一名医术精湛的外科医生。"

苏为安没想到在这个时候，温冉还能当着她的面，那么坦然地提起那个"科学杯"一等奖的获奖作品，毕竟那是她从苏为安这里抢走的东西，当年苏为安只将她举报给了杂志社，竞赛那边没有去管，也懒得去管了，原本以为温冉多少会知道收敛，没想到，她还真是低估了温冉。

杜院长听完点了点头，很是满意的样子："你们从本科到博士也不过八年，你能发表三篇SCI已经很不错了，还参加了竞赛，成绩也很好，最重要的是觉悟很高，很清楚自己是一名医生，医生的本职是治病救人，年轻人，未来可期。"

温冉似是有些害羞般笑了一下，道："谢谢院长的鼓励，我会好好努力的！"

杜院长随即敛了表情看向苏为安："你也自我介绍一下吧。"

苏为安简要地道："苏为安，女，二十六岁，华医大本硕博连读的学生，但在本科结束时申请了提前结业，在校期间代表学校参加过市级、国家级的医学竞赛，获得了一等奖，连续获得三年国家奖学金、两年一等奖学金、五年三好学生，大六加入神经外科的课题组，进行了动物试验并完成了一篇文章。"

苏为安也完成了文章？

杜院长蹙眉，问道："这文章发了吗？"

原本他是想提醒她，完成文章和真正发表之间的差距，她仅仅写完一篇文章自然无法和发了三篇文章的温冉相比，却没想到听到他的问题，苏为微勾唇，看向了对面的温冉，说："有人替我发了，还是个影响因子大于五的杂志，看来我的工作质量不错。"

温冉的脸色有些难看，委委屈屈地说道："为安，当初那件事你误会我了，是贺老师……"

苏为安却打断了她："当初的事我们心知肚明，我也懒得旧事重提，但看你后发的文章中有一篇也是荧光染色的试验方法，我倒有些问题想要请教你。"

温冉脸色一僵，明白苏为安来意不善，想要拒绝，可看了看身旁的杜云成还有中间的杜院长，没有说话。

"请问你用的一抗是哪个公司的？"

温冉的目光有些躲闪："试剂那么多，记不清了……"

"记不清了？好吧，按照你的文章来看，写的是Meica公司的。"

温冉无心恋战，敷衍道："那就是吧。"

"在免疫荧光染色的时候，你都用了什么方法降低假阳性率？"

这个问题，不久前苏为安还在中非的时候，温冉通过视频问过她，如今被反问回来，温冉的目光有些躲闪，支吾道："延……延长封闭时间到一个小时。"

"还有吗？"

温冉敷衍道："具体的方法我在试验方法部分都有写，没有什么特殊的。"

苏为安目光锐利地直视着她，早已将她看穿，说："贺晓明医生实验室所购买的受体蛋白一抗，是2014年3月从美国邮寄到实验室的，这一批抗体公司的说明书上有特殊标注，要增加封闭时间、减少一抗孵育时间，并加用试剂冲洗才可以尽可能地避免假阳性的情况发生，这批试剂后来做过改进，所以你文章的审稿人并没有注意到按照你的试验方法，这个实验结果是完全不可重复的，既然现在说起，我倒是想问问，这篇文章是你自己撤，还是我帮你撤？"

苏为安说得轻描淡写还带着些许玩味，温冉的面色早已是青紫，别说这些试剂是什么时候买来的，她连说明书长什么样都不知道，当然更不知道上面写了些什么，此时苏为安提起，她心里慌得厉害，一偏头就看到杜云成皱紧眉头震惊地看着她的样子，她赶忙摆了摆手，试图解释："为安，你可能记错了，试剂……试剂不是2014年买的……"

苏为安却连一丝迟疑都没有，说："购买试剂在课题经费上都有明确的记录，既然你觉得我记错了，我们去查查就是了。"

温冉的脸青中透着紫，紫中又带着黑，想要生气可当着院长的面又不敢放肆，她竭力想为自己圆场："可能……可能用的是科里其他老师的试剂吧……"

苏为安冷眼看着她胡说八道，也懒得去戳穿她科室里做这个受体的人只有贺晓明和张副主任，而这样的情况下，这两位的抗体从来都不分彼此，轮流购买共同使用，原本就没什么其他老师的试剂可言，苏为安开口，言简意赅，似一支利箭直奔中心："连自己用的是谁的试剂、是什么试剂都不知道，你就是这么做科研的吗？"

在场的都是聪明人，更何况是院长亲自坐镇，此刻杜院长的面色也不十分好了，话说到这个程度，再说下去已没什么意思，身为整个医院的院长，不管其他条件如何，学术上的事也绝不容许有任何含糊。

先前贺晓明与温冉论文被撤的事情他自然知情，但那时二人给出的解释都是苏为安贪功，贺晓明考虑不够周全才一气之下给她除了名，但研究的结果都是真实可靠的，只是因为作者署名的问题有所争议。正是因为考虑到这点，他才会给温冉第二次机会，可在刚刚短短的几分钟里，温冉的搪塞在苏为安的追问之下不堪一击，这绝不该是一个从事科研几年的医学生应有的状态。

温冉心知不妙，脸已经涨得微红，拼命地想着托词："我……"

可杜院长已经没有耐心再听她解释下去，他从沙发上站起了身，已经下了最后决定："我会和焕忠说，让他严查科室论文质量，但凡有问题的文章，统统会对作者追责，绝不宽恕！"

没有指名道姓，可话中所指再清楚不过。

温冉心里一沉，不禁用求助的目光看向杜云成，然而杜云成的神情中，对她的失望不加掩饰。

早在得知要和苏为安对垒的时候，温冉就猜到会牵扯到她之前那篇被撤论文的诚信问题，但总归那件事他们双方各执一词，而她又有贺晓明做佐证，双方扯来扯去也不会有什么最终定论，可她怎么也不会想到，竟被苏为安抓住她后面的文章的问题。

温冉的心里忽然有些恨，之前她在视频通话中问苏为安怎么减少染色的假阳性，苏为安明明知道抗体有问题，却只是避重就轻地和她说增加封闭时间，原来从那个时候开始，苏为安就在算计她了！

她的脸色乍青乍白，强忍着不能在院长面前爆发出来，看向苏为安的眼神中已然恨意深种，却见苏为安顶着她的怨恨，神色漠然。

面试结束了，杜院长坐回办公桌后，这是可以离开的信号，在这一场面试里，温冉可以说是自取其辱，就连带她来的杜云成都觉得脸上无光，尤其是在顾云峥和苏为安的面前，简直是丢人至极，此刻他片刻也不愿多停留，只想赶紧离开。

然而就在杜云成要向门口走去的时候，只听身后传来顾云峥一向清冷的声音，但他还是能听出其中罕见的小心翼翼，顾云峥问："所以这次面试的结果是什么？"

若是二选一，结果至此已不必多说，可顾云峥更清楚自己这位院长父亲绝非可用常理推测之人，因此才会有此追问。

坐在办公桌前的杜院长闻言抬起头，沉默地看了顾云峥一眼，就这一眼，足以让顾云峥意识到其中的不同寻常，他没有丝毫退让，直视着杜院长等着他的回答，让他不得不回答。

就在这时，只听温冉柔柔弱弱的声音响起，似是有些怯、有些惧，可犹疑着还是说了出口:"毕竟……毕竟是三甲医院重点科室的职位,本科的学历终究是……听起来有些难以服众吧……"

事已至此,温冉想,既然她已经没什么希望再留下,那也不能让这个位子就那么轻易地被苏为安占了不是?

就算研究助理有本科学历就可以干,但这是华仁医院神经外科的研究助理,能找到更高学历的,为什么要退而求其次?

她一语道出的正是杜院长心中所想,有人替院长开口质疑,院长自然可以借势提出这个问题,温冉很明白杜院长此刻的沉默意味着什么。

果然,面对着顾云峥不等到最终答案誓不罢休的架势,杜院长向后靠在宽大的座椅靠背上,回望向顾云峥:"虽然在读时成绩不错、获奖奖项也不少,但苏同学的本科学历的确不够亮眼,我还需要再考虑一下。"

顾云峥有条不紊地道:"学历并不代表着能力,更何况对外招聘的公告上,对研究助理的职位也并没有提出研究生学历的要求,既然是为科室招人,难道不应该参考科室人员的意见吗?"

总归他们才是以后在一起工作的人,比起简单地靠学历让院长一个人一刀切,难道不应该参考一下他的意见吗?

顾云峥的话说得有礼有节,杜院长眉心紧蹙,有些不悦地说:"我会再和几位主任做具体商议,今天就到这里吧。"

话说到这里,已经是无话可说。

顾云峥回头望向苏为安,目光中有些不甘,苏为安向他轻摇了摇头。

没事,他们都已经尽力了,如果最终院长和主任因为学历问题觉得她配不上这个岗位,那她也无话可说。

顾云峥蹙眉,虽然不是最好的结果,但能够争取其他主任的意见,总好过被以学历不够为由直接拒绝,应聘自有应聘的规则,就算他再不甘心,也要尊重。

他终究没有再争辩,如杜院长所愿,带着苏为安转身安静地离开了这间办公室。

出了办公室,杜云成的脸色已经难看得可以,温冉紧走两步想要上前挽住他的手臂,却被他避开了,原本是出于对自己女朋友的信任与支持,他才会帮温冉准备所有材料、为她争取各种机会,可没想到竟会在这样的时候被苏为安挑出温冉的科研诚信问题，但凡做研究的人，都会明白这个问题有多严重。

和杜云成在一起那么长时间，温冉自然知道杜云成此刻的神情意味着他真的生气了，已经被院长警告要彻查之前发表的学术文章，若是因此连杜云成都失去了，那是何其可怕的事情？

温冉再次伸手挽向杜云成，解释的语气里透着些无措："云成，我没有，我没有去造假，也没有骗你，苏为安所说的那些什么说明书、什么厂家我真的都不知道，我只是按贺老师给的方案做的实验……"

这样说着，她像是想起了什么，突然转过头来，一双眼死死地盯着苏为安，说："一定是她，一定是她为了报复贺老师和我，在实验方法里做了什么手脚！"温冉说着说着，突然觉得这个说法越发合理，"对，云成你还记得吗？前几个月的时候，我在视频里问她染色后假阳性太重怎么办，她都没有说抗体的事，她是故意害我的！"

走廊上虽然只有他们四个，这行政楼里却隔墙有耳，温冉这样栽赃苏为安，顾云峥蹙眉，不悦之情显而易见，他正要将苏为安拉到身后护住，警告温冉小心说话，刚刚拉住苏为安，却被她反握住了手。

就听苏为安一字一句掷地有声地道："温冉，你这话里有多少逻辑漏洞我懒得理会，但有一件事我要提醒你，从前你问我什么我说什么，你求我什么我帮什么，那是因为我拿你当朋友，但从你去找贺晓明要抢我的实验成果的时候起，你就已经不再是我的朋友，我帮你是我人好，但我不帮你，是你活该！"

刚上大学的时候多少人在背后非议温冉，苏为安但凡遇到，从来都是第一个去制止。

后来学生会竞选，梁亚怡说她贿选，苏为安堵在梁亚怡班门口维护温冉。

再后来加入课题组，即使温冉连试剂瓶都认不清，苏为安依旧认为她是重要的合作成员，每次汇报都会将她放在重要的位置。

可所谓的朋友情谊，对温冉而言当真什么都不是。

为了成绩，温冉抢她的东西。

为了报复，温冉险些贻误了她父亲的治疗时机。

为了澄清自己，温冉把所有的罪过都推给她。

苏为安将最后两个字说得很重，温冉眼睛里已经闪起了委屈的泪光,杜云成心里烦乱,开口想要为温冉说话:"当年的事可能另有误会……"

连亨廷顿舞蹈症都得了,苏为安原本觉得这世上也没什么是自己看不开的了,有些话说多了无趣,可时隔两年再次回到这里,面对依旧嚣张、毫无歉意的温冉和她身边从来被她蒙在鼓里的杜云成,她忽然觉得将那些无趣的话说一说,似乎也行。

苏为安看向杜云成,开口,轻描淡写却又认真,她说:"你和温冉现在在交往,原本也轮不到我多说什么,可时隔两年物是人非,我回到这里你依然屡次帮我,我很感激这样的情谊,也不希望我们的六年同窗情以这样不明不白的怨恨收尾。"

苏为安说着,停顿了一下,迎着杜云成有些不解的目光继续道:"当年温冉向贺晓明提议她要做第一作者的时候,是我亲耳听到的,没有谣传也没有误会,至于这个实验是不是我做的、文章是不是我写的,你经常在图书馆碰到我,应该比谁都清楚。

"那段时间我满心所想都莫过于那个课题,那时你在众目睽睽之下向我提议交往,我毫无预料措手不及,才会直接离开,以至于让你当众难堪,但那时我曾和你身边的这个人说过,如果再有一次机会,我可能真的会答应。现在想想,那个时候我对你大概是有着很接近于喜欢的一种感觉的,可缘分所至,时过境迁,错过了就是错过了,没什么可埋怨的。

"没有提前告知你我与顾云峥交往的事情,是因为我有诸多难言之隐,这些难言之隐之前不能说,现在也不能说,但无论如何,没能顾及你的感受是我的过错,我很抱歉,但我真心感念你的照顾,不希望六年同窗由此变成你怨恨的人,更不希望你因此相信温冉的谎言。"

话音落,苏为安抬头,正对上杜云成震惊的目光,这一段话里让他愕然的内容太多,尤其是苏为安说起当初他向她表白的时候,她差一点就答应了,可那时他特意去找温冉询问过苏为安的心意,他还清楚地记得温冉告诉他:"为安说她并不喜欢你,而你当着那么多人的面向她表白,就像是给她压力,想要逼她答应,她有点厌烦。"

他从没有想过要逼苏为安如何,更没有想到苏为安会厌烦他,这一番话于他而言,无异于心里被雷劈过,就是因为听到温冉这么说,在那之后直到苏为安退学,他一直都在躲避着苏为安,而他每日郁郁寡欢,日子过得也十分消沉，那时温冉总是来安慰他、陪伴他，他以为她懂他，因此才会和温冉走到一起。

可原来，这些都不是真的！

原来是温冉骗了他！

包括科研的事，他并非完全没有察觉到温冉可能在撒谎，可他只是以为无论别人怎么想，他作为朋友、作为男朋友，都应该信任她、支持她，这份信任看在温冉眼里却很傻，可以供她利用、供她戏弄。

苏为安说，错过了就是错过了，没什么可埋怨的，可为什么他此刻的心情如漂浮于大海中，狂风暴雨肆虐而过，暗无天日又绝望地想要去寻求一丝生机？

原本念及两个人如今的尴尬关系，有些事苏为安想烂在肚子里，如今说出来反倒松了一口气，大概是释然，杜云成是真心帮过她的人，她自当以真诚相待，就算以后不当朋友，也不该心有嫌隙。

她甚至想要伸出手去与他握手告别，可挣了挣，才发现顾云峥握着她的力气又大了几分，她回头，只见顾云峥面无表情，眼神中却透着不悦。

苏为安的心里一凉，顾副教授怎么……生气了？

眼见着杜云成的神情由震惊变为错愕，错愕变成懊恼，懊恼变成悔意，悔意中又透着一点希望，顾云峥当机立断地将苏为安拉到了自己的身后，他开口，声音微沉、微冷，清晰地拉开了两方的距离："旧就叙到这里，我们还有事，先走了。"

他说完，拉着苏为安，头也不回地离开了。

他的步子很快，苏为安跟得费力，但看出顾云峥心情不甚好，她一路小跑着乖乖地跟着，也没敢叫住他让他慢点。

出了楼，拐过弯，许是察觉到苏为安已经气喘吁吁，顾云峥终于停了下来，他转过身，也不说话，只是睨着他，苏为安被他盯得有些发毛，连大气都不敢多喘一下，憋了一会儿终于憋不住了，撇了撇嘴问："你生什么气啊？"

顾云峥瞪她，说："我女朋友当着我的面说喜欢别人，我难道应该高兴？"

顾副教授这是……吃醋了？

苏为安顶着顾云峥的目光，小声地争辩道："我没有说喜欢别人，就是说当初可能有那么一点……"

眼见着顾云峥的脸色要变,苏为安赶忙坚定地摇头道:"没有没有,一点都没有!"

说完,她抱着顾云峥的手臂讨好地笑。

下一刻,只见顾云峥忽然将她抵在墙边,俯身吻住了她,他来势汹汹、攻城略地,她毫无抵抗就被缴了械,原本带些讨好的意味想让他消气,但她实在是低估了顾云峥,以至于险些窒息在他的怀里。

终于讨得一丝生机的苏为安,有些委屈地在他腰上狠狠掐了一把,指控他:"你欺负人!"

顾云峥把她揽在怀里,嘴唇贴着她的额头道:"下次再敢说你喜欢别人试试!"

苏为安白眼,说:"小心眼!"

难得这种时候,顾云峥竟然还能用一本正经的严肃语气道:"我就小心眼,所以你敢喜欢别人试试!"

顾云峥的语气算不得温柔、算不得感人,甚至还有点凶巴巴的严肃,可苏为安第一次听到他说出这样的话,整个人都软了软,她的心里暖暖的、痒痒的,她抬起头在他的唇上轻啄了两下,说:"我现在就只喜欢你啊。"

顾云峥又睨她,问:"只是现在?"

苏为安靠在他胸前,说:"每一个现在都喜欢你,还不够吗?"

她不轻许以后,只怕这诺言在他心里太轻。

顾云峥知道于她而言未来始终是个心结,也没有强求,回抱住她算她侥幸过关,沉默了片刻,他又说:"面试的结果我会追踪的,无论成与不成,都不能让这件事成为院长的'一言堂'。"

苏为安看似轻松地笑了笑,说:"面试的结果无论成与不成,既然我已决定重新开始做研究,就不会就此放弃。"

顾云峥伸手揉了揉她的脑袋,欣慰地道:"那就好。"

## 第八味药 归人心

## Healer

关于彻查文章的事,杜院长并不是随口说说,从医院高层到各科室逐层施压,组成审查小组对近三年的文章逐篇筛查,要求作者提供原始数据和实验记录,如有异常一经查实绝不遮掩。总共五百篇文章,最终查出三篇有问题,而温冉果然有一篇中招,为此院里联系了杂志社撤稿,做全院通报批评。这是院长整顿医院科研风气,身为国内榜首医院为同行做表率的决心。

面试之后苏为安又参加了正式的笔试和操作考试,竞聘的结果最终张榜公布在了院内的公告栏内,苏为安总归是得到了研究助理的职位,虽然是最基础的一个岗位,但对苏为安而言已足够。

结果出来以后,苏为安欢天喜地地拉着顾云峥去吃火锅庆祝,彼时顾副教授刚下手术台,看到苏为安喜笑颜开地站在科室门口等他,他一走近,她就问:"手术记录写完了吗?"

顾云峥走到她的身边,顺势要牵她的手,低应一声:"嗯。"

苏为安抬手扶住他的肩,做出要把他往科里推的姿势,催促道:"快去换衣服,我们去吃饭!"

顾云峥不由得低笑了一声,反拉住她的手,说:"走吧,我和主任说过,明天你就要来提前上班,去实验室为科里做贡献了,和科里的人打声招呼吧!"

两年前在这里实习、父亲刚在这里住完院,苏为安对这个神经外科的人而言并不算什么生人,竞聘的结果一公布,消息早已传遍了科里,谁能想到前两天的病人家属一转眼变成了他们的同事?谁又能想到居然会与举报了科里同事的人,在同一间办公室上班?但更重要的是,在这之前,谁能想到退学两年的苏为安竟然能赢了温冉?

跟在顾云峥身后走进神经外科的医生办公室,苏为安能够察觉到原本热闹的办公室一下子沉寂起来,顾云峥先开口对她进行了简单的介绍:"这是科里即将入职的研究助理苏为安,明天起将会入我的课题组,大家简单认识一下吧。"

顾云峥开了口,其他人就算心里有再多想法也都要给足面子,纷纷来和苏为安打招呼,相比于他们的不自然,早有预料的苏为安倒是坦然很多,报以礼貌的微笑,说:"期待和大家一起工作,还请大家多多帮助。"

话说到这里,原本大家相视一笑,客套地说声"好",就可以和睦地结束这段对话,偏偏这时,自办公室的角落中传来了女人冷笑的声音:"有顾医生在,你哪里还需要别人的帮助!"

话音落,众人循声望去,只见温冉坐在电脑前,像是忽然想起了什么,她有些吃惊地捂住了嘴,回过头来一脸无辜地看向他们,说:"你们在交往的事是不是不能说?"

温冉话里话外都在讽刺苏为安是靠顾云峥才得到这个研究助理的工作的,分手加撤稿,温冉最近的日子很不好过,此时心里早已阴云密布,看到苏为安和顾云峥在原本属于她的世界里有说有笑,心里滋味更是难辨,既然她已经注定留不下,那她又怎么会让苏为安好过?

相识这么多年,苏为安看着温冉只觉得无趣,先前没有公开关系,是因为她父亲还在科里住院,怕被人误会是医生和患者家属之间的关系才多有避嫌,如今没了这层担忧,她索性伸手挽住顾云峥的手臂,大方地承认道:"这是我没评上教授的男朋友,大家多多关照。"

顾云峥睨她,敢这么介绍他,也不知道是谁给她的勇气。

他想也没想地回应道:"这是我研究生没毕业的女朋友,大家不用关照。"

"……"

研究助理和医生不同，本来就是一个很小的职位，多一个少一个也不会如何，平时的工作也都是在实验室，和医生多数时候不在一起，算两个部门，并不算违规。这苏为安既然来了，估计也就是和别的研究员一样，随意养养老鼠、泡泡茶，谁还真指望她干出什么丰功伟业。此刻办公室里的人看着两人坦然承认恋情，没想到就这样猝不及防地被塞了一把"狗粮"，关键当事人之一还是先前拒人于千里之外、连半点绯闻都没有的顾云峥，哪儿还有什么心思去想什么阴谋阳谋，纷纷笑着惊呼出声。

顾云峥却只是微勾唇角，将白大褂脱掉挂在柜子上，洗了手，牵着苏为安的手下班吃饭去了。

晚饭选择的是苏为安馋了好几天的火锅，他们来得刚刚好，还有最后一张小桌不用等位，两个人选择了同一边坐下，苏为安在里、顾云峥在外，拿到菜单，苏为安头也没抬飞快地点了一桌子的菜，开吃的时候也是神情专注，自己秋风扫落叶也就算了，更重要的是，这丫头居然敢从他碗里抢东西！

苏为安把抢来的东西直接塞进嘴里，然后装作无辜地向他笑，屡次作案屡次得手，简直就是惯犯！

顾云峥看着她得了便宜还卖乖的样子，又气又笑，索性伸手扣住了她的后脑，俯身吻了下去，顺嘴从她口中把食物又抢了一半回来，苏为安惊呼道："别闹，脏！"

顾云峥挑眉，在她耳畔轻声道："你吃我的，我吃你。"

他呼出的气温温热热的，她的耳根唰一下就红了，低声道："流氓！"

顾云峥没说话，却用眼神示意了一下他的碗就在那里，让她接着吃，苏为安瞪了他一眼，哪里还敢下手，指着外面放菜的小推车说："我要蒿子秆！"

她使唤他倒是挺顺手的！

顾云峥没动，只是看着她。

她撒娇道："顾云峥！"

顾云峥还是没动。

她耍赖道："顾云峥！"

他睨着她,说:"多叫几遍。"

苏为安刚以为这事有希望,就听他说:"我爱听。"

"……"

这一顿饭断断续续吃了两个小时,吃到后来苏为安嘴唇都快肿了,也不知道是被辣肿的,还是被顾云峥害的。

出了火锅店,顾云峥送苏为安回家,一路上两人没多说话,手却是十指紧握。

车停在苏为安家楼下,苏为安解开安全带打了声招呼刚要下车,就被顾云峥又拉了回来,她想了想,是不是自己落了点什么,这么一想,忽然想到大概是告别告得不够真诚,于是勾过顾云峥的脖子在他唇上亲了一口,转身又要下车去了。

顾云峥把她按了回来,在她疑惑的目光中开口严肃地道:"明天上班带着电脑,每天提前十分钟到,组里规定,晚一分钟扣十块钱。"

"……"苏为安讶然地看着他。

"每天的工作必须当天做完,除非有极其正当的理由,组里规定,每件事拖一天扣一百块钱。"

苏为安没忍住,说:"你是奴隶主吗?"

顾云峥一副公事公办的态度,说:"每周四组会,汇报本周工作进程,进度过慢、屡教不改的,会将课题移送至其他人手里。"

他把她留下来居然就是为了说这些!

一分钱工资还没领到就说要扣钱,这简直是抢劫啊,好不好?

苏为安脸色一暗,她刚才是有多自作多情才会去亲他!

她恨声道:"剥削!"又瞪他,"我为什么会亲你这个奴隶主?赔我精神损失费!"

顾云峥俯身吻住了她。

苏为安内心在咆哮:流氓!无赖!

却在他松开她的时候,听到顾云峥在她耳边轻声道:"早点休息,明天七点我来接你。"

苏为安心里一暖,低声应道:"嗯。"

第二天一大早,苏为安就醒了,许是很久没有在国内朝八晚六地工作过,又或许是顾云峥昨天说的罚钱制度真的给她留下了心理阴影,总之她起来洗漱之后，准备完父母还有她和顾云峥的早饭，距离顾云峥所说的七点还有十五分钟。

她边等边想要是顾云峥迟到了，她要怎么罚他，正想着，忽然听到手机响了，低头一看，来电的是顾云峥，她接起，听到顾云峥温润低沉的声音："起了吗？"

她轻笑："你猜？"

起了，显而易见。

"下来吧，我在你楼下。"

他们走得早，路上的车还没有堵起来，因而到医院的时间也早，吃过早饭，全科大交班，主任王焕忠正式介绍了提前入科的苏为安："这是我们科提前入职的研究助理苏为安，将会进入小顾的组里从事研究工作，期待她为我们科带来新的突破。"

虽然是短短两句话，但这不仅是对她的正式认可，而且所有人都能听得出主任对这个新来的研究助理印象不错，即使她曾是让这个科陷入丑闻的罪魁祸首，主任并没有将这份罪责归咎于她。在场的人大多觉得，有了顾云峥和主任的支持，苏为安在这科里的日子怕是会轻松得很，这风水可真是轮流转！

说完这句话，王焕忠的神情变得越发严肃而沉重，说："这周的院内会，院长再次强调了学术诚信的问题，我们科被点名批评，这一次清查出的有问题的三篇文章中，我们科又有一篇上榜，论文的名单中足足列有我们科八位医生，竟没有一人在投稿前发现其中的问题，根据第一作者和责任作者负责制，再次对第一作者温冉和责任作者贺晓明提出通报处分，责任作者贺晓明在手头的课题完结之后，三年内不得以我科的名义申请任何科研基金。"

主任话音刚落，众人不由得倒吸了一口凉气，目光一起看向了当事人贺晓明，这个处罚听起来轻描淡写，实际上对副教授职称被撤的贺晓明而言绝对是雪上加霜。

三年内连申请基金的机会都没有，没有基金，那么他这三年的科研成果将趋近于零，而三年后贺晓明就要超出青年基金项目的申请年纪，没有成果没有资历，他要用什么去申请更大的课题基金？

运气好，这大概是多年才能将铁杵磨成针的过程；运气不好，他的研究生涯可能就此走到头了。

这看似温和实则非常严厉的处罚，对贺晓明而言，唯一的破解之法是辞职，离开了全国最好的神经外科平台，背着被撤稿的记录，能否如他所愿找到合适的去处却是不一定了。

而主任的话还没有结束："我在这里再次强调，学术诚信高于一切，对招聘、晋职称以及评优，学术诚信问题在我们这里是'单否项目'，没有任何讨价还价的余地，望大家引以为戒，今后不要再出现类似的情况！"

坐满了人的会议室在这一刻陷入了死寂，王焕忠带有威慑力的目光扫过在座的众人，大家连呼吸都变得小心翼翼。

"散会。"

王焕忠说完，第一个起身离开了会议室。

众人这才长舒了一口气。

太可怕了！

熟悉王焕忠的都知道，大主任这是真的生气了。

贺晓明的脸色黄中透着青、青中透着黑，坐在椅子上，盯着眼前空空如也的桌面许久没有起身，周围路过的同事周启南看出他的状态很差，拍了拍他的肩膀安慰道："你也是被学生坑了，领导们这会儿生气做的处罚，日后说不定会有什么转机。"

贺晓明咬着牙，没有说话。

入科第一天，顾云峥并没有着急让苏为安进实验室，而是将她扣在了办公室，给了她一个名单，上面是十篇论文的标题："这是亨廷顿舞蹈症机制和药物研究中最经典的论文，今天先看十篇，精读，下班之前我会根据文章内容进行考核。"

苏为安先是有些惊讶，随即倒也觉得可以理解，顾云峥一向注重效率，肯让她花一天时间专门坐在这里看论文，必定是论文中有重要的内容，不可能只是让她自由随意地在这里看看而已。

她利落地应声："好。"

手术日，这之后直到快下班，顾云峥一直在手术台上，苏为安一个人坐在办公室角落里的桌子前，原本她与科里其他医生井水不犯河水，偏偏在中午快下班的时候，有人专挑她这边走了过来，她抬头，只见温冉端着无辜的笑，很大声却又柔柔弱弱地问："我可以用一下这台电脑吗？"

刚刚查完房，又临近下班时间，办公室里都是着急改医嘱、写病历的医生，听到温冉的声音，看到苏为安和温冉碰到了一起，大家都不约而同有一瞬的停顿，时刻关注着那边的风吹草动，却又不好太过明显。

苏为安原本就是在用自己的电脑看论文，并没有用科里的电脑，此刻粗粗扫视了一下办公室，其余的办公电脑似乎都已被占用，既然温冉有公事要干，苏为安也没有多说什么，向一旁挪了挪，把正对办公电脑的位置让给了温冉，自己去角落里接着干自己的事。

对苏为安这么轻易就做出退让，温冉有一丝讶异，她坐下以后看似专心地打开了医嘱系统，说话的声音很轻，却又刚好能让一旁的苏为安听清，语气也不似刚才那般柔弱，她说："你是不是以为你赢了？"

因为苏为安，她的文章被撤，男朋友也跟她分手了，大概在谁看来，都会觉得她输得一败涂地吧。

顾云峥安排下来的任务重，苏为安全神贯注于眼前的论文，是以听到她的话的第一时间并没有什么反应，想了想，忽然明白过来她是在和自己说话，苏为安头也没抬，随口道："就当我赢了吧。"

大学时期辛辛苦苦做了那么久的课题因为被温冉抢了，苏为安终究也不能以自己的名字发表，还经受了这样的背叛，她其实并不能想出自己到底赢了什么。

温冉话锋一转，说："但你别以为能进这个科，就能在这里生存下去，大家永远都会记得是你举报了自己的同学和老师，他们永远都会记得你是一个背叛者！"

温冉的话说得狠，人却是笑着的，办公室其他人听不到她们在说什么，从温冉的表情上看还以为是在讨论今天的天气。

苏为安打字的手一顿，就听温冉继续道："还有，别以为你真的有多厉害，没错，实验是你做的，论文也是你写的，可如果没有我爸后期帮忙润色，你以为那点实验内容能发上五分的杂志？"

温冉带着满满的讥讽和恶意，如果苏为安被激怒，与她争辩甚至吵架，那么初来乍到的苏为安就会给科里的人留下一种个性太强甚至好斗的印象，加上之前她举报的事，只怕全科的人都会对苏为安敬而远之。没想到苏为安轻笑了一声，轻描淡写地道："原来那篇文章的后期修改出自你父亲，我料到以你的能力也改不了那样的论文。"

温冉一怔，才反应过来自己被苏为安反将了一军，一时间脸色白一阵青一阵，虽然还能强忍住不恶语反击，但终于笑不出来了。

苏为安嫌她实在是吵，抱起电脑在办公室里换了个角落待着，她的身上好像写着"生人勿近"，周围的人来来往往，她一个人在角落里干自己的事，终于成功在下班前看完了顾云峥留的十篇文章。

尽管一天的手术令人心生疲惫，但顾云峥完全没忘记说过的考核，回来之后也没有顾得上休息，公事公办地问她道："看完了吗？"

苏为安点头："你考吧。"

此时临近晚上下班，做手术的医生大多都回来了，正是办公室里人最多的时候，手头没有工作的人都兴致勃勃地看了过来，谁不知道顾云峥考核一向严格，不过仔细想来，苏为安毕竟是第一天上班，又是顾云峥的女朋友，顾云峥大概也就是做做样子给别人看的，只怕会"放水"。

他们正想着，就听顾云峥开口，是一如既往严肃的口吻："亨廷顿舞蹈症治疗药物主要作用机制是什么？"

有神经病学的基础，又刚看完论文，这题并不难，苏为安答得从容："抑制VMAT和直接阻滞多巴胺受体。"

但这只是一个铺垫，顾云峥继续道："目前的在研药物中，近两年进入临床Ⅲ期的药物有几种？"

在场的医生大多都以为今天的考核顾云峥只是做做样子，没想到从第二道题开始，就直接问了这么前沿的东西，苏为安倒是也没有含糊："三种，NRT057、HYD902和HDQ199，前两种药物的Ⅲ期临床试验都失败了。"

顾云峥的问题简单且直中核心："为什么？"

这若是真分析起来，可实在是太复杂了，那么多药厂也好，研究人员也好，在试验失败以后都在不停地寻找其中缘由，说法各异，又怎么能是几句话就可以概括出的？

先前对答如流的苏为安终于露出了些许为难的神色，她迟疑了一下，说："在这两种药物Ⅲ期临床结果的论文里，他们有过一些分析，还有一些亚组分析也出了显著性差异，有一种说法是药物的作用可能是长程的，观察的时间不够长……"

顾云峥蹙眉，直接打断了她："这种药厂为自己留后路的话就不必说了，你自己看到觉得是因为什么？从Ⅱ期到Ⅲ期的结果，你从文章中看到了什么？"

顾云峥给的论文中并没有Ⅱ期试验的内容，好在苏为安对其中的差异也很是好奇，在看完规定的文章内容之后又去查了之前的文章，但时间有限，她只是对文章的结果和讨论部分重点研读了一下，此时面对顾云峥的问题，有些模棱两可地回答道："样本量毕竟大了几倍，结果可能遭到了稀释？"

顾云峥眉蹙得愈紧，问道："你是在说Ⅲ期的结果不准？"

这是原则问题，苏为安赶忙摇头，说："不是，我是说Ⅱ期的结果可能存在偏倚。"

顾云峥追问："哪里的偏倚？"

面对顾云峥的一再追问，苏为安最终只能沉默，从她的表情中顾云峥看出她没有答案，沉了声音道："Ⅱ期临床的结果里入组患者的病程是用什么表示的？"

苏为安一怔，仔细回忆了一番，答道："中位数……"

她恍然，入组患者的病程并非正态分布！

"Ⅲ期临床中的入组标准的依据是什么？"

苏为安又是一怔，说："那是补充材料的内容，正文里没写……"

这样正规的大型临床试验，补充材料可能长达上千页，她不可能看得完啊！

却见顾云峥异常严肃地道："八个小时、十篇文章，平均一篇文章四十分钟，你都在看些什么？不管是在正文还是在补充材料中，这些对评价一个研究十分重要的内容，你为什么答不出来？"

原本喧闹的办公室在这一刻沉寂了下来，抱着轻松愉快的心情，临下班前看热闹的医生此时多为苏为安捏了把汗，欲言又止。

八个小时、十篇文章，就算中间不休息，一篇文章也要花四十分钟，四十分钟精读一篇外文全文已经很厉害了，顾云峥却要求人家连着补充材料，将该看的也要看了，就算理由再正确，但这实在是有点……过分了吧？

可想归想，谁又敢在这个时候跟顾云峥顶嘴？

若说不委屈是假的，她又怎么会想到顾云峥所要求的延展会如此之深，或许这些内容对顾云峥而言不难，可按照他这样的要求，放眼全科又有几个人能做得到？

在众人的注视中，苏为安抿唇，顿了一下道："是我的错，今天之内我会补上的。"

顾云峥没有说话。

在一片压抑的沉默中，周启南用最轻松的语气开口道："五点半了！走了走了，我们下班了！"

众人回过神，纷纷应声道："啊，对，下班了下班了！下班不积极，思想有问题啊，哈哈！"

见苏为安还像个做错了事的小孩子一样立在顾云峥面前，和事佬周启南走过去拍了拍顾云峥的肩，说："顾副教授，知道你一向要求严格，但苏同学毕竟连研究生都没读完，又退学了两年，你一来就给人家布置这么多的任务，做成这样已经不错了！"

也就是这一句话，让苏为安原本因尴尬和委屈而混沌的脑子里，忽然闪过一道光，比起被人说连研究生都没读完又退学了两年，所以对她的要求可以放低这样的话，她宁可去听顾云峥严厉的责骂，就算顾云峥对她的要求高到不合理，那起码是因为他相信她可以完成，他认为她比一般人都好，他是那么确信。

果然，听到周启南的话，顾云峥的面色并没有好看分毫，说："她现在是我们科的正式职工，已经不是'同学'了，跟别人比她做成这样已经不错，但她有着远比这更强的实力，做成这样没有什么被宽容的余地！"

顾云峥对苏为安的信心远在周启南的预料之外，虽然不知道顾云峥是哪里来的信心，但因为他这盲目的信心，闹得全科气氛都不好总不是件好事，他因而想要劝顾云峥起码给苏为安些时间适应，可刚要开口，之前还低着头有些委屈的苏为安忽然像是醒过来了一般，先他一步开口，语气坚定而又果决："我今天一定会完成的。"

见她这一次说得恳切，顾云峥没有说话，是默认了，随即他就头也不回地离开了。

苏为安在办公室里一直坐到了晚上九点，已经到了病房熄灯的时间，楼道里安静得很，只剩下她和值班医生背对背坐在办公室里。

盯了电脑整整一天，苏为安的眼睛已经发花，再加上晚饭也没来得及吃，人也饿得有些晕乎乎，但作为对自己的惩罚，她告诉自己在看完全部内容之前，绝不吃饭。

顾云峥就是在这个时候回来的，走廊里夜深人静，突然由远及近传来一阵脚步声，苏为安起初没有在意，直到偶然一抬头，发现顾云峥站在离她不远的地方看着她，她先是一怔，然后下意识地挺直了腰。

顾云峥问道："看完了吗？"

苏为安谨慎地点了点头："还差最后半篇，快了。"

顾云峥这才从身后拿出了一个大饭盒递给她，说："吃饭吧。"

苏为安接过，从饭盒的大小和分量看，就知道他准备了不少，委屈了许久之后，她不由得心里一暖，问他："你怎么知道我没吃饭？"

顾云峥面无表情，明明是很严厉的话，却又带着一点对她的宠溺，说："论文看成那样还敢去吃饭？"

他不说还好，一说起来，苏为安也忍不住想要和他说道说道："我承认没有把补充材料一起看了是我应该改进的地方，可你之前只是说看这十篇文章，一篇文章四十分钟这个时间真的不算长，更何况我还去看了相关联的文章，这个表现也没有那么差吧。"

顾云峥轻叹了一口气，拉过椅子坐在她的旁边，说："为安，你有没有想过我为什么要让你看这些文章？"

心里大概能体会到他的意图，但被这么猛然一问，也不好做表达，苏为安含糊地道："熟悉亨廷顿舞蹈症的相关背景，了解目前的研究进展？"

"不止，为安，我们现在最着急想要完成的是什么？"

研究亨廷顿舞蹈症致病机制、找出治疗办法固然是最重要的，但这不是眼下一时半刻可以急得来的，苏为安迟疑了一下，也明白了过来："找到HDQ199的问题所在？"

"没错，所以我让你看和HDQ199机制相似的试验药物为什么Ⅲ期临床试验会失败，还有动物试验的药物机制研究，在这种情况下，比起作者冠冕堂皇的分析，更重要的是他们真正做了什么，难道你觉得补充材料不应该看？"

苏为安沉默了一瞬，她之前只是一种被动接受的状态，没有想到这些，听到顾云峥这样说才明白他的全部用意，点了下头，说："应该。"

顾云峥又是轻叹气，说："为安，我气的不是你看完了几篇、没看完几篇，我当然知道能在一天里看完这么多内容已经很不错了，可你没有把自己放在研究者的位置去考虑我们要做什么,我们为什么要这么做,那你就不会知道重点在哪里。"

他说着,为她打开了饭盒,合上了笔记本电脑,说:"先吃饭吧!"

饭盒里的菜样丰富,红烧鸡翅、糖醋排骨、醋熘土豆丝、手撕圆白菜一应俱全,还有专门为她准备的汤,此时已经饿得前胸贴后背的苏为安看到顾云峥特意为她准备的晚餐,心里只觉得暖洋洋的,正要谢他,就听他又说:"吃完继续考试。"

"……"

就像顾云峥所说,真正明白了他们要做什么,也就知道了几百页的补充材料里,什么才是重点,考试也就不难了,顾云峥从来不是为了为难她,才特意从犄角旮旯里挑一些无关紧要的细枝末节来考她。故而,在明白顾云峥的意图之后,她往往可以抢先一步说出他下一个想问的问题。

顾云峥故意压缩了她的适应时间,突破了第一步,这之后就变得顺理成章,顾云峥不再给她指定要看的文章,而是让她自己去设计实验,完成对HDQ199是否会对血管产生影响导致动脉瘤的研究。

想要从机制上证明这一点,最好的方法就是进行动物试验,苏为安在充分阅读了前人的文章,并通过邮件与作者进行了直接的沟通之后,完成了实验设计,递交给了顾云峥审阅,原本是已经经过自己五轮修改才提交的东西,没想到到了顾云峥手里又被改得"万里河山一片红",副主任张大冬偶然看见,不禁讶然道:"小顾,你这是又要申课题啊?"

顾云峥简单地道:"只是手头要完成的实验。"并没有用它申请基金的打算。

张大冬吃惊得蹙起眉,说:"那又没别人看,还浪费时间把实验设计改得这么仔细干什么?"

顾云峥解释得简略:"只是习惯先把自己的思路理清楚。"

张大冬拍了拍他的肩,说:"你果然是做科研的料,细致严谨,我们老了,没这个精力了!"又对一旁的苏为安说,"好好向小顾学习,将来科里的科研工作你要多出点力。"

苏为安自然听得出张主任这是有活想扔给她的意思，因为她占了名额，温冉作为张主任的博士生没能留下，他手里正缺人，既然苏为安是作为科里的研究助理招进来的，那科里自然可以给她派活。

听是听出来了，但张大冬作为科里的行政副主任，她作为刚来没两天的新人，自然是不能反驳的，她正要客套地应一声"好"，就见双眼紧盯着屏幕修改文件的顾云峥忽然开口，语气平静没有波澜，又带着淡淡的疏离感："张主任说得对，我会保证她一天十二个小时以上的时间都在完成组里的工作，为科里的科研做贡献的。"

言下之意是既然已经分到了他的组里，旁人最好不要再打苏为安的主意，指使她去做一些无关痛痒的杂活。

顾云峥的这一句话表面上看是在赞同张主任，张主任就算不满也说不出什么，而顾云峥在忙着改方案，似乎连多说话的时间都没有，他一个堂堂副主任赶在这种时候上去较真实在太过跌份，因而他只能客套地道："小顾你的能力我相信。"

中午吃饭的时候，苏为安有些担心地问顾云峥："你的话虽然说得冠冕堂皇，但毕竟是直接拒绝了科里的行政副主任，没关系吗？"

顾云峥却是早已考虑得透彻，说："影响多少会有一些，但好在张主任是认实力的人，我们毕竟不是第一天认识了，他也不会多为难我，更何况张主任是温冉的导师，当初的论文也好，这次的入职也好，只怕温冉不会在他面前说你什么好话，有着这样先入为主的印象，他会让你去干些什么我现在就能想象得到，这会完全背离你来工作的初衷，虽然我现在还治不了你的病，但我至少要保证你不会在这里浪费生命。"

苏为安看向顾云峥的目光中带着感激和感动，正要说些什么，就听顾云峥话锋一转，又说："还有什么能比在我组里每天工作十二个小时以上，更能体现生命价值的吗？"

"……"

她差点被他卖了还给他数钱！

偏偏让顾云峥说中了，实验开始以后，每天早上八点准时上班，她也从来没在晚上八点之前下过班，最晚的一次，到了夜里十二点。

顾云峥陪着她一起忙到最后，他做了一天的手术，还要在这里陪她加班，苏为安有些心疼，顾云峥却揉了揉她的头笑她逻辑不清："这也是我自己的课题,我给自己干活,你心疼什么。"

话刚说完,就来了台急诊手术,这天夜里外伤多,值班的二线和三线都上了台,还缺人,顾云峥被逮了个正着,又加急上手术去了。

再下来的时候已经是半夜,苏为安也刚刚收拾完实验室,顾云峥揉着脖子要送她回家,苏为安自然地接过手,在他的脖颈上轻捏着,对他说:"很晚了,你回去休息吧,我自己回家就可以了。"

顾云峥握过她的手,说:"就是因为很晚了才要送,你家毕竟远,你一个人回去我不放心。"

苏为安挽过他,故作豪迈地道:"我是连非洲都一个人去过的人,回个家怕什么?"

顾云峥睨她,说:"你的肚子还在非洲被捅了个洞,你也好意思提?"

苏为安瞪他,道:"那是意外!"

顾云峥将她抱进怀里,说:"从前你出意外是你倒霉,但今后不行,今后你是我的人。"

所以无论如何,他都要护她周全。

顾云峥这样的人居然也能说出这样的情话!

苏为安颇为感叹地靠在他胸前,说:"按这道理你也是我的人,你这么累我心疼。"顿了一下,又说,"要不我在医院附近租个房子好了,这样也免得我折腾,你也跟着折腾。"

顾云峥忍不住打击她:"你问过这附近的房价吗?"

她一个研究助理连一分钱的工资都还没拿到,又不想用家里的钱,那交完房租大概就可以靠喝西北风活着了。

苏为安撇嘴,问:"那怎么办?我总不能住你家吧?"

原本是漫不经心说的话,却被顾云峥一本正经地接了下来:"可以。"

苏为安一怔,问:"什么?"

"我可以收留你。"

苏为安想了想,坚决地道:"可你家里不是只有一张床?你的沙发那么硬,我拒绝睡沙发!"

顾云峥俯身轻咬她的耳朵,这个一向一本正经的禁欲派竟在她耳边轻声道:"我们一起睡床。"

六个字，苏为安只觉得全身气血倒流，直冲上头，脸也一直红到了耳朵根，她伸手在他腰上掐了一把，低声道："流氓！"

他却忽然认真了起来，一字一句道："这样你就可以继续在夜里挤我，那是我应该也愿意承受的一辈子。"

之前在酒店的小事，他竟然上了心，苏为安原本应当像当时一样，再和他强调现实的残酷，在两个人之间划分出泾渭分明的界线，可话到了嘴边，只觉得自己矫情，在这样的时候，她只想缩在他的怀里，抱着他。

原本打算一个人扛的这辈子，原本打算差不多就放弃的这辈子，怎么会忽然出现这么一个人，抱着她说，和这样毫无未来的她共度一生，是他应该也愿意承受的一辈子？

她将头抵在他的胸口，轻声说："你别想拿这种话哄我让我感动！"

顾云峥低笑了一声，问："那你感动了吗？"

苏为安沉闷了半晌，还是点了点头，道："特别感动。"

顾云峥在她的头顶落下了一个吻，牵过她的手。这一切水到渠成，再自然不过，他说："我们回家。"

苏为安最终还是没有挤成顾云峥，因为回家以后，顾云峥就投奔了沙发。

原本说要和她同床而睡，就是怕她会顾忌他睡沙发这件事而执意拒绝来他家休息。回家以后顾云峥就把卧室的床让给了她，她看着搬着被子往沙发上走的顾云峥，拦住他，说："沙发不舒服，你的床足够大，我们……我们就像之前在酒店一样就可以了，你不用避嫌……"

这话说出口多少有些难为情，苏为安挡在顾云峥身前，低了头，刻意不去看他。

看到她的样子，顾云峥勾起唇角，故意在她耳畔道："不是避嫌，我只是没那么坐怀不乱。"

上一次有标书有任务，但再来一次，他可不敢保证会发生什么。

苏为安先是红了脸，随后小声嘟囔了一下："其实……"

乱……就乱吧……她却没有说下去。

许是猜到了她想说什么，顾云峥向前了一步，将她逼到墙角里，故意俯下身问她:"其实什么?"

他是故意的!

他都猜到了还让她说,活该他睡沙发!

苏为安用力推开他,赌气道:"其实你明天没有手术,但我有八板细胞要染色,你睡睡沙发也可以。"

顾云峥却拦住了她的去路,他将手里的被子扔到一边,又向前一步将她抵在墙上,揽住她的腰俯身封住了她的唇。

她踮起脚尖回应,一番纠缠,双方的气息都乱了,情到浓时,她偏偏在这个时候故意推开他,挑衅般看着他,说:"你可以去睡沙发了!"

下一刻,她整个人就被抱了起来放到了床上,顾云峥作势要欺身过去,最终却只是探身吻过她的额头,对她说:"为安,晚安!"

省去了往返于她家的时间,虽然睡在沙发上,顾云峥休息得也算充分,苏为安醒得早,去厨房轻手轻脚地准备了一些早饭,等到顾云峥醒的时候,她正好端着早饭坐在沙发前的地板上,他一睁眼看到的就是她。

他将她手中的盘子放到茶几上,拉她坐到他身前的沙发上,在她唇上轻啄了一下,随即问道:"起得这么早,睡得不好吗?"

她故意调侃道:"每天叫醒我的除了远方的理想,还有顾领导的罚钱制度,快起快起了,再不起就要罚你了!"

洗漱和早饭过后,苏为安和顾云峥牵着手走到了医院,路上简单规划了一下今天的实验进程,除去之前练手不纳入统计的那一批细胞,今天是他们第二批细胞染色完成,未来两天完成荧光摄像,他们就可以开始数据统计得到初步的实验结果。

计划是美好的,但所谓计划赶不上变化,中午加入一抗之后的等待时间,苏为安回到办公室去拿定好的午饭,偏巧张主任正和周启南说着什么,见她进来,周启南像是突然想起了什么,对张大冬说道:"让苏为安去,反正苏为安也不用收病人,也不用上手术,正好!"

看到苏为安,张大冬忽然想起来那天顾云峥不着痕迹的拒绝,正有些迟疑着究竟该不该用苏为安,就听周启南已经开始向苏为安布置任务:"张主任有个外校专家联合的课题材料着急让外校专家签字,今天下午就要交,你一会儿拿着材料直接去一趟师大,找到专家请他签了字再拿回来交到科研处。"

华仁医院到师大的路线不顺，公交车往返需要起码两个半小时，就算打车也要一个多小时，她到师大人生地不熟，在对方教授不忙的情况下，签完字回来也至少要两个多小时了。

苏为安蹙眉，向周启南道："不好意思，我有八板细胞在孵着一抗，还有一个半小时就要到点了，可能去不了师大。"

周启南却是摆了摆手，颇为"热心"地给她出主意："你还有一个半小时，去趟师大一个多小时也就回来了，这时间正好啊，再说了，就算稍微迟一点，你可以先找人帮你弄一下，反正就加个二抗、封个片，也没什么大不了的。"

没什么大不了的，这轻描淡写的几个字就像是扎在苏为安的心头，她觉得生气，可碍于人家领导的面子，又什么都不能说。

养了两周的细胞，做了一天半的实验到了最后，若是封片出了问题就会前功尽弃，随便找一个人、随便帮忙弄一下，这绝不是搞科研该有的态度。

她正准备再次拒绝，就在这时，先前坐在一旁没有出声的杜云成忽然站了起来，他看向张主任和周启南，主动道："我去吧。"

苏为安有些意外地看向他。

短暂的目光相接，杜云成随后继续道："我去过师大，总会比苏为安熟悉一些，也能快点。"

周启南蹙眉，有些不愿意，说："万一下午临时加台，你还能当个助手……"

"那我去。"

声音是从周启南身后传来的，众人回头，只见顾云峥不知道是什么时候过来的，面无表情地站在那里，他说："我下午没有手术，既然签字的事这么着急，我去。"

论头衔，周启南是低于顾云峥的，虽然是张主任的活，却也轮不到他指派给顾云峥，更何况虽然顾云峥下午没有手术，但王大主任有啊，顾云峥是王主任的得意门生，遇到什么有趣的手术王主任最爱叫上他，结果顾云峥被叫去跑腿了，算怎么回事？

见周启南有些下不来台，张大冬接口道："小顾，你别添乱，小周他就是看看谁有空帮忙跑一趟，不用你管。"

"我有空。"顾云峥说着，上前拿过周启南手中的材料，"张主任的合作课题自然不是小事，但我组里每天工作时间超过十二个小时的人确实没有时间，按照谁有空谁去的原则，我去是应该的。"

顾云峥说得有理有据，张大冬一时竟不知该如何反驳。

顾云峥随后真的拿着材料离开了，眼看着苏为安也拎着午饭回了实验室，周启南不由得向张大冬感叹道："顾云峥也太护着这个苏为安了吧，好像苏为安的实验能做出诺贝尔奖一样……"言下之意是责怪顾云峥没有原则。

杜云成却在这时出声道："我们值班的时候都看到过，苏为安每天晚上起码八点甚至九点以后才会离开实验室，她工作超过十二个小时这件事顾云峥并没有胡说，就算做不出诺贝尔奖，对科研本身而言，八板细胞的染色和封片也非常重要，不是随便找谁都能完成的，签字这件事让苏为安去做其实并不是那么合适。"

课题是张主任的，这事一来二去闹得他有些下不来台，他尴尬地咳嗽了一声制止了他们的话："好了，这件事就到这儿吧，休息吧。"

## 第九味药 孤身路 Healer

这件事之后,再没人找苏为安去干一些没来由的杂活,但作为附带效应,也没有人会和她多说些什么,科里的八卦她一概不知,她倒也乐得清静。

时逢美国舞蹈症年会征稿,他们需要抓紧时间完成实验赶上这次征稿,就算因为仅有细胞水平的结果无法获得大会发言的机会,但能够参加海报展示也是好的,毕竟如果单在国内的会议上投稿,只怕很难去否定一个目前由大教授操刀、实验正顺风顺水、离成功看似只差一步的试验药物,他们必须要抓住这次国际会议的机会。

偏偏在这个时候,意外发生了,第三批细胞发生了大面积的污染,八板里被污染了六板,这是非常惨重的损失,而更重要的是,这表明实验环境很可能受到了污染,必须去除污染来源。

要精确定位污染源很难,共用培养间的同事不肯帮忙,苏为安索性和顾云峥一起花一天的时间把整个培养间打扫了一遍,重整旗鼓,取材培养细胞,然而令人失望的是,培养到第四天的时候,细胞又一次被霉菌污染了。

还有两周国际会议就要截稿,他们还差一批细胞连养都没养出来,苏为安心里着急，可这间屋子该打扫过的地方明明都打扫过了，为什么还是会发生污染？

顾云峥在电话里安慰她："别急，等我手术结束后过去和你一起再看看。"

可看来看去又能看出什么不同？

苏为安丧气地坐在椅子上，打开培养箱又不甘心地看了一眼，就在这时，她无意之间瞄到了在培养箱最下层托盘里的水，这是为了保持培养箱湿度留下的，平时不动，大家也没多在意，但既然现在发生了污染，如果……把这个水换了，会不会好一些？

念头闪过脑海，她立即动手将托盘取出进行清洁，换了水重新放回培养箱，原想立即重新开始一轮细胞培养，毕竟时间紧迫，顾云峥却拦住了她："现在还不能确定换水之后，是不是一定不会再发生污染，取材进行细胞培养的工作量毕竟很大，如果真的再次污染，你的工作负荷会很重，我们再观察一下。"

顾云峥让她将侥幸没有被污染的两板细胞又放回了培养箱，把这两板细胞作为参考，看看是否还会发生污染。

苏为安有些担忧地说："可是还有两周……"会议征文就要截止了！

顾云峥却是坚定地道："为安，不要慌，无论如何实验本身是最重要的。"

因为会议的时间要求，苏为安已经有些手忙脚乱，这种时候最容易忙中出错，她需要休息一下，然后把所有的注意力集中在实验本身，这才是最好的办法。

苏为安自然能够体会他的意思，想起近来细胞屡次被污染，临近截止时间，她的心态已经不似之前平和。她看向眼前坚定的顾云峥，心也慢慢安定了一些。顾云峥说得对，无论如何都要先完成实验本身，至于会议也好、文章也罢，都只是附加品，不能因此影响到实验。

做了最坏的打算，也许污染源还在，最后的两板细胞也会被污染，一切都要从头再来。然而这一次，他们的运气不错，等了两天，预想中的事情并没有发生，细胞还是好好的。

苏为安立即开始了再次取材和培养，顾云峥怕苏为安一个人太着急，忙不过来，特意腾出时间陪她一起进了培养间，但他的担心似乎是多余的，苏为安的一系列操作熟练而迅速，有了他的帮助更是如虎添翼，随着最后一板细胞加液完毕，苏为安在顾云峥的帮助下把八板细胞放进了培养箱。

培养箱门关上的一刻，苏为安忍不住开心地伸了个懒腰庆祝，得意地看着顾云峥，问："我是不是很能干？"

她凑到顾云峥面前，眼神里写满了"加鸡腿"三个字，顾云峥心中失笑，却故意板着脸，做出一副严厉的样子，说："刚刚你第二遍弃上清液的时候，是不是差点没换'枪头'？"

苏为安一怔，没想到顾云峥的眼居然这么尖，看得这么细！

忙中出乱难免会有，及时改正就行了啊！

她挑眉看他，坚决地道："那是个意外！"

顾云峥不留情面地继续揭短："后来种细胞的时候移液器是不是差点碰到酒精灯的火苗？"

苏为安忍无可忍，冲他强调道："差点！那是差点！"

工作量那么大，她还能这么快完成，而且只被他这么挑剔的人揪出这两处意外已经很不错了好吗？

她瞪了他一眼，想起之前父亲刚住院的时候，母亲说顾云峥评价她是最聪明、最努力的学生，不禁问顾云峥："明明你在我父母面前夸了我很多，为什么不肯当着我的面说那些话？"

顾云峥挑眉，道："那是为了哄伯父和伯母高兴，怕你听了害臊。"

苏为安看着他，沉默。

突然，她头也没回，推门就走，听见身后传来了顾云峥的笑声。

这之后连续两周加班加点，终于赶在截止日期之前将会议摘要上传。

有了实验结果，苏为安开始着手完成正式论文，这段时间也是顾云峥胶质瘤项目结题的时间，将所有的材料上交，完成了既往课题的结题，而后王焕忠在组会上向大家正式宣布，顾云峥的研究方向由胶质瘤更换为亨廷顿舞蹈症，会退出胶质瘤的研究项目，手里的工作会逐步移交给组里同僚。

这个消息一出，整个神经外科都炸了，先前听说顾云峥在申请亨廷顿舞蹈症相关课题的时候，大家只是觉得他心血来潮顺手做着玩罢了，毕竟他在胶质瘤领域的研究成绩斐然，继续做下去文章不愁、基金不愁，怎么会彻底放弃？

开玩笑，疯了吧？

更何况整个神经外科在亨廷顿舞蹈症的研究方面毫无基础，就算顾云峥厉害，能和内科合作，甚至联系到国外的团队合作申请课题，可真正操作起来还是要从零开始，利弊得失显而易见，他到底是怎么想的，竟然会做出这样的选择？

苏为安出实验室透气的时候，就听到有人在楼梯间聊天，偶然间听到顾云峥的名字，她慢下脚步，听里面的人说："做出这样的决定不可能无缘无故，他那个小女朋友的父亲不是得了亨廷顿舞蹈症来着？他总不会是为了这个换的研究方向吧？"

另一个人的语气里也是满满的不屑："为这个？那他图什么？总不会觉得给未来岳父治病是自己的责任，真以为自己能研究出什么方法治好亨廷顿舞蹈症吧？"

"谁知道，一向聪明的顾云峥居然会做出这种选择，真是想不到，这是发了几篇高分文章，人也开始膨胀了啊。"话锋一转，那人又说，"不过他这一换方向，能直接接手他之前工作的人可是开心了啊，也不知道谁这么走运？"

"不知道啊，他原来组里的人现在都跃跃欲试，就是不知道最后谁能得手。"

"你说他原来组里的那些人，会有跟他转亨廷顿舞蹈症的吗？"

另一个人答得斩钉截铁："不可能！他疯了谁还陪他疯？大家都着急要文章，从零开始，就算有什么情义也不会跟他啊！"

两个人唏嘘了一番，苏为安没有再听下去，回实验室把手里的实验收了尾，索性也不去多做些什么了，难得给自己放了半天假，在实验室坐了一下午。

下班第一件事，顾云峥去实验室接苏为安回家，看到之前一直在忙来忙去的苏为安一反常态地安静坐在椅子上，虽然面前摆着电脑似乎在看论文，人却不知道在想什么。

他走过去伸手揉了揉她的脑袋，问："在想什么？"

苏为安先是摇了摇头，迟疑了一下，总觉得憋在心里不是事，说：

"在想你的胶质瘤课题。"

顾云峥坐到她旁边的椅子上，说："已经结题了，还想什么？"

"毕竟是你做了那么久的方向，后续的工作交给别人你不心疼吗？"

顾云峥倒是心大，说："我相信主任会找到最合适的人接手，不管是谁做都是为了医学进步，我现在的心思不在这个课题上，让我去做也只会适得其反。"

他说话的时候不紧不慢，一双眼带着笑看着苏为安，他知道她在顾虑什么，然而他不需要她有这样多的顾虑。

停顿了一下，顾云峥又问："是不是听到了什么风言风语？"

苏为安点了点头，道："是听到了些议论，但重要的是写文章的时候，看到别人的研究成果，越发意识到我们真的是从零开始，差得太远，我自己无所谓，这辈子也就这样了，但你和我不同，这毕竟是你的研究生涯……"

她说着，却见顾云峥的面色忽然冷了下去，问："你刚才说什么？"

苏为安一怔，并不知道自己说错了什么。

他看着她，每个字都像是从牙缝里挤出来的："什么叫你无所谓？"

苏为安沉默了一瞬，说："云峥，我们必须要承认的是，亨廷顿舞蹈症是一个无解的绝症，就算我们拼尽全力去做，能找到逆转方法的可能性，也不过是万分之一都不到，我活一天、做一天的实验就算只是碰壁，也是为了救自己，但你不同，你在胶质瘤领域里已经有了很好的基础，你有机会成为有影响力的专家，我不想你做无谓的牺牲，和我一起活在虚无缥缈的希望里。"

她为什么会觉得是无谓的牺牲？又为什么会觉得是虚无缥缈的希望？

总归从决定开始亨廷顿舞蹈症的课题起，他认真查阅了近百篇文献，就算再难，但每一步、每一个实验都是他认为切实可以做下去的、会有意义的东西，他对未来五年、十年的计划都做了设想，这么一点一点地向前突破，可原来在苏为安的心里，她只是当作有一天算一天的消遣，从来没有想过要和他一起走过这条漫漫长路吗？

从开始就一直在退缩,她就这么害怕背负他的研究生涯吗?现在已经如此恐惧,那她又怎么能背负起他一生的承诺?

　　他忽然有些生气,生气到一句话也不想和她说,转身头也不回地往实验室门口走去。

　　苏为安一愣,试图叫住他:"顾云峥?"

　　他没理。

　　眼见着他的身影消失在视线中,苏为安明白大概是自己哪句话惹到了顾大教授,正思忖着该怎么办,却又见顾云峥从门口走了回来,他大步流星、目不斜视,直接走到她的面前,苏为安还没反应过来到底怎么回事,就被他抓住了手腕带着往外走。

　　因为知道顾云峥有些生气,苏为安半个字也没敢多问,一直出了医院的门口,她才意识到这是回家的方向。

　　就算再气再恼,他也不会扔下她一个人。

　　他会带她回家。

　　一路上一句话也没有说,苏为安安静地跟在顾云峥的身后,到了家,顾云峥依旧不理她,只是径自进了厨房,是要去准备晚饭。

　　苏为安抢在他的前面,洗手做羹汤,顾云峥没有拦,只是在一旁看着她,苏为安知道他有话想说,她也不问,只是忙着自己手里的活。

　　也不知过了多久,她听到他低沉的嗓音自她身后响起,很轻、很慢,一字一句,他说:"为安,虽然我之前说想让你有些压力,不敢再不告而别,但科研课题也好、职业生涯也好,那些都是我自己的决定,我不需要其他任何人来负责,尤其是你,我不在乎是万分之一还是亿分之一的可能,这条路我要和你走到底。"

　　没有什么无谓的牺牲,用自己的职业生涯去认真地研究一个疾病,为什么会是无谓的牺牲?

　　苏为安打开水龙头冲洗着手中的菜叶子,组织了一下自己的语言,平静地道:"我知道你不需要别人来负责,我也知道你不是没有计划就会贸然去做事的人。我相信你,所以我说那些话不是为了试探你对我的真心,也不是为了试探你做课题的决心,而是因为我知道以你的能力,继续从事你更熟悉的胶质瘤领域,你可以更快地成为一个有影响力的专家,而不是进入一个陌生的领域,从零开始,我不想让你做出这样的选择,是因为我不希望你因感情变得盲目。我想在我的有生之年,看到你成为你最开始想成为的那样优秀的人,因为你是我喜欢的人啊。"

她说喜欢他,那样动人的情话,他原本应该抱住她、亲吻她、安慰她,可他更清楚,在刚刚那样长的一段话里,她在潜意识中依旧认为是她拖累了他。

洗完最后一点菜,苏为安关了水龙头,擦干手,转身扬起笑脸看着面无表情的顾云峥,张开了手臂,说:"喂,我在说喜欢你,快过来抱抱我!"

语气里有一点撒娇,是她在求和,她以为自己的道理讲得很好,此刻让一步,他一定会接受,却没想到顾云峥依旧板着脸。

"没遇到你之前,我的确想坚持更熟悉的胶质瘤研究,成为一名有影响力的专家,可我现在不想了。"

他说得确切,并非要与她探讨什么,而是在告诉她,他最真实的想法。

"最初研究于我只是研究,直到我遇到你,是你让亨廷顿舞蹈症的研究于我并不只是一个个繁复的实验,我标书上的每一个字、培养的每一板细胞、做出的每一次荧光染色都有信念,这信念是你,也是每一个像你一样的亨廷顿舞蹈症患者。早两天成为所谓的专家,比别人多知道几条分子通路对我而言已经不重要,我想要做出更有实际意义的成果,能够治疗甚至治愈这个疾病,我要坚持的是这份信念,可苏为安,你的信念在哪里?"

丢掉了,从知道基因检测结果的那一刻起就丢掉了。

她是好学生,教材上的内容背得最牢,她每天提醒自己一遍,机制不明、治疗待研究,就这样一点点磨掉了自己对未来的所有期望,抱着活一天是一天的心态,生活也变得轻松了很多,连最后下决心和他在一起也是抱着及时行乐的心态,可稀里糊涂就变成了现在这样。

他质问她信念在哪里,她放下手臂,有些颓唐地笑了笑,说不出话来。

也不知过了多久,像是好不容易找回了自己的声音,她尽可能轻描淡写地道:"带着要研究出亨廷顿舞蹈症的治疗方法的信念,那每天都会活得很失望啊。"

那样遥远的目标,怎么也达不到的目标,若是当真了,从那样的失望到绝望要怎么承受?

患病已经很可悲了，她不想让自己的人生更可悲一点。

"我做不到。"

最后这四个字，是她的坦诚。

"那就让我来。"他将她拉到怀里，一字一句地道，"所有的失望都让我背，而你的信念是我就可以了。"

他要让她把这一生的负担都交给他，他会替她承担所有的压力、尝过所有的失望，而她要做的，就是相信他，她要为了他坚持下去。

他什么都不怕，就怕她先放弃。

苏为安将脸埋在他的胸口，她相信他所有的话都是真心的，若说不感动是假的，可这样的话当作情话听听也就罢了，这么大的事，哪有他说得那么简单？

她沉默了半晌，闷声道："你这人怎么这么自以为是？"

他毫无迟疑地说："因为我是对的。"

苏为安没有再说什么，坦白说，在这件事里她已经不知道什么是对、什么是错，顾云峥有他的道理，他总有他的道理，他见得比她多、看得比她通透，反正她说不过他，但她只是真心地希望他不会后悔，不然她会怨恨自己。

苏为安想了想，说："虽然我比你小，也说不过你，但我说的那些话，也希望你偶尔能想想，万一真有几分道理呢？"

她劝他放弃的那些话？

顾云峥应声："我想过的，你说得很有道理。"

"那你还……"

他抱紧她，说："可都不及你重要。"

他的话让她的心里又暖又痒，却嘴硬道："你别老拿这些话哄我，我不是那些好骗的小女生！"

"你自己先提的你年纪小。"

苏为安挑衅道："跟你比我就是小啊，仔细一算才想起来，你比我大六岁啊！"却又话锋一转，似乎是在安慰他，"不过没关系，有句话不是说，弯路你先走过、亏你先吃过，可以保护我啊。"

嫌他老？

顾云峥面无表情地看着她，说："我没走过什么弯路，也没吃过什么亏。"

"……"

嘚瑟！

他又说："与其靠把弯路走遍来避免重蹈覆辙，不如提升一下自己的智商。"

"……"

他停顿了一下，故意板着脸做出一副并不在意的样子问道："你觉得六岁的年龄差很大吗？"

苏为安内心道：不小啊！六岁，就是说你上大学的时候我刚上初中啊！

但当着顾副教授的面她当然不能说出来，于是坚决地摇头道："不大，一点也不大。"

顾云峥这才满意地点了点头，说："你出去吧，我来做饭。"

苏为安连忙谢绝："不用，我想做饭。"

顾云峥依旧面无表情地说："你做的菜都有点咸，为了避免高血压，还是我来吧。"

苏为安一怔，问："那你怎么不早说？"

顾云峥整理好她洗过的菜，头也没抬，说："怕你害臊。"

苏为安第一步完成的细胞试验虽然验证了在分子通路上，HDQ199这个药物的确有可能影响到血管内皮细胞，但从细胞试验到人体的推导还任重道远，而下一步，他们需要完成实验动物模型中的验证。

亨廷顿舞蹈症的转基因模型鼠身价不菲，苏为安完全成了这些实验鼠的"老妈子"，每天起早贪黑地伺候它们吃喝拉撒，当然，还要一只一只地喂它们吃HDQ199的药物。

养了三个月，终于可以完成实验，却没想到和之前药物厂家所报的结果一致，全部为阴性，未发现动脉瘤。

虽然知道发生率很低，他们第一批处理的实验鼠数量又有限，的确有可能出现这种情况，可当真的面临这样的结果，苏为安的心情还是很沉重。

同实验室的男同事看她的表情，猜出结果不好，边做着自己的试验边说风凉话："虽然说第一次实验结果不好说明不了什么，但从你们决定做这个题目我就觉得这个结果好不了，人家药厂的前期实验也不是白做的,总不至于全世界就你们懂吧……多贵的实验鼠啊,你们这么做下去也是白浪费,何必和人家温教授的实验药过不去?不如趁早换个题目!"

用以卵击石来形容他们大概最合适不过了,苏为安明白同事话里的意思,可三位实验被试发生了多发的动脉瘤,他们的细胞试验又的确验证了药物对细胞水平的影响,更重要的是,最早的动物试验也曾报过有一次动脉瘤的情况,若说是巧合未免太过自欺欺人,她绝不相信他们的选题是白费力气。

完成第一批实验数据记录之后,苏为安长叹了一口气,无论如何还是要坚持下去,她正准备重整旗鼓、加班加点做完第二批实验,如果运气够好,说不定能够碰上一个阳性结果,却被顾云峥拦了住:"我仔细想了一下,虽然我绝对相信我们最初的假设没有问题,但我们的经费有限,模型鼠的数量有限,想要去验证这样的小概率事件很难。"

苏为安一怔,有些意外地看向顾云峥,问:"所以你的意思是……不做了吗?"

顾云峥摇了摇头,说:"不是,我是说我们要改变条件,让一个小概率事件变成大概率事件,这样我们才不是在碰运气。"

"变成大概率事件?"苏为安思索了片刻,明白了他的意思,"你是说……"

"没错,我仔细回想了一下发生动脉瘤的三位患者的情况,正如温教授所说,他们三个都有高血压,如果高血压的患者血管内皮对HDQ199更为敏感,这也可以解释目前的结果。"

苏为安点了点头,说:"我明白了,我们需要在模型鼠上造出高血压的模型。"

"嗯,但这样一来时间就更长了,你会不会很辛苦?"

苏为安摇了摇头,答道:"是我自己想做的事,哪有什么辛苦不辛苦,只是云峥,经费……"

顾云峥申请的国自然[①]连结果都还没公布,目前的实验是全靠和内科的合作撑下来的,临时更改实验计划,一旦自然的申请出现意外,他们就"断粮"了,连这次的动物试验都无法完成。

---

① 国自然:全称"国家自然科学基金"。是面向全国基础研究和应用研究进行严格筛选和资助的基金项目,基金主要来自国家财政拨款。

顾云峥自然知道她的担心,安慰她道:"你不要多想,交给我吧。"

不担心当然是不可能的,国自然又哪里是那么好申请下来的?可苏为安知道自己的焦虑除了让他分心以外也并无用处,于是顺从地点了点头,说:"好。"

造高血压模型又是一个漫长的过程,因为经费问题,这段时间她也没有其他的东西可做,进入了一个毫无产出的时期。

科室里消息传得最快,她成了科室里"无所事事"的反面典型,在走廊里时不时碰到脚步匆匆的周启南,对方会叫住她:"哎,小苏,你帮我把这个文件送到行政楼一下,反正你闲着也是闲着。"

"哎,小苏,帮我们组的人把培养箱清理一下吧,反正你闲着也是闲着。"

苏为安没有理由拒绝,尤其是在这一批研究生都面临着毕业、丧失留院机会的温冉直接脱产不到科里干活了的情况下,科里缺人得很,而苏为安应下的事完成得又会非常快,几次下来,科里的人用她越来越顺手,她每天就奔波在医院的各个科室之间。

但这样的活并不是干得越多就会越受人欢迎,实验不顺利的消息很快传遍了全科,大家看她的目光都带着"不过如此"的意味。她将盖好公章的文件送回医生办公室的时候,偶然听到里面的议论声:"虽然苏为安取代温冉留下来了,但又能如何?她也不过就在这儿养养老鼠、跑跑腿,人家温冉去了章和医院,依旧是前途光明的外科医生。"

"谁说不是,学医哪是你说退就退、说回来就能回来的事?医学博士和研究助理,这已经是等级差异了!"

苏为安站在办公室门口有一瞬的失神,听一旁有人唤她:"为安……"

她抬头,只见杜云成不知道什么时候也站在这里,从表情上来看,他也听到里面的议论了。

他蹙眉道:"我去让他们不要胡说。"

苏为安拦住他,在里面的人议论得正欢的时候直接推门走了进去,面无表情地将文件放在办公桌上,转头一个字也没说地离开了。

好在这样的情况并没有维持多久,之前国际会议的结果出来了,原本有个海报展示的机会,苏为安就觉得足够了,没想到组委会给了他们会议发言的机会。

顾云峥将这一结果告知了科主任王焕忠，自己的科室成员能够在正式的国际大会上发言，提高科室的知名度，他作为主任自然是再高兴不过，在科室的早会上点名表扬了顾云峥和苏为安："小顾和小苏刚刚接触亨廷顿舞蹈症不久，第一项实验成果就得到了国际会议的认可，大家要多向他们学习，科研重在思考，要多去想怎么把选题变得更有意义，而不是真的变成'科研民工'，每天只会机械简单地重复一些实验的过程，往后大家都多支持一下小顾和小苏的工作，也希望他们在十月的国际会议上代表我们科室出色地完成报告！"

主任话音落，会议室里掌声响起，苏为安能感受到看向他们的目光羡慕中夹杂着嫉妒。

会议结束，主任离场，大家这才纷纷从座位上站起来，前来祝贺他们。在这一片祝贺声中，苏为安听到不远的地方传来别人的议论："听说章和医院温教授他们也会在这个大会上报告他们的药物临床试验结果，这会议组委分明就是想看中国人自己内讧，才把顾云峥他们那么小的细胞试验也提到会议报告的位置上的吧！"

"还真说不准！被人当枪使了，也不知道有什么好得意的。"

听到这话的不只有苏为安，科室副主任张大冬低咳了一声，道："人家小顾也不是第一次去国际会议上做报告了，有这工夫想得这么复杂，不如好好干自己的活去！"

先前议论的人也没想到被领导抓了个正着，有些尴尬地站起身，说着要去手术室就赶紧溜了。

对旁人冒着酸意的议论，苏为安也懒得理会，之前的等待终于到了时间，她忙着完成动物试验去了

这一次她的等待终于没有再落空，动脉瘤的阳性率达到了10%，苏为安没有丝毫犹豫，当即对鼠脑进行取材完成切片染色，又是连着几天忙碌到深夜，但好在最后的实验结果比预想的甚至还要好。

收拾完实验室，苏为安抬眼看表才发现，竟然已经是夜里十二点了。走回医生办公室，顾云峥正在那里忙着改标书，苏为安走近一看，才发现竟然全是英文，她有些意外，问："这是……"

顾云峥简单地解释道："和美国的一位教授合作申请的一个美国的基金，之前初选提交入围，现在返回来精修。"

苏为安一怔，美国的基金项目书要求全英文自然不必说，但内容和要求也比国内更为严格，顾云峥每周的手术连轴转，时不时还要陪她做实验，究竟是什么时候准备出来的这么大的一个项目书？仔细想来真的有些不可思议。

她还来不及感叹，就听顾云峥继续道："对了，有个好消息，我们之前申请的亨廷顿舞蹈症的国自然项目过了，不用太担心经费了。"

顾云峥说得轻描淡写，申请下来一项国自然课题，对他而言也并非什么需要耀武扬威的事，他最高兴的不过是这个项目的经费可以解决他们此刻在资金上的缺口。

旁人看着顾云峥做什么成什么，多不过是感叹一声他运气好，可这"好运气"背后是何其可怕的实力和夜以继日的努力。

即使是顾云峥，也会改标书改到后半夜，但他从不去炫耀自己的努力，所以大家都以为他毫不费力。

原本接连忙碌了几天已经很是疲惫，可此刻看着顾云峥，苏为安只觉得自己所做的还远远不够，她正想着，就听顾云峥继续道："我和院里申请过，下个月起我们将和内科主任开设亨廷顿舞蹈症的联合门诊，随后我们科将逐步开展亨廷顿舞蹈症的外科手术治疗。"

苏为安会意，道："你是说DBS（脑深部电刺激疗法）？"

"嗯，细胞和动物试验做得再多，想要最终影响到人的身上，这是很漫长的过程，所以除了这些，我们也要从临床入手。"

顾云峥既然这么说，肯定是已经有计划，她尽快学习配合他就对了。

她答应道："好。"

# 第十味药 与君思
## Healer

　　动物试验完成以后，为了赶上会议发言，顾云峥和她一起处理完了实验数据，作为之前细胞试验的印证，他们会将这部分结果一起于会议上公布。

　　苏为安熬了几天，终于独立完成了PPT初稿，凌晨一点在卧室里发邮件给顾云峥，没想到五分钟之后就收到了他的回复："背景介绍太浅，实验结果图片和文字的比例失调，讨论部分缺乏重点。"

　　简单来说，就是从头改到尾。

　　苏为安自然知道这次会议发言的重要性，因此在交给顾云峥之前，她已经修改了三遍，论文也是在又看过三十篇以后才开始做的PPT，却没想到顾云峥只用了五分钟就否定了她的成果，一怒之下她从床上起身冲出卧室，站到顾云峥的沙发前故意居高临下地问他："你说，我做的PPT到底哪里不好。"

　　可眼神分明是在说：你敢说一个字试试！

　　顾云峥看着她气鼓鼓的样子，哑然失笑，拍了拍身前的位置，说："过来。"

　　苏为安迟疑了一下，还是过去了，这一坐下，气焰就下去了一半。

顾云峥指着屏幕上的图片道:"虽然文字过多会显得冗余,但你每页几乎全是图片也很容易让人抓不到重点,听的过程中稍一走神就不知道在讲什么了。还有讨论部分也是,讨论的内容太多但层次不够分明,这样很容易失去听众。"

虽然他说得都有道理,但她辛辛苦苦加班加点做出来的东西被他这么快否定了,连句鼓励的话都没有,就好像她做得完全没有可取之处,苏为安还是觉得有些委屈,瞪着他,撇了撇嘴说:"你这样也很容易失去我的!"

顾云峥没忍住,直接笑出了声。

他伸手将她圈进怀里,问她:"真的生气了?"

苏为安哼了一声表示自己真的真的真的生气了,还故意别开眼,做出一副"你别哄我,哄也哄不好"的样子。

顾云峥将她抱得更紧了一点,不紧不慢地解释道:"我没说你做的哪里好是因为我以为你都知道,我们之间也不需要说这些客气话。"

苏为安睨他,故意问道:"我们很熟吗?"

她分明就是挑衅!

顾云峥倒也不恼,下颌枕着她的颈窝,在她耳边道:"那要看你怎么定义'很熟'了……"

苏为安的耳朵唰一下子"熟"了,红得像要滴出血一般。

"话里有话!老流氓!"

顾云峥的脸色一下子暗了下来,说:"你说什么?"

"流氓!"

"前面那个字!"

苏为安停顿了一下,这才意识到他在意的是前面的那个"老"字,在被他打击了一轮之后,她忽然找回了几分自信,莫名有些得意,她刚要挑衅地重复一遍,下一刻,人就被压到了沙发上,这一次换成顾云峥居高临下,说:"你再说一遍试试!"

充满英雄情怀的苏为安怎么能怕这样的威逼利诱?

试试就试试!

"老……"

第二个字还没说出来,就被以吻封唇。

原本带着玩笑和惩罚意味的吻,到了后面却渐渐变了,为什么开始已经不重要，重要的是没有人愿意结束。

两个人的气息交错，变得急促而混乱，后来稍稍分开的时候，苏为安居然还不忘之前的话题，挑衅般飞快叫他："老男人！"

顾云峥双眼微眯，苏为安这丫头最近是有些活得不耐烦了啊！

偏偏苏为安毫无自觉，故意凑得很近，满脸得意地看着他，说："你要坐怀不乱啊！"

顾云峥的眼中映着她的模样，开口，嗓音竟比平日还低沉几分，带着些许喑哑："我要是不呢？"

苏为安挑眉："那可不行，你走的可是'禁欲系'路线！"

"禁欲系"？

顾云峥睨她，问："我是不是给了你什么错觉？"

他呼出的气息拂过她的脸，痒痒的，苏为安压制住笑，眨着眼明知故问道："什么错觉？"

下一刻，有一只大手伸进了她的衣服里，她惊呼了一声："流氓！"

他应："是我。"

她打趣他："你是不是等这天很久了？"

他不说话，只是笑着吻过她的唇角。

苏为安伸手勾住他的脖颈，回以深深的一吻。

这之后关于会议要用的PPT，苏为安先后向顾云峥提交了"Conference发言修改版""Conference发言再修改版""Conference发言精修核对版""Conference发言最后一版""Conference发言怎么又改版""Conference发言再改就罢工版""Conference发言临终版"……

改到要吐的时候，她终于收到了顾云峥发回来的"Conference发言"，是定了。

她一下子高兴地从椅子上跳了起来，把同实验室的同事吓了一跳，不知道的还以为她又被选中在什么会议发言，但在经历了这么短时间的折磨之后，苏为安深切地意识到得到在会议发言的机会比得到顾云峥的肯定容易多了好吗？

苏为安原本以为到此为止，自己的任务圆满完成，等着看顾云峥去做报告就可以了，哪知道顾云峥看着等看热闹的她，冷冷开口道：

"你讲。"

苏为安一怔。

顾云峥面无表情地说:"你是做实验的人,也是文章的第一作者,一个十分钟的会议报告,你还想让通讯作者亲自上阵?"

他不是开玩笑的,从提交的时候他就把她勾成了报告人。

要准备发言,以她对顾云峥的了解,绝对不可能让她看着准备准备就算了,果然,就在苏为安这么想的时候,听顾云峥说:"今天回去准备一下,明天先给我讲一遍中文的,后天给全科用中文讲,大后天用英文给我讲一遍。"

"……"

顾云峥说到做到,说要听,就一定会听,听到哪里有问题,随时打断追问,苏为安讲的时候压力极大。

好在她是认真准备过的,在这样的高压下依旧顺利地讲完了,她心里松了一口气,正有些庆幸还好自己准备充分,却见顾云峥蹙紧了眉,问:"你用中文就讲成这样?"

苏为安心里一紧,没敢回话。

"到时候在场的有很多是研究亨廷顿舞蹈症很久的专家,你觉得你讲的内容对他们来讲有什么能让他们记住的吗?"

苏为安原本并不想过度解读他们的结果,所以很多东西虽然讲了,但都是浅尝辄止,要说深入到印象深刻,那的确不多。

"你说了那么多实验结果是什么、别人发现过什么,那你呢?你的思考在哪里?你是怎么认为的?"

他的声音不大,但语气格外严厉,话音落,引得实验室的其他人纷纷侧目,忙碌的实验室瞬间安静了下来。

苏为安踌躇道:"我……"

"回去重新准备!既然站上了发言人的位置,你就不再是以一个学生的身份在汇报,而是以一个学者的身份在分享自己的研究见解,你现在的每一句话背后似乎都在说'我是新手,我了解得不多',那还不如不去丢这个人!"

顾云峥虽然是让她重新准备,但第二天向全科人汇报的日程是不会变的,也就是说苏为安要在这一晚上准备出来一套更加深入的讲课内容,要说工作量不大,那是胡说八道。

直接结果就是苏为安一直从下午看到了下班回家,又从下班回家看到了晚上睡觉,她抱着电脑靠在床头上,抱着熬通宵的心态,将论文全部重新看了一遍。

顾云峥洗完澡出来的时候,看到苏为安全神贯注地盯着电脑,简直像是要钻进电脑里,他走到她的身边,伸手揉了揉她的脑袋:"去洗澡吧。"

她头也没抬,声音闷闷的:"不去了。"

顾云峥揽过她:"怎么了?"

苏为安揉了揉长时间看屏幕已经发酸的眼睛,闷声道:"某些人隔三岔五就要当众数落我,我得赶紧发愤图强。"

顾云峥自然听得出她的话里多少有些怨,不禁解释道:"我对你要求严格是想让他们知道你的成绩都是靠你自己努力来的,我也从没有因为我们的关系对你放松半分要求。"

她当然能体会到他的这层意思,可是……

"你总是在说我,这样也会让别人觉得我很废物的!"

顾云峥微笑道:"不会的,我们科的人都知道,但凡我会提出问题的材料都是我觉得达到及格线的,否则我一句话都不会说,直接退回。"

苏为安瞪着他:"所以我就一直徘徊在及格线?"

顾云峥俯身轻吻她的唇,带着笑意道:"嗯,你的及格线比别人要高一点……"

所以挨训也比别人多一点……

他说着,又将她往怀里带了带。

刚洗完澡,他的身上带着沐浴露清清爽爽的味道,浴袍系得半严不严,刚好露出他结实的胸膛,他呼出的气息拂过她的脸颊,苏为安转头在他的嘴唇上亲了一下,下一刻,感觉到他在吻她,她一个激灵,面上绯红一片,却又忍不住环住他的脖颈,在他耳畔调戏:"顾云峥,你'禁欲系'的人设要崩塌了,你知不知道?"

他伸手解开她束发的发带,轻笑道:"这种人设的存在本身就是你对我的误解,我有义务纠正这种误解。"

眼见着顾云峥就要将她放倒在床上,苏为安赶忙伸手挡在他们中间,一本正经地道:"你今天还是去睡沙发吧,毕竟我们科里有人隔三岔五就要数落我,我得赶紧发愤图强。"

她说着,往另一边挪了挪,故意躲开他,又搬过了电脑,专心致志地盯着屏幕,好像顾云峥不存在一样。

顾云峥忽然意识到自己是被她算计了!

但苏为安认真工作的态度并不是用来骗他的,顾云峥只怕这样下去,她真的会这样盯着电脑看一晚上,过度疲劳对她绝对不是一件好事,因而他伸手合上了她的电脑,在她吃惊又有些不悦的神情中开口道:"用一句话概括你这次发言的主题。"

苏为安思索了一下,答道:"我们在细胞试验和动物试验中发现HDQ199会对血管内皮产生影响,增加高血压患者发生动脉瘤的风险。"

"接下来用十句话告诉我为什么要做这件事、你是怎么做的、结果如何、有什么意义。"

这就是研究最重要的四大部分,顾云峥是要提醒她,PPT上面的内容再丰富都是补充,她不能因此丢掉了主干,将主干变得清晰而深入才是她现在最需要做的事,盲目地看更多的文章只会让她晕头转向。

顾云峥带她准备了半个小时的时间,之后苏为安熟练了几遍,原本要通宵的人竟然在十二点之前睡了。

第二天一大早,她神清气爽地坐在科里,等着定在早会之后的十分钟讲课时间。

原以为只是一个和科里主要研究方向不太相关的小发言,大家未必会多在意,却没想到早会过后,忙碌的王焕忠大主任竟然也没有离场,要一起听一听她的发言内容。

因为主任的存在,这一次的演练一下子变得正式了许多,连在场听课的医生都变得紧张起来,谁都知道主任习惯点人提问,而苏为安要讲的又是他们完全不熟悉的东西,真被点到连猜都不知道怎么猜。

十分钟的时间,苏为安按照昨晚顾云峥带她整理好的思路,将他们的研究内容娓娓道来。从顾云峥的表情中,苏为安可以看得出,自己这一次的发言他应该是满意了,但其余的人大多是一脸迷茫。

王焕忠王主任随手点了周启南谈一谈听完之后的体会,就听周启南轻咳了一声,带着肉眼可见的尴尬道:"那个,小苏讲得非常不错,很全面而且深入,要说哪里还可以改进的话,可能就是有些太深了,我们这些听众有点不太好理解。"

话刚说完，还没等苏为安回应，王焕忠已经先行开口道："小苏他们是要去美国舞蹈症年会做专题报告，参会的都是舞蹈症专业领域的学者，必须要有深入的内容，不能太过浅显。"

周启南的神情越发尴尬了几分，好在主任也没有与他计较，停顿了一下又问："有人对内容方面有什么意见吗？我们来探讨一下。"

安静，沉默。

对从来没接触过亨廷顿舞蹈症研究的医生们而言，能勉强听懂苏为安在说什么已经不容易了，更别说讨论其中的内容了，是以主任的话一出，许久没有人接话。

见王主任的眉越蹙越紧，大家都知道这是主任不高兴的前兆，纷纷低下了头，生怕自己无意间被主任盯上。就在这时，只听从后面两排传来一个声音："我有一个问题。"

是杜云成。

听到他这么说，众人不约而同地松了一口气，随后才想起去听他到底说了什么。

"我想请问一下，在你们的动物试验中是先给亨廷顿舞蹈症的模型鼠服用了HDQ199，之后在服用药物的同时增加了会导致高血压的药物，这种情况下怎么能证明动脉瘤是HDQ199所致还是高血压所致呢？"

非常犀利的问题。

按照常规的实验设计，应该是先在亨廷顿舞蹈症模型鼠上做出高血压模型，再分为服用HDQ199和不服用HDQ199两组，但因为他们是中途更改的实验设计，当时所有的模型鼠都已经喂过HDQ199了，由于当时的经费问题，只能在此基础上想办法进行改进，并不能全部重来，也因此才会出现这种模糊的情况。

但这同样是苏为安早有准备的问题，作为这个实验的设计者和执行人，她自然最清楚实验中哪些部分需要进一步商榷。

她一字一句地道："我们查阅了之前的相关论文，确认在单纯高血压的实验鼠中动脉瘤的发生率为3%至5%，可见我们实验中10%的动脉瘤发生率已经显著高于仅仅由于高血压所致的动脉瘤比例了，可以推断为是HDQ199所致，当然，我们也正在补充在高血压的亨廷顿舞蹈症模

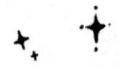

型鼠中做服用与不服用HDQ199的对照试验。"

苏为安说完,可以看到在座的医生大多了然地点了点头,是认可了她所说的。

王焕忠的神色较之前缓和了许多,说:"小苏能够在这么短的时间内、这么周全地回答出这个问题并且能够报上具体的数值,可见看过不少前沿的论文,这种认真对待研究的态度是大家应该学习的。"停顿了一下,他又说,"当然,能够提出这样有质量的问题,说明小杜的研究素养也是很高的,小杜之前胶质瘤课题的论文也发表了,是我们科里年轻医生的杰出代表,在此,我也要宣布一个重要的决定,在和顾云峥商量之后,我们决定将顾云峥之前胶质瘤领域相关的研究交给小杜继续做下去。"

主任的话音落,原本安静的会议室顿时响起阵阵倒吸气的声音,在场的医生莫不吃了一惊,先前猜来猜去谁会运气那么好"捡"到顾云峥的课题方向,没想到最后竟然给了刚刚博士毕业留院的杜云成。这简直是"飞来横财",就算他的表现确实不错又能如何,在场的哪个医生没发过几篇文章?说到底,院长的儿子果然是有优势。

大家心里难免猜忌,多少带着酸意,这时,只听杜云成开口,声音虽轻,却很坚定:"主任,我想尝试进行亨廷顿舞蹈症相关的研究。"

办公室内一时间都是震惊的感叹声,杜云成说什么?

亨廷顿舞蹈症?

放着好好的胶质瘤不做,顾云峥疯了,他不会也疯了吧?

就算顾云峥和苏为安现在完成了一点小实验又如何?这不过是刚刚起步的那一点点,正式的论文和会议不同,将这一点实验写成论文只能投一个影响因子二到三分的小期刊,哪里能看到什么前途?杜云成不会是看到苏为安这么快就得到了在国际会议上发言的机会,误会这个方向很好走了吧?

平素一向稳重的大主任王焕忠此时眉头也似是要打成一个死结,他低咳了一声:"年轻人勇于尝试新事物是好事,但在研究方面,还是专注于自己更擅长的方向才更有利于自己的职业发展。"

杜云成还想再说什么:"主任……"

王焕忠不想再听下去,打断了他:"这件事以后再说吧,我要去门诊了。"

主任离开，自然也就散会了。

今天的会议气氛算不上好，是以结束之后大家大多安静地离开了会议室。

苏为安还处在听说杜云成提出想要研究亨廷顿舞蹈症的震惊中，顾云峥走过来帮她收拾投影的连接线，她依旧没有动，顾云峥顺着她的视线看去，果然看到了还没有离开会议室的杜云成。

苏为安迟疑了一下，低声唤他："云峥……"

后面的话还没有说，已被顾云峥打断："我知道。"

她不想让杜云成也踏进亨廷顿舞蹈症的领域里，至少在他们真的做出一些成绩之前，她是不想的。

虽然不知道杜云成突然想要改变研究方向的具体原因，但苏为安猜得出，多少会与她有一些关系，自回国以后她欠杜云成的人情已经够多，真的不想再影响到他的研究方向。

顾云峥也没有打算给杜云成这个机会。

当杜云成私下再次向王焕忠表达了强烈的意愿后，王焕忠找来顾云峥商讨这件事，原本是觉得顾云峥和苏为安两个人撑起整个亨廷顿舞蹈症方向确实有些勉强，他们也需要人帮忙，既然杜云成有明确的意愿，尝试一下也未尝不可，却没想到被顾云峥斩钉截铁地拒绝。

"杜云成先前没有从事过亨廷顿舞蹈症的研究，又是科里的医生，每天忙着跟手术，并不能切实帮到我们多少，反而会给他自己带来很大的负担，如果主任您也觉得我们需要多一些人的话，不如多分给我们一位研究员或者科学型的研究生，毕竟他们是能全心投入实验的人。"

顾云峥说得合情合理，王焕忠也颇为赞同，将这话中的意思告知给杜云成，原意是这件事就到此为止了。

杜云成又怎么不明白主任的意思，因而没有再向主任多说什么，只是眼见着离苏为安和顾云峥出国参会的日子越来越近，他"偶然"去实验室转了几次，"偶然"地在一旁看着苏为安实验，"偶然"地跟着她去动物房喂实验鼠药物，"偶然"地和她聊天，说："你们出国的时候，我帮你们照看这些小鼠吧？"

苏为安自然明白杜云成的意思，他想帮她，想要参与到亨廷顿舞蹈症的实验中帮她，苏为安自然是不能同意的，她故作轻松地笑了一下，对他道："你每天还要上手术，哪有那么多时间来照顾这些小鼠？我已经请实验室的同事帮忙了,请他们代为照看几天,你不用担心。"

杜云成点了点头,随后就是沉默。

杜云成就那样安静地看着她喂老鼠,苏为安隐约觉得他好像有话要说,可他不说,她也没必要追问,只是自顾自地忙着手里的活,也不知过了多久,她忽然听到他带着犹疑,轻声问道:"为安,你是不是……"

却又没说下去。

关于她几次提到的难言之隐,他前后想了很多,同窗六年又曾共事过,对苏为安他也算得上是了解的,对她口中的难言之隐他多少是有猜测的,可是猜着猜着,自己又不敢再想下去。

她的父亲患有亨廷顿舞蹈症。

他永远记得在和她参加医学竞赛的时候她眼中的锋芒,她是那么热爱这个专业,可她居然在两年前决定退学,那个时候,她是不是已经去做过……

他注视着专心致志的苏为安,迟疑了许久,终究没有再问下去。

她说是难言之隐,那么至少,他不能做那个逼她说出口的人。

和顾云峥一起长途跋涉飞到美国,随着发言时间的临近,苏为安整个人也变得越来越紧张。

温玉良的报告被放在了下午的第一个,会议安排苏为安的发言紧跟在温玉良之后,从为了让内容紧凑的角度上来说没有什么问题,但这同样意味着会议方想让他们正面交锋。

但好在,这个意图不止苏为安看出来了,在学术圈已久的温玉良也看出来了,因此在他对他的药物临床试验的常规讲述之后,口头加入了药物不良事件的内容,用两句话简要提到了那三位动脉瘤破裂的患者,以表明自己没有回避的态度。

有了温玉良前面的铺垫,苏为安也不必再有多么大的顾虑,按照事先准备的内容顺利地完成了发言。

提问环节,果然并不太平。

国外的学者十分认真地听完了两方发言,抱着严谨的态度发问道:"你们完成了细胞试验和动物试验的部分,请问你们认为这种多发的动脉瘤也会发生在服用HDQ199的人体上吗?"

苏为安回答得坦诚，没有回避："我们认为是有可能的，事实上我们是先看到了温教授的入组患者中所提到的那三位发生了动脉瘤的患者，才决定在细胞和动物试验上做验证的。"

"请问你们双方是合作的关系吗？"

对这个问题，苏为安回答得委婉："目前还不是。"

她的话里为以后留了余地，也表明双方的关系还是友好的。

"那么根据你们的实验结果，在临床试验中出现的动脉瘤很有可能是HDQ199本身导致的严重不良事件，我们可以这样认为吗？你们认为正在进行中的药物临床试验应该据此做出怎样的反馈？"

刚刚讲完课的温玉良温教授此时还坐在台下，听着国外学者的质问，他看向苏为安的脸色已是十分不好。

如果她为了报复他，在这样的场合说出一些不恰当的话，只会让他们双方被国际学术界看了笑话，而坦白地说，在他的眼里，苏为安像是一个跳梁小丑，原本就是一个笑话！

她懂得什么？她做了几个实验？她知道学术研究中想要做出些成绩有多难吗？她有什么资格跟他站在同一个讲台？她有什么资格评价他的研究？那是他的心血！

苏为安没有立即回答。

坦白来说，如果是单考虑温玉良的话，她真的很想让他兑现当日的诺言，只要她找到证据，他就停止实验并当众道歉，但苏为安明白，她不能，因为此刻她不只是当初那个和大教授打赌的学生，她更是一个科研人员，也是一个会得亨廷顿舞蹈症的患者。

温玉良那一天有一句话没有说错，在经历了那么多药物的Ⅲ期临床试验失败之后，HDQ199的确承载了太多人的希望，作为患者，她真心希望这个药物试验能够成功。

而科研亦有科研的规矩，同为科研人员，他们其实是一条战线上的战友，目前HDQ199的临床试验确实出现了一些问题，她要做的应该是想办法解决问题，而不是为了逞一时的意气，让这个试验变得声名狼藉。

站在讲台上，苏为安的目光看向坐在听众席上的顾云峥，视线相接，他依旧是一贯的沉稳、平静，只是向她点了点头。

他也许知道她会说什么，也许不知道。

但没关系，无论她说什么，他都会尊重并支持她的决定。

在所有人的注视中，苏为安开口，一字一句地道："我们认为这个问题应该交由伦理审查委员会和温教授团队去决定，我们做这些细胞试验和动物试验的目的也从来不是为了否定HDQ199这种药物，相反，我们看到了HDQ199的出色表现，我们希望用我们的实验完善它的适应证以及不良反应的研究，指导人们更好地使用这种药物。"

短短的几句话，不仅圆满地解释了他们做这项研究的目的，更体现出了作为研究人员的眼界与胸怀。

说完，她鞠躬表示感谢。掌声起，前排的几位教授纷纷赞同地点头。

苏为安从容地走下台，坐在了顾云峥的身边。

他自然地握过她的手，十指相扣，她轻靠在他的肩上。

不用多说一句话，她明白他的心意。

他为她的表现感到骄傲。

苏为安最后的回答虽然维持了两个团队之间的表面和平，但这同样意味着温玉良必须立刻将所有的情况提交给伦理审查委员会，以决定试验下一步的动向，试验很有可能会因此而暂停。

会议结束之后，苏为安去了一趟洗手间，回来的时候看到顾云峥正在和几位教授讨论着什么，她想了想，没有过去打扰，只是站在外面等他。

温冉在这时来找苏为安。昔日最好的朋友在异国他乡相见，开篇没有半分的寒暄，温冉直截了当地开口："我父亲做了半辈子的研究，你根本不知道科研想要做出一些重大的成果有多难，绝不是你按照课本上的一二三四五就能做出来的，对试验中的所有细节，我爸都有自己的把控，你不要毁了他的心血！"

温冉的世界观苏为安早有见识，已经不想与她多做纠缠，只是简洁而冷漠地道："研究有研究的规定，不是某个人的把控能够代替的！"

"你赢了！"面对苏为安决绝的态度，温冉的眼光中竟有泪光闪现。

这位画着精致妆容的教授千金是那样委屈地看着她，苏为安一脸不明所以，问："你说什么？"

"我说你赢了，苏为安，无论是当初的论文，还是杜云成，都是你赢了,我抢了你的论文,还抢了杜云成,这些都是我的错,但我请你不要因为我们之间的恩怨影响到我父亲,不要影响到他的研究,你知不知道这个药物背后承载着多少患者的希望,我请你不要毁了他们的希望!"

温冉说得十分动情,最起码苏为安看得出她感动了自己。

但苏为安只觉得可笑。

"这件事从头至尾只关系到科研本身,温冉,医学研究是一件多么严肃的事,你难道从来没想过吗?"

温冉一怔,随即想要再说些什么,但苏为安不想再给她这个机会。

苏为安极力想让自己更冷静一点,可开口,终究是做不到,她说:"不要再说什么为患者着想的话了,因为你根本不明白患者的心情。你们不知道患者所遭受的一切究竟有多痛苦,只要有一点希望就扑上去想要尝试,只要医生说能治病,哪怕是毒药都愿意一试,因为他们信任医生,更因为他们走投无路。如果你们真的懂得这样的心情,从最开始就不会避讳动脉瘤的事情!"

是你们先将太多的个人得失加了进去,才会那样害怕!

苏为安的话说完,紧握成拳的双手在止不住地颤抖,她看向温冉的眼中是毫不掩饰的厌恶。

面对这样的苏为安,温冉先是一怔,可紧接着,她的脑海中有一道白光闪过,她忽然意识到了什么。

苏为安有这样强烈的情绪,比起是在说别人,倒更像是……

更像是在诉说自己!

温冉开口,带着试探的意味,语气却是笃定的:"你去做过基因检测了对不对?"

做过六年最好的朋友,对苏为安,温冉是了解的。

早在两年多以前苏为安决定退学的那一刻起,温冉就已经察觉到其中必有缘故,只不过那时她的注意力都在苏为安的论文上,没有细想,后来苏为安回来的时候带来了她患有亨廷顿舞蹈症的父亲,她以为家人患病就是苏为安退学的缘由了,可仔细想来,那依旧不是全部的答案。

若仅仅是父亲患病,以苏为安一贯的作风,必定会当即立志将后半生投入到对亨廷顿舞蹈症的研究中。以苏为安那样的性格,必定会将此当作最大的动力,为家人搏出一份生机。

但她没有。

如果说有什么能够比家人患病更加打击苏为安的，那大概就是她自己也患病了吧。

以温冉对苏为安的了解，苏为安绝对不是那种明知自己有50%的可能被遗传，却不去做基因检测，愿意自欺欺人地活下去的人。可就算是苏为安，也承受不了基因检测结果提示携带致病基因所带来的压力，所以她才会退学，因为她已经被判了死刑，因为她放弃了。

苏为安此刻所说的飞蛾扑火、走投无路，都是她内心最真实的写照。

是了，就是这样。

这样就能解释通了。

刚刚还压倒性倾向于苏为安的局势在这一刻突然发生了转变，面对吃惊得说不出话的苏为安，温冉问出了第二个问题："你也携带亨廷顿舞蹈症致病基因对不对？"

苏为安对温冉怒目而视，咬牙道："与你无关！"

温冉已经有答案了。

以苏为安的性格，以她们现在的关系，面对这样的问题没有当场反驳她、嘲笑她，就说明被她说中了！

苏为安真的携带亨廷顿舞蹈症基因！

就算温冉是先提出这个假设的人，但当这一切得到印证，温冉依然感到震惊，震惊之余，先前被苏为安三言两语击得溃不成军的温冉，终于又找回了从前的底气。

她居然笑了出来，说："所以你所谓的热爱科研、重回实验室，不过是想为自己找条生路罢了，是吧？"

虽然是问句，但温冉的心里早已认定了答案，根本不需要苏为安回答，她盯着苏为安继续道："那我告诉你，苏为安，你今天所做的一切都是在自掘坟墓，HDQ199是目前唯一一个有望通过临床Ⅲ期的试验药物，你记住了，今天是你亲手阻拦了试验的进程，来日你发病的时候无药可医，都是在为你今天的所作所为付出代价！"

"阻拦试验进程的不是我，而是你们和HDQ199本身有问题的地方！就算我视而不见放过这三例动脉瘤患者，就算侥幸过了临床Ⅲ期，等到药物上市，动脉瘤的不良反应也终究会被发现，到那时药物被紧急下架,所有的一切重新验证,这才是真正剥夺了HDQ199治疗患者的机会!"苏为安几乎是从牙缝中挤出的最后这句话,"不要再假装你是在为我、为亨廷顿舞蹈症的患者着想,你装得真的一点也不像!"

苏为安说完,头也不回地转身离开。

顾云峥与国外一位课题相关的教授谈成了合作,心情不错,回酒店的路上,与她规划着回国之后的研究安排,却很快察觉到她有些心不在焉。

他关切地问她:"怎么了?"

苏为安不想再给顾云峥增添不必要的烦恼,只是摇了摇头,轻描淡写地道:"就是有些累了。"

可苏为安很清楚,她携带亨廷顿舞蹈症基因这件事被温冉猜出来,只怕很快就会被公布于天下。

回到国内,来不及倒时差,顾云峥就被叫回去上手术了,苏为安索性陪他一起回了医院,几日不见,她也放心不下一口一口喂大的老鼠们。

好在老鼠们看起来都过得不错,笼子里的粮食和水也非常充沛,看得出是有人特意换过。苏为安回到实验室,向临走时拜托的同事余言兴表达感谢,并给他带了小礼物,没想到余言兴迟疑了一下,没有接,而是说:"要谢就谢谢杜云成吧,我这几天比较忙,每天要去看你的老鼠的时候,他都已经把所有活干好了。"

苏为安怔了一下,没有想到事情会是这样,却还是笑了一下,对余言兴道:"没事,这个你收下,我会去找杜云成的。"

杜云成早料到她会来找他,见面之后只是看似随意地打了个招呼:"这次去美国好玩吗?"

苏为安没有接话,而是直奔主题:"听说这些天我们的实验鼠都是你照顾的?"

杜云成轻描淡写地笑了一下,说:"是啊,怎么样,给我带礼物感谢我了吗?"

他说着,将手伸到她的面前,是讨要礼物的姿势,紧接着却又想起了什么,赶忙收了回去。

苏为安眼明手快,抓住了杜云成的手腕,拉过来一看,上面贴着一块创可贴,她看了杜云成一眼,轻轻地揭开,只见里面是非常清晰的被鼠咬伤的齿痕,看样子咬得还不浅。

苏为安心里一紧,转基因的小鼠好斗,咬起人来毫不嘴软,杜云成先前没有接触过,不了解它们的脾气秉性,难免会被咬。

她有些着急地问道:"哪天被咬的?打过疫苗了吗?虽然是实验室的SPF级实验鼠,可为了安全起见,还是打过疫苗比较放心!"

看到她担忧的样子,杜云成的心里有种暖意,答道:"前天咬的,疫苗都打过了,你不用担心。"停顿了一下,又说,"你要是于心不安的话,把疫苗的钱赔我也可以。"

不过是杜云成逗她说的话,苏为安却毫不犹豫地拿出手机准备转账,杜云成赶忙拦住她,说:"别别别,我就是说着玩的,干吗和我这么见外?其实就是我自己想看看亨廷顿舞蹈症的实验,想试试手才被咬的,和你也没什么关系,你不用在意。"

他果然还是没有放弃加入亨廷顿舞蹈症课题的念头。

苏为安不禁轻叹了一口气,说:"杜云成,好端端的,你为什么一定要转向亨廷顿舞蹈症?"

杜云成弯起唇角,露出整齐又洁白的两排牙齿,是他的招牌笑容,他说:"想为科学做贡献、想发篇好文章,这不都是理由?"他说着,故意凑近她,说,"怎么,你和顾云峥都这么不想我加入,是怕我能力太强抢了你们的功劳?"

苏为安摇头,说:"这条路真的比看上去还要难走得多,我劝不住顾云峥,但对你,至少顾云峥和我都不想让你也跳进来,像这样临时更改自己的研究方向对你的职业生涯没有好处!"

"既然是我的职业生涯,那就是我的事,你们都不用有负担。"杜云成说着,看向苏为安的目光也变得温柔,"我也会和顾云峥说,他不用担心我是为了和他抢你才转向亨廷顿舞蹈症的,既然你已经做过了选择,我不会强求,我只是……想陪陪你。"

说不清为什么,苏为安只觉得他最后的这句话有些不对,总显得有些悲伤,偏偏她并不明白他的悲伤从何而来。

他说想陪陪她,好端端的,他为什么忽然会有这样的想法?

还没有等她想明白为什么,杜云成已经向后退了两步,是并不想和她再多讨论什么的意思:"我回手术室了。"

## 第十一味药 诉此心

*Healer*

苏为安和顾云峥的这一次国际会议发言带回来两个重要的消息。

章和医院温玉良教授的大型临床药物试验向伦理委员会上报了不良事件，委员会正在加紧讨论下一步的计划。

另一条消息则和学术没什么太大的关系，是一则纯八卦新闻——神经外科的研究助理苏为安携带亨廷顿舞蹈症致病基因。

这件事是在苏为安回来两天之后传回华仁医院的，信息的来源苏为安不用想也知道是温冉，这个小道消息经由同学的口散播至华仁医院，就像是一片干燥的草原遇到了些许火星，很快燎原，大家都听说了神经外科那个举报了自己的老师和同学，现在又回来工作的女生，从她的父亲那边遗传了亨廷顿舞蹈症致病基因。

医院里的人自然明白父系遗传的亨廷顿舞蹈症意味着什么，稍微了解一点她现状的人莫不是感叹道："怪不得她要做亨廷顿舞蹈症的课题，这是想求生啊！"

这之后多半会有一问："顾云峥知道这件事吗？"

有嘴快的人接话："应该不知道吧？知道了谁还会和她交往？不过现在顾云峥只怕是很难脱身了，知道人家有病就抛弃人家，这事从道义上说不过去啊，不得不说，那个苏为安的这一招倒是挺聪明的，先把人骗到手再说！"

顾云峥结束手术的时候，就觉得更衣室里的气氛有些奇怪，他隐约听到有人反复提起他和苏为安的名字，可当他过去的时候，所有人都不约而同地噤了声，更衣室里的气氛越发压抑，连闲聊声都听不见。

就在这时，更衣室的门被推开了，刚刚跟老师结束了手术的梁佑震兴致勃勃地和同事八卦道："听说苏为安也检测出了亨廷顿舞蹈症基因，哇，这个苏为安，她之前瞒得可够好的，骗了份工作又骗了个男朋友！"

连声感叹完，梁佑震忽然察觉到周围的气氛有些不对，定睛一眼，只见不远处正在注视着他的那个男人，正是苏为安的男朋友，他的上级，顾云峥。

在科里近三年，梁佑震见过顾云峥生气的样子，却没有见过顾云峥有过这样的怒意，逆着光，他一贯面无表情的脸上此时阴云密布，可那一双眼又是那样犀利，隔着三米的距离，似一柄利刃将他钉在了原地，动弹不得。

面对这样的顾云峥，梁佑震内心迫切地想要解释什么，可张了张嘴，什么都说不出。他有一种强烈的感觉，顾云峥在极力克制着自己，如果这里不是手术间的更衣室，如果他不是他的上级，如果周围没有这么多人，顾云峥此时一定会一拳将他打翻在地。

梁佑震的感觉没有错。

不仅是他，其他人也看出来了，杜云成只怕顾云峥冲动之下真的会做出什么，两步上前拦在顾云峥的身前，同时用眼神示意梁佑震赶紧道歉。

梁佑震连忙开口，声音因为害怕都有一些颤抖："对……对不起。"

顾云峥依旧没有说话。

这份盛怒之下的沉默让在场的所有人后背发凉，害怕顾云峥一怒之下做出什么事让今天难以收场的同时，又莫不在庆幸，还好捅了这个马蜂窝的人不是自己。

眼见着顾云峥并没有消气半分，杜云成先一步抓住了他的手臂，低声提醒他道："现在为安是一个人。"

这个消息既然已经传开，只怕也早已传到了苏为安的周边，而她此刻是一个人，孤单地面对这些流言蜚语。

他此刻就算打了梁佑震撒气又能如何？不但堵不住悠悠众口，反而会为自己和苏为安招致更多的诋毁，不如赶回苏为安的身边去陪她，顾云峥一向冷静睿智，就算关心则乱，杜云成也希望他不要在这个时候失去理智。

顾云峥攥紧成拳的手在这一刻终于有了些许松动。

他甩开了杜云成的手，摘下了一次性帽子，还有挂在脖子上的口罩，正要用力摔进垃圾桶的那一刻，忽然想起了他和苏为安初见的那天，他曾经被苏为安气得做过同样的动作。就在这一瞬，明明是怒极的心情，却好像被谁触碰到了心里最柔软的地方，竟从心底生出了几分和暖之意，他终究是没有做出那样发狠的动作。

原本是带着担忧赶到实验室的，但顾云峥赶到的时候，只见苏为安正逗着笼子里的老鼠，看上去心情还不错。

他走到她身边，将蹲在笼子旁的苏为安拉了起来，轻声问道："今天的实验还顺利吗？"

苏为安点了点头，扬着笑回问他："今天的手术还顺利吗？"

他应了一声："嗯。"停顿了一下，又说，"你不用这样勉强自己笑给我看。"

苏为安收了收自己有些夸张的笑容，揉了揉脸，说："我这不是怕你担心嘛。"

顾云峥仔细地看着她，认真地问："我应该担心吗？"

苏为安回答得没有丝毫迟疑："不用，我没事，是我在美国的时候被温冉诈出来生病这事的。这事被她知道了，我猜到很快就会传成这样，其实没什么的。"

她倒是心大！

顾云峥睨她，说："现在全医院都在传你骗……"

要说完全不在意是不可能的，苏为安原本就是打肿脸充胖子，此时终于没忍住打断了他："好了好了，我知道，他们这么说已经让我很烦了，你还专门跑过来给我重复一遍！"

顾云峥却没有因此停下来，说："他们说你骗了一个男朋友。"

苏为安瞪着他："你还说！"

"我们结婚吧。"

他突然这样说,却是考虑已久,没有一丝犹疑。

顾云峥看着她。

他的眼中映出她的样子,这一刻,她就是他的全世界。

结婚吧,他要把眼前的这个人占为己有,保护她再不受伤害,他要让那些噪声都消失,他要告诉所有人,这是他选择的相伴一生的那个人。

苏为安愣在了原地,回应顾云峥的是她茫然的神色。

她有一点慌张,说:"顾云峥,你不用因为别人的看法就一时冲动说要结婚……"

"你该知道一时冲动这个词对我并不适用,我只是说出了一件早就考虑好了的事情。"

苏为安回避他的视线,说:"我……我还没准备好……"

顾云峥又怎么看不出这是她用来搪塞的借口:"是你没有准备好,还是你根本不想准备?"

苏为安沉默了许久,才低声道:"我……不想结婚。"

不想把自己变成责任绑在另一个人的身上。

她没有说出后面这句话,因为她知道顾云峥一定会说他不怕,可她依然不想,不管他怕不怕,她都不想变成这样。

死寂。

顾云峥看着她,迟迟没有回应,唯独那一双眼里,失望得不加掩饰。

他沉声道:"是现在不想结婚,还是永远不想结婚?"

苏为安抿了抿唇,道:"我们就像现在这样……不好吗?"

他答得坚决:"不够好。"

苏为安低头,故作轻松地笑了笑,说:"这世上的事哪有十全十美的。"

顾云峥没有说话。

气氛不对,这也是他们两个在一起以后面对的最大分歧,苏为安在处理这样的事情上没有经验,只是觉得他们大概都需要冷静一下,因而找借口道:"今天……今天我妈说做了我爱吃的菜,给我庆祝一下会议发言成功,我今晚就回我妈那儿了。"

"我和你一起回去。"

听到顾云峥的话,苏为安一怔,问:"什么?"

"按时间算叔叔也该复诊了,我去看看我的病人。"

顾云峥说话的时候面无表情,好像他真的只是要去做随诊,好像他听不出有事回家只是苏为安找的借口。

苏为安有些闪躲,忙道:"不……不用了……"

顾云峥忽然明白了些什么,问:"你是不是没有和家里说过我们在交往的事?"

苏为安心里一紧,完蛋!果然被他看出来了!

她试图解释:"不是刻意隐瞒,只是没有特意提起。"

顾云峥面无表情地看着她,说:"他们是不是也不知道你现在住在哪里?"

"嗯……他们大概以为我和以前的哪个女同学住在一起。"

沉默。

又过了一会儿,苏为安听到顾云峥的声音有些闷:"是叔叔和阿姨不喜欢我吗?"

苏为安赶忙摇头,说:"他们很喜欢你,也很感谢你救了我父亲。"

可她没有说,连她自己也说不清为什么,起初是因为父亲得病,她觉得时机不好,后来有了几次三番的机会,她却始终没有和父母提起,又或许是她潜意识中在害怕,害怕一旦告诉了爸妈,他们就不得不面对很多关于以后的问题,而她没有答案。

又是沉默。

苏为安知道这件事上是自己做得欠妥,让顾云峥的感受很不好,因而有些心虚地道:"我今天会正式和他们说的。"

顾云峥坚决地道:"我和你一起去。"

原本是为了和他分开静静才提出回家的,绕了一圈成了两个人一起回她家见父母,苏为安心中其实有那么些许的不情愿,可看了一眼顾云峥,她又心虚地全都憋了回去。

路上给母亲发信息说要回去吃饭,鬼使神差地还是没有提男朋友会和她一起回去的事,彼时已经是下午五点,母亲收到消息以后很快给了回复:自己做!

好在顾云峥从来没把她说母亲要给她庆祝什么的鬼话当真，是以跟着苏为安到了她家以后，看到空空如也的饭桌也没有一丝惊讶。

听到开门声，苏母猜到是苏为安回来了，从里屋往外走的同时大声道："你的拖鞋在鞋柜最底下，自己找找吧！"

走出来一看，却发现门口除了苏为安还站着一个人。

一个男人。

一个他们认识的男人。

是苏父在华仁医院神经外科的主治医师。

苏母站在原地想了一会儿，才终于想起对方的姓氏，问："你是……顾……顾医生？"

这么说着，脑子里所想的却是他来做什么，这年头医生都这么尽心尽职，随访到家里来的吗？

苏为安从鞋柜下面翻出了自己的拖鞋，又拿了一双新的给顾云峥，随后尽可能自然地对一脸茫然的母亲介绍道："妈，这是我男朋友。"

苏母一愣。

顾云峥将手里拎的礼物递给苏母，礼貌地自我介绍："阿姨好，我叫顾云峥。"

经过了这么十几秒钟，苏母渐渐缓过了神，看了看苏为安，又看了看苏为安旁边的顾云峥，想明白了女儿刚刚说了什么，苏母起初是震惊的，可震惊了一会儿，她竟然露出了一个笑。

一个由心底发出来的笑。

她热情地招呼顾云峥："来来来，快进来，都怪为安，没跟阿姨说你要来，家里有点乱。"

顾云峥连忙道："没有没有，是我唐突了，为安说今天想回来看看您二老，我非要跟着一起来的。"停顿了一下，顾云峥又问，"阿姨，叔叔最近有什么不舒服的吗？"

"还是那个舞蹈症，老样子，别的没什么了。"苏母说着，又对苏为安道，"对了，为安，把你爸推出来吧。"

苏为安放下包，应声道："好。"

父亲的病情有所恶化，大部分的时间都要坐在轮椅上，苏为安走进屋的时候，苏父看着她的眼神有一瞬的茫然，她走近，伸手抱了抱父亲，笑着和他打招呼道："爸，我回来了。"

苏父回过神，高兴地点了点头，伸手摸了摸她的头，说："回来好啊，回来就好，说说，又去哪儿玩了？"

苏为安平日是两周左右回一趟家，工作上的事情有时候也会和父母聊聊，这段时间因为忙着准备会议发言的事，所以已经有一个多月没回来，可父亲此刻话里的意思怎么好像回到了她工作之前环游世界的时候？

她眉心紧蹙，有些担忧地问道："爸，你知道今年是几几年吗？"

苏父有些讶异地看着她："一八年啊，这孩子，过的哪年是哪年都不知道了。"

苏为安稍稍松了一口气，还好，时间定向力尚且正常。

许是她进屋的时间有些久，苏母也跟过来看了看，听到苏为安的问题，很快明白苏为安在想什么，拍了拍苏为安的肩示意她让开，她推着苏父的轮椅向屋外走的同时，轻描淡写地道："你爸最近的记性不如从前，有的时候稍微有点糊涂，不是什么大事。"

认知障碍亦是亨廷顿舞蹈症的一个主要症状，现在父亲已经出现了记忆力减退，这么发展下去，只怕……

苏为安有些紧张地说："下周带爸去看病吧！"

苏母将苏父的轮椅停在沙发旁，摆了摆手，道："前两个月去看过了，怕你分心没和你说而已。"

苏为安还是不放心，说："那也再去看一下……"

苏母替苏父理了理领子，说："老去看也没什么意义，这个病你还不知道吗？总共就那么几种药，用处都不大。"

苏为安还是想让父亲再去看看病，偏偏母亲一句话戳中了她心底的痛点，让她什么也说不出。

顾云峥在这时帮苏为安解围道："阿姨，说起来叔叔的动脉瘤也需要复查CTA了，看看有没有上次遗漏的或者近期新发的，这样吧，您最近有时间的时候到门诊来，我给叔叔开检查申请单，咱们结合检查再看看。"

顾云峥这样说了，苏母迟疑了一下，还是点头道："那也好。"

顾云峥向苏为安轻微点了一下头，让她将这件事交给他，苏为安这才稍稍放下心。

苏母回头，见苏为安还在一旁站着，不禁蹙了蹙眉，说："还愣着干什么？快去做饭！"

眼见着母亲又要说她没有眼力见儿，苏为安赶忙转身钻进了厨房。

许久没回家，苏为安看了看厨房阳台和冰箱里零零散散的食材，一时间有些头大，不知道该从何准备起。

顾云峥在这个时候跟过来帮忙，看到苏为安的表情就知道她在想什么，索性也不多问，选了几样菜出来递给她，说："把菜洗了。"

他则挽了挽袖子，弯腰从冷冻层拿了些猪肉和鸡翅出来。

比起处理这些肉，洗菜要轻松得多，她很快干完，腾出手来给顾云峥帮忙。

虽然来这里之前，他们两个人因为讨论到结婚的事有一些不愉快，但跟着苏为安正式来拜访她的父母，于顾云峥来讲也是向前进了一步，而对苏为安而言，带顾云峥回家表明她对待这段关系的态度是认真的，又给了她时间，不必让她现在就面对结婚的逼问，两个人之间的氛围比来之前缓和了许多。

在一起这么久，两个人的默契自然不必多说，顾云峥一停手的时候，苏为安就知道他是要让她加盐还是料酒，又或者其他的调料。

顾云峥不需要帮忙的时候，苏为安又去洗了半盒小西红柿准备拌菜用，洗完之后顺手喂了顾云峥一颗，动作娴熟而自然。

苏母虽然坐在客厅里和苏父一起看着电视，却也时时关注着厨房里的动静，原以为两个人在厨房里产生碰撞总是不可避免的，没想到等了许久，两个人却是格外和谐，苏母隐约觉得有哪里不太对。

她正想着，只见厨房里顾云峥已经开始生火炒菜，他第一次到苏为安家的厨房，自然有很多东西找不到，好在不用等他开口，苏为安已经将他需要的东西递了过去，一系列动作自然而流畅。后来炒白菜的时候，两个人因为放盐的事好像有一点争执，但不到半分钟就以苏为安妥协为终结，顾云峥自然地在她额上落下了一个吻，两个人颇有些老夫老妻的感觉，在这一瞬间，苏母脑中一个闪念，忽然意识到了什么。

她站起身，沉声叫过自己的女儿："苏为安，你过来一下。"

从母亲的语气中，苏为安听出母亲的心情并不太愉悦，她有些意外，不知道发生了什么。

顾云峥用口型问她需不需要陪她一起过去，苏为安摇了摇头，知道母亲既然这么叫她，肯定是有事要单独和她说。

她想得没错。

母亲将她带到了里屋卧室，让她将门关严，开口的第一句话就是："你们从什么时候开始交往的？"

苏为安迟疑了一下，还是如实回答："去年开始的……"

"去年？"即使有所预测，但听到这个答案，苏母还是吃了一惊，说，"苏为安，你行啊，这么长时间一句话都没和家里提起！"

苏为安的解释依旧有些苍白："也不是想刻意隐瞒，只是没特意提起……"

苏母此刻关注的却不是这些，她的问题越发犀利："你现在是不是和他住在一起？"

苏为安彻底愣住，没想到母亲居然一眼就看穿了！

没有立刻否认就是承认了，苏母了解自己的女儿，自然知道苏为安此刻的表情意味着什么，只恨不得抬手揍她一顿。

苏母恨声对女儿道："你的事我和你爸没有多问，是觉得你一向自己心里有数，可你倒是长本事了，居然敢跑出去跟人家同居！"

眼见着母亲越说越生气，苏为安硬着头皮试图解释："我们不是因为想怎么样才住在一起的，只是因为云峥他住的地方离医院比较近……"

她解释了还不如不解释，苏母的火越发大了一些，质问道："离医院比较近？你怎么那么懒？为了少走几步路就上赶着住人家家里去吗？"

面对母亲的质问，苏为安说不出话，只好低了头，任由母亲责骂。

即使苏母平日里再怎么觉得顾云峥很好，事实上他们对顾云峥的了解仅仅局限于最表层的那些，现在到了同居这样的地步，着实是越线太多。

母亲的话还在继续："你有多了解这个人？他家是哪儿的？父母是干什么的？父母的关系怎么样？性格怎么样？你到他家去会不会被欺负？"苏母恨铁不成钢，"现在新闻里同居的小年轻吵个架就拿刀杀人的那么多，万一他要是个心理变态呢？你想过没有？"

老房子的隔音效果不好，再加上苏母的情绪有些激动，声音大了一点，过来想为苏为安解围的顾云峥在门外听到了里面的话。

他轻轻地敲了几下门，说："阿姨、为安，饭好了，吃饭吧。"

有一会儿的沉默，顾云峥听到苏为安的声音："好！"

苏为安看向母亲，轻声道："妈，这件事从头至尾都是我的错，是我做事没分寸，才没有和你还有我爸提起我交了男朋友的事，也是我懒才会搬到云峥的住处去，与云峥没有什么关系。从照顾我爸的病情，到帮助我回到医院和实验室继续做自己想做的事，再到日常每一天的工作和生活，云峥他为我做了很多，也牺牲了很多，所以妈，无论你们再怎么生气，骂我就好，不要责怪他。"

苏母瞪着女儿，没有说话。

苏为安当母亲是默认了，这才转过身打开门，看到站在门口的顾云峥，正要露出一个笑对他说"辛苦了"，却被顾云峥先一步牵住了手。

他将她带到自己身边，面对着屋内的苏母一字一句认真地道："阿姨，我家是本地的，母亲是名外交官，常年不在国内，父亲也是名医生，他们在我小的时候就离婚了，我母亲待人比较温和，我父亲虽然严苛，但我并不太与他打交道，我保证为安和我在一起不会被欺负。"

他认真地回答了苏母刚刚那一长串的问题，这是他在向苏母表达自己的态度，他对苏为安是认真的。

他继续道："还有阿姨最后的问题，我确实不是心理变态，但如果您不放心的话，我去做个心理测评也可以。"

他连这一句也听到了！

苏为安赶忙要开口解释母亲只是因为担心她，所以才话赶话说到了那儿，并不是真的觉得他是心理变态，还没等她开口，只觉得顾云峥握着自己的手更用力了几分。

他知道苏为安要说什么。

他也不在乎苏母这一句是不是气话。

他站在这里，只是想要向苏母表明，对苏为安，他是坦诚而真心的，他明白苏母的一切担忧，但他更想让她信任他，让她相信，这些担心都是没有必要的。

他不怕质疑，他会尽全力去回应苏母的这些质疑。

他认真的样子让苏母一时间竟不知该说什么，顾云峥想让她感受到的诚意，她确实感受到了，不过比起他说了什么，更让苏母看在眼里的，是他牵着苏为安的时候身体稍稍向前，可能是怕她会再责骂苏为安，他将苏为安护在了自己的后面。

苏为安怕她迁怒于顾云峥，顾云峥怕她责骂苏为安，苏母忽然发现自己想生气都不知道该和谁生了。

她重重地叹了一口气，摆了摆手，皱着眉头道："吃饭去吧。"

菜不算多，但有荤有素有汤有饭，而且菜品看着很不错，苏为安向顾云峥递去了一个赞许的眼神。

他帮着苏母将苏父在饭桌旁安置好，又为他们递上筷子，恭敬地道："准备得有些匆忙，如果有不合口味的，还请叔叔和阿姨多包涵。"

他这样说，苏母倒有些不好意思："你第一次来就让你上手做饭是我们招待不周，都怪为安这丫头也不提前说，让她去做饭她也不好好做，下一次来阿姨再好好招待你吧！"

眼见着苏为安又被苏母瞪了一眼，顾云峥赶忙道："没有，不是为安不好好做，是我想表现一下自己，抢了她的活。"

顾云峥这么说，苏母也不好意思再数落女儿，只是又瞪了她一眼。

吃饭。

顾云峥做的饭菜口味是按照苏为安的习惯来的，而苏为安的习惯是源自家里饭菜的习惯，因而很合苏父和苏母的口味。有着可口的饭菜，再加上苏父吃饭有些困难，需要苏母时刻帮着他，所以她也没有多余的精力与苏为安计较，饭桌上的气氛总算缓和了一些。

苏为安刚松了一口气，虽然母亲总算暂时放过了她，但只怕今天晚上家是留不得了，她知道以母亲的风格，只要顾云峥一走，一定会和她"好好"地聊聊。

但她还是低估了母亲。

饭吃了大半之后，母亲在夹菜的时候装作不经意地问顾云峥："你们对未来有什么计划？打算什么时候结婚？"

苏为安嘴里的菜没咽下去，被呛得连咳了几声。

顾云峥将水递给她，替她拍了拍背，见苏为安慢慢缓了过来，他转回来对饭桌对面的苏母道："我有很多计划，但主要看为安的想法。"

苏母看向女儿，问："你什么想法？"

苏为安避开母亲的目光，低头又扒了一口饭，说："我没什么想法……"

很多事情不能和母亲说。就算母亲会生气，就算自己很委屈，也总比让父母陪着她一起难过要好得多,她携带致病基因的事在医院里传得满城风雨她都不怕,只要爸妈不知道,只要他们不会为此伤心、自责,那就没关系。

听到苏为安的话,苏母脸上的吃惊和生气是显而易见的,她看着苏为安,连话都不想说了,用手肘碰了一下苏父,说:"老苏,你快说说你女儿!"

其实是特别轻微的一个动作,没想到苏父手上突然失了控,一下子将手里的勺子摔到了地上。

苏为安和母亲同时站起来想要去捡回勺子,因为苏母离得更近,先捡起了勺子扔到了饭桌上,顺手还拿了张纸巾将地上掉的米粒擦干净。

从父亲的表情上,苏为安能看得出他此刻的尴尬与自责,当母亲给他拿了新的勺子并坐回来的时候,苏父冲她笑了笑,只是这笑意很浅,他说:"孩子们的事让他们自己决定吧,结婚也不一定有多好,你看你,嫁给我,年轻的时候没享过福,在该退休享福的年纪还要给我捡勺子。"

苏父的话是笑着说的,可这话说完,所有人都笑不出了。

苏为安能够明白父亲这一刻的心情,大概也只有她能真正明白父亲的心情,那样自责,那样愧疚,那样痛苦和难过,每天像是一个废物一样活在这个世界上,只会拖累别人,不知道自己存在的意义究竟是什么。

苏为安忽然无比庆幸自己的决定,不结婚,相爱就在一起,不爱就分开,发病了就放弃自己,活得潇洒一点,不要成为别人的负担。

却在这时,她听到母亲说:"我帮你捡勺子是因为我愿意,我愿意是因为你对我好,不捡勺子不一定就能享福,捡勺子也不一定就是吃苦,人生嘛,福多了折寿,有个人陪着说说笑笑吵吵闹闹就挺好。"

苏母自然能听得出苏父话里的自责,可得病这事既不是他做错了什么,也不是他能改变的,自责来自责去除了让身边的人也跟着难过,又有什么意义?

可就算母亲说得都对,苏为安看着她不停为父亲擦着身上饭粒的动作,听着她说"挺好",依旧难过得想哭。

晚饭之后,苏为安把碗洗完,顾云峥就带她离开了。

苏母原本想再追问女儿关于结婚的打算,眼见着苏为安和母亲又要一言不合吵起来，顾云峥将苏为安护在了自己的身后，安抚苏母道："阿姨，结婚的事我会和为安好好商量的，您交给我，别生气。"

看着眼前语气诚恳的顾云峥，再看看顾云峥身后自己那不争气的女儿，苏母忍不住恨声道："她的事我不管了，让她孤独终老去吧！"

母亲在气头上说的气话，也顾不得轻重，偏偏"孤独终老"这四个字对苏为安而言实在是没有什么意义，因为她现在没有孤独，以后也没有终老。

苏为安没有说话。

回家的路上，顾云峥没有再追问关于结婚的事情。能说的、该说的他都已经说过了，他明白她不想结婚的原因，他更明白的是这个原因的分量有多重，并不是此刻逼迫她就可以消除的，虽然他也会因为她的固执而生气、烦闷，但他愿意等她。

他不说，苏为安自然也不会提，总归更害怕触碰结婚这件事的是她。

回家之后，因为害怕再聊起之前的话题产生争执，苏为安有意无意地躲着顾云峥，始终盯着电脑，假装自己很忙。

不大的房子里两个人安静得诡异，直到临睡觉的时候，顾云峥突然叫她："为安。"

她应了一声，莫名有些紧张，怕他再追问起结婚的事，应道："嗯？"

顾云峥探过身，在她的额上轻轻落下一吻，说："晚安。"


苏为安携带亨廷顿舞蹈症致病基因的事很快传到了大主任王焕忠的耳中，听到这个消息的时候，王焕忠有些惊讶，却又觉得合情合理。

顾云峥提出更换课题方向的时候，给出的理由是兴趣使然，他很快就识破了那不过是顾云峥的搪塞之词，点破道："你不是这种兴趣使然的人。"

顾云峥随后才说："因为我喜欢的人的父亲得了亨廷顿舞蹈症，我想为他去研究这个病。"

王焕忠蹙眉："就因为你女朋友的父亲得了一种没办法治的病，你就要放弃自己十余年的研究方向，这值得吗？"

王焕忠知道为了达到今天的高度，顾云峥付出了多少，再向前一步就是教授和专家,顾云峥一向理性而克制,怎么会做出这么冲动的决定?

顾云峥却是认真地道:"我做医生的时间不如您这么久,心得和体会自然也不比您深厚,但我觉得自己现在能够不只是抱着解谜题一般的心情做研究,而是迫切地想要做出些什么,为自己在乎的人、为所有和他得了相同疾病的患者解除病痛,是因为这正符合医者之心,我很高兴自己会有这样的转变。"

那时顾云峥说得入情入理,虽然觉得这个决定突然又有些可惜,但既然顾云峥心意已决,他只能尊重顾云峥的选择,因而也就同意了。可隐隐也觉得以他对顾云峥的了解,事情可能不只是这样。

他的感觉没有错。

得亨廷顿舞蹈症的不只是苏为安的父亲,还有苏为安,这一切就解释得通了。

顾云峥迫切想要帮助的那个人是苏为安,是苏为安让他切身体会到了身为患者家属的痛苦与无助,也是苏为安给了他信念,让他走进一个全新的领域,为所有像她一样得了亨廷顿舞蹈症的患者搏出一分希望。

这是顾云峥的决定,其他人没有权力干涉,坦白说,王焕忠有一点为自己的学生感到自豪,并不是所有人都能有这样的勇气和担当,更重要的是顾云峥还有能力。

作为科主任,王焕忠并不认为科里的一个研究助理携不携带亨廷顿舞蹈症致病基因会有多大的影响,作为顾云峥的老师,他却真心希望顾云峥能够带着苏为安研究出他们想要的治病良方。

消息传开以后,科里面的人心浮动和纷杂议论他看在眼里、听在耳中,他未置一词,却并不是没有态度。

周二的全科大会,他当着所有人的面,毫无避讳地直接点出苏为安:"正如大家所听说的,近期我们有一位同事的健康状况引起了大家的很多议论和担忧,已经影响到了我们科室的正常秩序,既然如此,我们请她自己来说一说,来吧,小苏。"

会议室里一下子安静了下来,主任此刻说的话没有透露出他对这件事的态度,可谁都知道主任绝不会没有态度,此刻既然提起了,必定有他的用意。

这件事主任没有找苏为安谈过,苏为安先前对此并没有准备,可她作为当事人,也确实是有些想法的,既然主任给了机会,那说说也好。

她在所有人的注视中,从后排的座位上站起身来。

顾云峥想起上一次在中非,他无意中拿到她的基因检测报告时,她慌张而恼怒的神情,不禁有些担忧。虽然之前她曾轻描淡写地说患病的事传出去她也有心理准备,可他并不确定那是不是她为了安慰他的话,他不知道她是不是真的做好了准备当众面对这一切。

因为身份差异,他们的座位隔着几排的距离,顾云峥没有办法去问她,心里的不安却很强烈,他站起身来试图打断这一切:"我觉得……"不应该在公共场合谈论这种隐私问题……

可他的话刚说了个开头,苏为安已经平静地向所有人承认道:"正如大家所听说的,我的基因检测提示我携带亨廷顿舞蹈症的致病基因,这病也许会在四十岁发作,也许是三十五岁,所以没错,我是一个身患绝症的患者。"

众人听到她这样说,大多松了一口气,既然这传言是真的,那就不是他们谣传诽谤了,再仔细想想又不禁咋舌,毕竟是亨廷顿舞蹈症,这苏为安年纪轻轻的,多少是有些可惜,可感慨归感慨,医院里来来往往那么多病人,刚出生没多久就发现胶质瘤的小孩、上有老下有小却突然由于不明原因脑梗瘫痪在床的中年人、痴呆以后精神行为异常跑出去偷东西被抓的老人家,又有哪个不让人感慨?他们这些做医生的也不过是唏嘘两声,还能如何?

可苏为安的话还没有结束:"我曾用两年的时间环游世界,试图寻找生命的意义,到头来找到的却是自己的恐惧,我因此而消沉,想要逃避,可是当看着我的父亲和他的病友们义无反顾地参加风险未知的药物试验,只为了那点虚无的希望时,我忽然明白,也许生命的意义就是尽全力好好活着,我想活下去,我想为自己、为父亲、为所有的亨廷顿舞蹈症病友找到一线活下去的机会,所以,今天,我站在这里,以一名医学科研人员的身份站在这里。"

说到这里,她的语气变得更加坚决:"从客观上来说,我是通过正式考核得到的研究助理这个职位,入职以后目前已完成一项细胞试验、一项动物试验,并完成了一次会议发言,我认为自己有能力胜任这个职位。从主观而言,这间屋子里,甚至整个圈子内或许都不会再有人,会比我有更强烈的意愿想要研究出些什么,就算不能治愈亨廷顿舞蹈症,哪怕能缓解一些症状也是好的，所以我认为我是从事这项工作的不二人选。"

她稍做停顿，环视了一下四周，在那一双双充满探究的眼睛里，她继续道："我感谢大家对我的关心，但我不需要同情，更不想因此无端受到他人对我工作的质疑。我期待和大家切磋探讨专业知识，也渴望听到大家对我们研究内容的建议，但我不希望我患病与否这样的私事像花边新闻一样被传得沸沸扬扬，这或许是同事一场最起码的尊重，谢谢大家了。"

苏为安说完，鞠躬，随后面对着一室的沉寂，平静地坐了下来。

苏为安的这一大段话，有硬、有软、有柔、有刚，听下来之后，所有人都能感受到苏为安对这个工作的看重和内心的坚定。

她原来……是这样的一个人！

这是他们第一次这样认真地去审视苏为安。

虽然苏为安研究生期间曾在科室内待过，可时间不长，又是学生身份，大家对她不算了解，后来她退学，出了贺晓明论文的事，他们大多是从贺晓明和温冉的描述中了解到的苏为安，再到后来苏为安来到这个科里，他们大多是把苏为安当作顾云峥的附属，从未想过苏为安有什么、能如何，直到今天，他们第一次对苏为安有了直观的了解，似乎忽然明白了顾云峥会选择苏为安的原因。

入科这么长时间以来，她始终未能真正地融入这个科室中，她不迎合、不应和，不是因为傲慢，而是因为她的内心坚定，她很清楚自己来这里是为了什么、在所剩的人生中想要完成什么，她的想法和信念或许是他们这些疲于应付生活的人许久不曾有过的了。

如果说患亨廷顿舞蹈症是被雷劈一样的概率，那研究出亨廷顿舞蹈症的治疗方法大概是比被雷劈还小的概率，可就算是以卵击石，当一个人把它当作信念去做的时候，也值得被人尊重。

顾云峥轻舒了一口气。

看到她真的没有因为旁人的议论和揣测而受到影响，顾云峥终于放了心，更让他高兴的，是他看到了她坚持下去的信念，对科研、对生命，虽然明知道希望渺茫，可还有机会的时候就会竭尽全力。

在这一刻，他感到无比骄傲。

在一片沉寂中，科主任王焕忠开口道："在为小苏面试的时候，我就感受到了她对亨廷顿舞蹈症研究的特殊热情，但直到今天才知道里面的故事，我并不认为携带致病基因会对她的工作能力有什么影响，我也期待，她最终可以把这段故事变成传奇！"

说到这里，王焕忠扫视过在场的众人，短暂的停顿后，他合上了面前的笔记本，站起身来，说："今天的会议就到这里，散会。"

## 第十二味药 终身事

### Healer

正如顾云峥之前跟苏为安提到的,他和内科秦主任一起开设了亨廷顿舞蹈症的会诊门诊,顾云峥带着苏为安,秦主任也带着他科里的医生,大家分工合作,为患者提供更综合的诊疗。

因为是刚刚开设的门诊,又是会诊中心的特需门诊,患者人数不多,秦主任和顾云峥就一位一位慢慢看。

虽然病人不多,却各有各的故事。有刚刚被诊断不久的患者,被告知这个病目前还没有很好的治疗方法,绝望又惊恐地四处投医,不知道该不该让自己的子女去做基因检测;也有已经处于患病晚期的患者,家属抱着死马当活马医的心态,过来试着看看。

其中一位五十多岁的阿姨已经到了不认人、说话都困难的程度,老伴推着轮椅带她过来:"听说你们这里可以做那个什么……脑起搏器的手术啊,能不能给我们家老婆子做一个?"

虽然一眼就能看出阿姨的病情已经很重了,秦主任和顾云峥还是仔仔细细查看了她的全部情况,随后两个人对视了一眼,秦主任慎重地对家属道:"病人已经出现了明确的认知困难症状,无法配合术后的程控,手术对她只怕没有太大的帮助了,病人的病情的确有些太重了。"

家属站在一旁愣了一会儿，才操着方言问道："是迟了吗？"

秦主任心情沉重地点了点头。

家属重重地叹了一口气，说："一直想着攒钱给她做手术，好不容易攒够钱了，却没有手术的机会了。"

这话听得在场的人心里都有些难受，倒是家属故作洒脱地冲着轮椅上的病人喊："老婆子，你命不好啊！"

秦主任随后为患者写了之后的治疗方案，但病情到了这个时候，不过是些聊胜于无的安慰罢了。看了这么多年的病，患者家属也很清楚这一点，还是恭恭敬敬地向主任表示了感谢。

主任的诊疗结束，苏为安将患者和家属带到了诊室外，再次向家属交代注意事项，确保他全部领会。

大叔连连点头应下，低头对病人道："你看人家医生，这么关心你！"

轮椅上的病人早已不会再对他的话做出反应，只是手臂还在不自主地乱动，紧接着，她的嘴角流下了一行口水，大叔赶忙拿出随时放在口袋里的帕子，俯身替妻子擦净。

患病的阿姨对眼前所发生的一切完全没有概念，只是止不住乱动的手，时不时地打在大叔的身上，看起来力道也不算小，大叔却丝毫不在意。

起身收帕子的时候，大叔才开口道："你别看她现在这样，年轻的时候最爱美了，要是看见自己现在这样，肯定得怪我没照顾好她！"

话虽然是对苏为安说的，大叔的眼睛却始终在看着阿姨，他伸手替她理了理额边的碎发，苏为安这才注意到阿姨的穿着，舒适的布衣布裤，虽然没有多好看，但整体干净整洁，头发光滑柔顺，照顾亨廷顿舞蹈症晚期的患者绝非简单的事，他们不仅无法自理、无法配合，甚至还会手脚乱动，随时有可能伤到身边的人，能像阿姨这样体面的患者极少，可以看出身边的人必定对她照顾得细致入微，可大叔还是说出了这样自责的话。

苏为安忍不住安慰大叔道："您已经做得很好了，阿姨如果知道，一定会很感激您的。"

大叔弯了弯唇角，眼睛里却毫无笑意，说："哪有什么好感激我的，我媳妇得病之前，都是她在照顾我。"提起当年的事，大叔的神情中带着愧疚,"她刚得病那会儿,我照顾她很是不习惯,每天嫌东嫌西,也埋怨过她,到了现在,我却很感激她即使得了病还在坚持着陪我,让我一点也不孤单。"

说到最后,大叔的脸上竟缓缓地爬上了几分笑意,是那种真心的幸福感。

为了他,他的妻子坚持着活下来,他因此而感激。

那是苏为安想象不到的心情。

看到阿姨的嘴唇有些干,大叔拿出水瓶喂了阿姨一口水,随后向苏为安道了别:"谢谢医生了。"

苏为安不知道自己有什么值得被感谢的,身为医生的他们,面对病人是这样束手无策、这样无能;身为患者,见到轮椅上的阿姨,她好像看到了几年后的自己,又那样无能而无力。她不敢去想作为家属的大叔照顾阿姨每天要多么辛苦,她看着大叔的笑容,却觉得心里像是被谁抓着,特别想哭。

所有人都注意到了苏为安回到诊室时眼眶是红的,他们都看得出苏为安情绪不对,也猜得出是因为什么,但大家不约而同地选择了避而不谈,不去触碰已经是他们对苏为安能做的最大的保护。

也许是因为已经为苏为安的人生设下了那么大的一个坎,命运也不好意思再对她多做为难,所以苏为安着手的课题研究还算顺利,分子研究的实验发现了一条与亨廷顿舞蹈症发病机制关系紧密的分子通路,而顾云峥的DBS手术方面,从患者的术后效果可以见到对不自主的舞蹈样动作有明确的改善。

分子实验接下来要进一步分为两个子课题,但苏为安已经忙得腾不出手,杜云成虽然很想来帮她,可他是正式的医生,每天手术都忙不过来,不可能天天待在实验室做实验,苏为安正头疼得厉害,同实验室的另一名同事余言兴主动提出想要加入亨廷顿舞蹈症的课题组,给苏为安帮忙,解了苏为安的燃眉之急。

顾云峥承诺余言兴负责的子课题成果可以作为他的个人成果发表以及参会汇报,余言兴闻言只是摇了摇头,说:"不用,我并不是为了这个才想做亨廷顿舞蹈症的实验的。"

顾云峥意识到他后面有话,因而问道:"那是因为什么?"

余言兴一字一句地道:"觉得你们,你和苏为安,明知道希望渺茫,但每天还是一丝不苟地做着自己所能做的一切的样子,很像大战风车的堂吉诃德,荒唐而又勇敢,虽然力量微弱,但我想帮一帮你们。"

余言兴加入之后,陆续又有几名学生在听了顾云峥的讲课之后闻风而来,想要加入他们的课题组学习,顾云峥原本有些顾虑,担心这些对科研还没有入门的学生会让苏为安的日常工作负担更重,没想到苏为安倒是很高兴地接受了这些学生进实验室,她说:"我上学的时候进实验室没有人带,走过不少弯路,如今能有机会把自己的经验告诉给学弟学妹们,帮助他们更快地成长,引领他们喜欢上科研,即使以后他们不从事亨廷顿舞蹈症方面的研究,只要他们在做研究,我今天所教给他们的一切就是有意义的。"

她并不在乎这些学生进实验室以后能帮到他们的课题多少,她只希望她和这间实验室能成为他们从事医学研究的起点。苏为安能有这样的胸怀和眼界当然是再好不过,但顾云峥同时察觉到了她话中的另一个重点,他重复了一遍她的话:"走过不少弯路?"

苏为安刚要摆摆手,故作潇洒地说"都过去了",却见顾云峥一副恍然的样子,说:"怪不得你想靠把弯路走遍来避免重蹈覆辙。"

"……"

顾老男人,你能不能不要这样随时体现自己的智商优越性?


而这一年也就要这样过去了。

医院的新年晚会,作为医院的重点科室,神经外科要出两个主持,一男一女,男主持的名额一贯给了杜云成,而女主持的名额,在温冉毕业之后,除了护士们,科里的女生也就剩下了苏为安一个。

脱下白大褂,苏为安换上了白色的小礼服裙显出了好身材,周围的人莫不惊艳赞叹,苏为安因此特意到顾云峥眼前晃悠了一圈,问他:"怎么样?"

小礼服裙是短款,裙摆将将到膝盖之上,露出笔直又白皙的一双腿,好看归好看,顾云峥的脸色却并不怎么好。

他斜眼睨她:"你?脑子里吧全是水,浑身上下就缺腿。"

他说着,伸手拉了一下她的裙摆,不够,又拉了一下,终于到了膝盖以下。

苏为安双手环胸，好整以暇地看着他，说："既然我那么缺腿，你还拉我裙子干什么？"

顾云峥头也没抬："怕别人看出来笑话你。"

"……"

顾云峥又仔细地打量了一下她的裙摆，小声念叨了一句："结婚的时候一定要订长款的婚纱。"

晚会上谁表演了什么节目顾云峥已经记不清，却记得苏为安说话时的每一个细小的表情。

她和杜云成都是主持，两个人有同台的机会，在候场的时候，因为苏为安的裙子短，天冷，她总是披着大衣，临上台的时候再脱掉，但她的手里还有提词卡，总会有些手忙脚乱。

杜云成见状，自然地伸出手去帮苏为安拿过提词卡，又替她拉住大衣的袖子方便她穿脱。

苏为安回首向他道谢："谢了！"

杜云成勾唇，道："何必跟我这么客气？"

当然要客气一些，她欠了杜云成那么多人情，除了客气也做不了别的了。

她刚回国的时候，杜云成几次三番地帮她；她入科之后，他又几次三番地帮她，尤其是……

尤其是她携带致病基因的消息公布之后……

不，在她去美国会议上发言之前，杜云成就已经在想方设法地进入课题组帮她，而在她携带致病基因的消息被公开的时候，杜云成并不意外。

她想问这件事已经很久了，只是一直没有合适的机会，现在他们一同候场，她似是随口提起："你是不是早就猜出了我携带致病基因的事？"

许是没有想到她会突然提起这件事，杜云成沉默了一瞬，随后道："也没有很早，只是那天院长面试之后，你和我说的那番话让我想了很久，关于你所说的难言之隐，能够让你退学的事情，再加上你的父亲患病，其实答案并不难猜，只是我始终不愿相信罢了。"

果然。

苏为安故作轻松地笑了笑，说："我也不愿相信。"

杜云成又是沉默，舞台上的表演者唱到精彩的地方，台下掌声响起，四下一时嘈杂，在这片嘈杂声中，苏为安听到杜云成问："为什么不告诉我？"

苏为安似是专注地看着外面的舞台，轻描淡写地道："都说了是难言之隐。"

"我不是说携带致病基因的事，退学那会儿被温冉和贺晓明抢了文章，为什么不告诉我？最起码在他们那样诋毁你的时候，还有我可以为你说话。"

这个问题苏为安没有想过，就像那个时候她从没想把这件事告诉给杜云成，至于其中的原因，苏为安想了想，说："大概是不想给你添麻烦吧。"

杜云成有些自嘲地笑了一下，原本告诉自己是没有意义的问题，此刻却忍不住问出了口："说是因为携带致病基因，因为不想给我添麻烦所以拒绝我，那又为什么会接受顾云峥？"

说完，又怕给已经和顾云峥在一起的苏为安增添负担，他解释道："我不是还想再向你争取什么，嗯……你就当是我不甘心输给顾云峥吧。"

提到顾云峥，苏为安的嘴角不自觉地带起一点上扬的弧度，玩笑道："我会接受顾云峥，是因为顾云峥不一样，别人只关心我飞得高不高，他还关心我摔得重不重，他很早就计算好了我会在哪里摔倒，会提前跑到那个地方，等着嘲笑我，所以这样想想，给他添麻烦真是一点也不觉得愧疚……"

杜云成闻言愣了一下，没有预料到会是这样的回答。

苏为安见他认真的样子，不禁笑了出来，说："我瞎说的，坦白说我没想接受顾云峥，也不知道为什么，那些在别人面前说不出口的话，却愿意说给他听，我拒绝不了他，又或许其实我们这一生，就是在找一个可以分享所有难言之隐的人吧。"

不是因为顾云峥做了什么，而是因为那是顾云峥，这就是她的回答。

杜云成看着苏为安，没有再问什么。

晚会的时间不长，三个多小时就结束了，虽然时间短，但礼堂里的气氛很是热烈，演出成功，参演人员和主持人相互拥抱庆祝，顾云峥就是在这样一片祥和的气氛中走向后台的。

见到他来了，苏为安开心地凑过去问："我表现得怎么样？"

虽然是个问题，但苏为安的表情上写满了"快夸我快夸我"。

顾云峥板着脸道："还可以。"

苏为安有些失望："就还可以？"

"开场第三句话愣了一下神，差点忘词，第二个和第三个节目串场险些背错节目名，最后收尾的时候声音有点抖……"

苏为安忽然有些后悔，她到底是为什么要问顾云峥这种问题？

她转头就要走，用行动告诉顾云峥，他已经失去了她。

下一刻，她却被顾云峥抓住了手臂，拉回了怀里。

他对她轻声道："知道我为什么记得那么清楚吗？"

她一愣，摇了摇头。

"因为这一场晚会，我看的都是你。"

听到顾云峥说这样的话，若说不心动那是不可能的，苏为安的气消了消，却还是嗔怪地瞪了他一眼，说："套路！"又问他，"给我照相了吗？"

"照了几张。"

苏为安不长记性，又问："怎么样？"

顾云峥笑了一下，说："照片描绘不了你的美。"

苏为安怔住，问："什么意思？"

"你不上相。"

"……"

回家。

穿着高跟鞋站了一晚上，苏为安的脚已经疼得不行了，之前在同事面前强忍着没有表现出来，出了医院立刻就想把鞋脱了光着脚走，顾云峥看到她疼得龇牙咧嘴的样子，不禁有些心疼地挤对她道："打肿脸充胖子，穿平底鞋不好吗？"

苏为安骄傲地一扬头，说："那不行，显不出我的大长腿啊！"

顾云峥的话是一如既往招恨："大长腿还需要穿高跟鞋才能显？"

"……"苏为安瞪着他。

却见他在她面前蹲下身去，说："上来。"

她把鞋脱了光脚走在马路上总归太危险了，他要背她。

意识到顾云峥的意图，苏为安迟疑了一下，问："从这儿走回家有十分多钟的路程，你背着我会不会累？"

顾云峥答得干脆："会。"

苏为安欢快地跳了上去。

沿着河边走回家，苏为安开心地趴在顾云峥的背上哼着歌，此时已经是深夜，河对岸突然响起一阵礼花的声音，苏为安抬头，只见硕大的烟花就那样绽开在天空中，她有些激动地拍了拍顾云峥，说："你看，放烟花了，跨年了！"

河畔的夜风拂过他们的发际，绚烂的礼花将天空渲染得亮如白昼，顾云峥停顿了脚步，将她从背上放下来，与她一同欣赏着景象。

苏为安的脸上还映着天空中五彩斑斓的火光，她叫他："顾云峥，许个新年愿望吧！"

顾云峥回答得没有丝毫犹豫："结婚。"

短短两个字，却让苏为安的心中一动，她故作嫌弃地道："俗气！"

顾云峥也毫不在意，只是问她："你呢？"

苏为安帅气地一撩头发，说："我这么有追求的人，当然是要研究出治疗亨廷顿舞蹈症的方法啊！"

顾云峥沉默了一下，忍不住打击她道："你这么说出来，不怕不灵了吗？"

苏为安一怔，说："是你先说出来的！"

"我是说给你听的！"

结婚这种事哪里是许愿求来的？他是在告诉她，他明年的计划。

"那……那我也是说给你听的，为了实现我的愿望，你要努力工作啊！"

顾云峥反应极快，说："这样吧，你实现我的愿望，我就帮你实现你的愿望。"

他倒是算得挺好，也不知道他哪儿来的信心。

苏为安睨他，道："要是你诓我，实现不了我的愿望怎么办？"

顾云峥将她搂在怀里，将她抵在河边的围栏上，俯身吻过她的嘴角，说："那我就活该照顾你一辈子。"

她为什么觉得……为什么觉得自己好像被算计了？

苏为安刚要反抗："你别骗……"

话还没说出来，已经被顾云峥以吻封唇。

但科研并不是一件你有能力就一定会有结果的事情。

近一年的时间，投入亨廷顿舞蹈症机制和治疗研究的苏为安屡战屡败，虽然接连几篇文章上了高分杂志，但同时，苏为安比谁都清楚，每发现一个新的分子就意味着可能有九十九个分子还不清楚，每算出20%的改善率就意味着这一组病人中，有将近一半的改善率要低于20%，他们的这些成果对真正的疾病治疗都是些不痛不痒的结果，有那么一段时间，她忽然不知道自己在做些什么。

短期内有多篇成果产出，苏为安和顾云峥引起了业界的持续关注，风头无两，会议的发言邀请纷至沓来，苏为安每天除了做实验，就是在准备会议发言的内容，会场发言于她而言已经驾轻就熟，她已不需要顾云峥再替她多操心什么，可越是准备，苏为安越是感到前所未有的绝望。

全国神经科会议上，苏为安和顾云峥成了最引人瞩目的新星。会场里，她看着台下那一张张带着赞叹和艳羡的面孔，听着那些赞美之词，脑子里忽然有一瞬的空白。不过是多发现了几个分子之间的联系，不过是验证了20%的运动症状改善，这并不能治愈或者逆转病情，就连延缓都做不到，为什么所有人已然欢欣鼓舞、心满意足？

周围被前来提问和寻求合作的学者包围，顾云峥逐一与他们交流过后，忽然发现苏为安不知道去了哪里。

他的目光飞快地在会场里环视了一圈，没有。

他随即出了会场，会场的大门刚一合上，他转头，只见门后的位置蹲着一个人，不是别人，正是苏为安。

她双臂抱膝，将头埋在里面，从她颤抖的双肩来看，应该是哭了。

这段时间来，他一直有察觉到她的情绪有些低落，随着他们的成果增多，她的状态却越来越差，虽然没有轻易和她讨论过这件事，但他能猜得出是因为什么。

这是一场拼尽全力也看不到头的马拉松，越跑就觉得终点离自己越远。

顾云峥蹲下身，轻拍着她的后背想要安慰她。

一个人的时候还能够努力克制住自己，此刻顾云峥在身边，苏为安终于没忍住，在介绍他们"突破性进展"的报告大会的会场门口号啕痛哭。

走廊里人来人往，听到哭声，路过的人总禁不住探究地看过来，顾云峥转到苏为安的前方，将她抱在怀里，用自己的身体挡住她，不让她被别人影响。

他不断地跟她说："会好的。"

若是往常，苏为安一定会假装相信地点点头，只是连续几个月的情绪积压在这里，今天终于没有办法若无其事地假装下去，苏为安对他道："你看到了我的细胞染色结果，你也看到了那些手术之后的病人随着时间的推移，那点聊胜于无的改善也在逐渐减低，我们已经那么努力了……"

是啊，他们已经那么努力了，为什么还是看不到终点？

顾云峥握住她的手，一字一句地道："科研从来不是那么容易的，每一个重大的突破都是几代人，甚至几十代人通过坚持不懈的努力，才触碰到的上天所给的那一束光。"

人类的历史大约三百万年，直到16世纪，维萨里才创建了近代解剖学的基础，使人们了解了人体的构成；19世纪20年代，人们才合成出解热镇痛神药阿司匹林；19世纪40年代，手术中才开始使用麻醉；就连他们现在在研究的脑深部电刺激手术，也是1991年才正式开始运用于临床治疗的。人类所走过的每一步，都是几代，甚至几十代人不断积累的结果，从来不是一件容易的事。

苏为安又何尝不明白这些，她忍不住对顾云峥道："有的时候我真的后悔，为什么要遇到你，如果不是因为你，我不会那么在意那些失败，因为我不会对以后的生活抱有那么强烈的向往，不会那么想要和你一起变老。"

可一次又一次的失败都在不断提醒她，她应该是不能了。

顾云峥看着她的眼睛，有些生气地说："不许再说这样的话，因为，为安啊，我一直觉得你的出现，就是上天给我的那一束光。"

苏为安抬头，正望进他墨黑的眼中，她只觉得这颗心仿佛在冰冷的深海被火燎过，乍寒乍暖，只觉得鼻翼有些发酸。

她听顾云峥继续道："为安，我们结婚吧！"

科研的路上有千难万险，如果真的能触碰到最后的光明是他们的幸运，如果不行，至少她还有他。

不好。

苏为安在心里是这样回答的。

可开口还没能说出一个字，眼泪就又流了满面。

他伸手替她擦掉脸上的泪水，捧着她的脸逼她与自己对视，声音近乎诱骗："答应我。"

她摇头。

他向她凑近了一点，重复道："答应我！"

她努力想要别开眼，深吸了一口气，艰难地又摇了摇头。

顾云峥又离她更近了两分，他用鼻尖抵着她的鼻尖，坚定地重复道："答应我！"

周围时不时有路过的人讶然地看着他们，而他全然不在意，只是认真地看着她，似乎只要她不答应，他就不会放她离开这里，他会一遍一遍地问下去。

苏为安终于无法回避。

是她的内心妥协了。

顾云峥由心底露出了一个笑，他不知道从哪儿摸出了一个戒指盒，打开，动作飞快地将戒指套在了她手上，原本他是想趁着她发言结束，庆功的时候大家心情好，向她求婚的，没想到发言之后苏为安的情绪直接崩在了这里，好在殊途同归。

他握住她的手，与她十指相扣，说："戴了戒指就是我的人了，不许再反悔。"

苏为安哽住，还是没说出一个字，只是低头看着手上的戒指，那种喜悦却又五味杂陈的心情让她的心里觉得沉甸甸的，下一刻身子一轻，她整个人被顾云峥抱了起来，转了一个圈，一向沉着、冷静、镇定、从容的顾副教授做出了这样不沉稳的举动，他开心地宣告："我要结婚了！"

顾云峥的人生计划果然从没有落空过，跨年时所说的"结婚"两个字，终于到了兑现的时候。

苏为安后来又试图和顾云峥聊了聊这件事，想劝他再慎重地考虑考虑，顾云峥对此采取的态度是……不听，他提醒她："说过不许反悔，我可是和主任报备过了!"

他完全不给她反悔的余地!

苏为安咬了咬后槽牙,从牙缝里挤出了几个字:"那就结吧!"

反正早就想好要和他一起度过余生,既然他也刚好有这个打算,那就结婚吧。

婚姻将会给予她的责任她都不会惧怕,但除此之外,关于她人生最重要的那个决定,她还是要留给自己。

她是这样下定决心的。

顾云峥的母亲顾美茹正巧这段时间回了国,顾云峥和母亲约好了时间,要带苏为安过去和她见面。

顾美茹是外交官,苏为安曾经在电视新闻上看到过她好几次,隔着一层屏幕,苏为安只觉得这位阿姨端庄大气中又带着一种特殊的威严感,气场很强,因而在见面之前,虽然顾云峥几次告诉她不用担心,她还是很紧张。

事实证明,她的感觉没有错,顾美茹的气场的确很强,苏为安和顾云峥赶到饭店的时候,顾美茹正坐在那里喝茶,就这样简单的一个动作,举手投足之间,在这家嘈杂的饭店里成了独特的景象,似乎在她的身边,世界都变得安静下来。

顾云峥牵着苏为安走到顾美茹的身边,叫了一声:"妈。"

顾美茹抬头,见到是顾云峥,笑了一下,视线稍偏看到他身边的苏为安,微笑着站起了身,目光在她的身上蜻蜓点水般扫过,随后直视着为安的眼睛,柔声道:"你就是为安吧?云峥总和我说起你。"

苏为安应声:"阿姨好,我是苏为安,这是给您准备的一点礼物,请您收下。"

苏为安说着,将手里的袋子递了出去,顾云峥在一旁对母亲道:"和为安说了不用准备这些,她不听。"

顾美茹嗔怪地瞪了一眼儿子,说:"那是人家比你懂礼貌。"

点菜吃饭。

席间顾美茹并没有对苏为安的情况多加追问,毕竟是要结婚的对象,顾云峥在电话里已经将大部分的信息告知,顾美茹是外交官,苏为安也环游过世界,两个人聊起各地的风土人情,倒是好不热闹。

说到巴黎的时候,顾美茹的眼里透着怀念,说道:"我年轻的时候在巴黎待过很短的一段时间,很喜欢那里的氛围,自由而浪漫。"

苏为安点头应和:"的确如此。"

一直没有插上话的顾云峥,在这个时候终于忍不住失笑着拆穿苏为安:"说谎!在中非的时候你明明说你一点也不喜欢巴黎!"

"……"

她狠狠地瞪了一眼顾云峥,多嘴!

巴黎的氛围当然是很好的,她不喜欢巴黎,只不过是因为她孤身一人身患绝症,和其他人形成了对比好不好?

两个人的眼神交流让顾美茹不禁莞尔,为了避免苏为安尴尬,她没有再聊巴黎,倒像是突然想起了什么,问道:"对了,云峥说你们是在中非认识的?"

"嗯,虽然之前在华仁医院就见过,但确实是在中非正式认识的。"

顾美茹的笑意更深,说:"缘分的事最有趣了。"

她的眼神有一瞬的飘忽,大概是想起了些陈年往事,笑意也渐渐淡了下去,苏为安忽然想起顾云峥曾说过,当年顾美茹就是在中非的时候和杜院长离的婚,苏为安忽然有些担心触碰到了顾美茹的伤心事,正准备赶紧转变话题,却见顾美茹抬起了头,笑着问道:"准备什么时候结婚?"

聊了这么久,终于说到了今天的主题,苏为安事先没有想到顾美茹会直接问到结婚的时间,不禁坐直了身体,想了想,还是慎重地向顾美茹道:"阿姨,我不知道云峥有没有和您提起过,但有件事我还是要当面向您说明。"

顾美茹是何其聪明的人,见到她这样已经猜出了她要说什么:"你是说亨廷顿舞蹈症的事?"停顿了一下,她看了一眼顾云峥,"云峥的确和我说了。"

她这样说,苏为安一时竟不知道该说些什么了,思来想去,索性用最直接的方式问道:"我不知道您会不会介意这件事。"

顾美茹手上在拨弄着碗里的汤匙,似是不经意般问道:"如果我说介意呢?"

苏为安抿了抿唇,既然问了这样的问题,她必定已经做好了准备,于是说:"那我会和顾云峥再好好谈一谈结婚这件事,虽然结婚的是我们,但也不应该给父母造成负担。"

顾美茹放下汤匙，抬起头直视着苏为安，一语道破："你是不是不想结婚？"

苏为安一怔，本能地道："我不是……"

顾美茹看着她，没有说话。

苏为安解释道："我没有不想结婚，我只是有些害怕，害怕自己的特殊情况会给云峥和他的家人带来负担，反正这辈子除了顾云峥，我也不会再想和其他人度过余生，有没有婚姻这一纸文书并没有区别，可一旦结了婚就是责任和承诺，我只怕成全了自己，连累了他。"

携带亨廷顿舞蹈症致病基因终究是一件大事，她没有想要隐瞒，坦白而真诚地说出了自己的想法，虽然听上去显得有些摇摆和犹豫，但这的确是她最真实的心情，而更重要的是，顾美茹能看得出她的小心和谨慎是出于对顾云峥的在意。

顾美茹轻舒了一口气，唇角微微上扬，笑意很淡，却很温暖，她对苏为安道："只要是真心想在一起就不必害怕，这世间有那么多健康的人终成怨偶，反倒是你们，应该更知道彼此的可贵。"

顾美茹和顾云峥父亲结婚的时候，所有人都一致看好，高知家庭、郎才女貌，在所有人的眼里，他们都再般配不过，可这场婚姻最终惨烈收场，事到如今她并没有什么可怨恨的，只是看得越多、经历得越多，她越发明白找到一个条件相当的人容易，但找到一个不计代价想要度过一生的人很难。她很了解自己的儿子绝非冲动行事之人，敢做出这样的决定，必然也有承担后果的能力，比起杞人忧天地担心他往后会不会吃苦，她更庆幸他找到了属于自己的那个人。

苏为安来之前做好了面对各种挑剔的准备，毕竟即使再宽容、再开放的家长，就算勉强表示可以接受她会得亨廷顿舞蹈症的事，终究心里也不会情愿，她一直觉得顾美茹没有对她多说什么，只是因为她的好修养，还有顾及顾云峥的心情，却怎么也没有想到顾美茹会是这样想的，在这一刻，苏为安只觉得眼眶有些发热。

顾云峥在桌子下面握住她的手，轻声对她道："我和你说过的，不用担心，我妈她很好相处的，因为我们都觉得你值得所有的善意和真心。"

## 第十三味药 愈心人
*Healer*

关于婚礼，苏为安只想要一个小型的就足够，不想太过张扬和铺张，所以准备起来倒是轻松了不少。顾云峥将结婚的时间初步定在了下下个月，具体时间则由双方家长碰面后具体商量。

因为照顾苏父的身体状况，顾云峥特意挑了离苏为安父母家很近的饭店，原本以为会有些尴尬的场面，没想到两位母亲意外投缘，顺带着连婚礼的菜样都考虑了一遍。

一下午的时间很快过去，顾美茹看得出苏父已经有些累了，因而道："已经不早了，你们快回去休息吧，我下个月会再回来一趟，婚礼的细节我们可以到时候再商量。"

"我们家为安……"苏母看向苏为安，恨铁不成钢地叹了一口气，"以后要给您家添麻烦了，还请您多包涵。"

苏母原本是想说苏为安的性格有些冒失，以后过起日子来估计是个不省心的主，让他们多多担待，顾美茹看到苏母的神情，对苏母没说出来的那句话，很自然地联想到了苏为安患病的事，她摇了摇头，认真地道："没事的，既然两个孩子已经决定了，往后在一起好好过就是了，就算为安真的发病了，云峥照顾她也是天经地义的，谈不上添麻烦。"

原本是宽容又体贴的一番话，没想到苏母听完竟是一脸错愕，她震惊地看着顾美茹，半晌，才艰难地问出那句话："你说……什么？"

苏为安心里一紧，赶忙上去解释道："阿姨刚才就是说让我们好好过，没什么添麻烦的，爸是不是很累了？我们快带爸回家吧！"

她说着就要去推父亲的轮椅，却被母亲制止住，苏母注视着对面的顾美茹，严肃地道："您刚才说什么？为安发病？为安发什么病？"

来之前顾云峥曾经和顾美茹说过，不要和苏为安父母提起苏为安患病的事，她当时只是以为有失礼节，的确不应该把别人的痛处拿出来说，所以也是到了最后听苏母说了那样的话，才表明一下自己的态度，让苏母不要有顾虑，可她怎么也没想到，苏母似乎……似乎完全不知道苏为安患病的事。

她做了这么多年的外交官，原本以为没有什么突发情况是她无法体面处理的，可此刻面对着且惊、且惧、且怒的苏母，一时之间竟不知道该说什么。

顾云峥赶忙解围道："我妈她说错了词，她只是想说为安发脾气的时候，我应该迁就为安、照顾为安。"

可这样的话又怎么能骗得过一向敏锐的苏母，她没有和顾云峥多纠缠，只是沉声叫住自己的女儿："苏为安，你说！"

"我……"事已至此，再糊弄已经没有可能。坦白说，苏母的心里必定已经有了猜测，苏为安轻叹了一口气，环视了一下四周不明所以看着他们的人，示意苏母道："妈，我们回家说吧。"

苏母没有说话，是同意了。

回家。

顾云峥有些担心苏为安，想要跟过去，却被母亲拦了下来，顾美茹冲顾云峥摇了摇头，这是苏为安和父母之间的事，有些话，他在他们反而不好说。

顾美茹所想的没有错。

勉强坚持到回家才爆发已经是苏母的极限，房门一关，苏母立即质问苏为安："到底是怎么回事？"

苏为安试图先让母亲冷静下来，说："妈，你先别急……"

"快说！"

苏为安没有办法，轻叹了一口气，想着伸头缩头都是一刀，索性快

229

刀斩乱麻："我做了基因检测，携带亨廷顿舞蹈症的致病基因。"

死寂。

苏母的腿一软，向后跌坐在了沙发上。

即使从听到顾美茹话的那一刻就已经有了猜想，可当苏为安亲口承认，苏母还是震惊得说不出话来。

和她同样震惊的还有苏为安的父亲，原本自己得病拖累家人，这个一家之主就已经说不出地自责，此刻得知女儿也被自己遗传上了同样的疾病，愤怒和内疚一齐涌上心头，他一拳狠狠地砸在了轮椅的扶手上，苏为安赶忙去拉住父亲，又看着母亲，急着安慰他们道："你们别着急啊，我这不还没发病吗？"

苏母愤怒的声音中已经带了哭腔："你是什么时候检测出来的？为什么不告诉我们？"

苏为安抿了抿唇，想了想措辞才道："当初退学之前就去做了检测，那个时候爸他刚发病不久，我不想给你们添堵。"

苏母的眼中已经有泪光，说："那你回国之后为什么也不说？这是多大的事啊！连顾云峥的母亲都知道，我们还要从外人的口中得知这种事！"

苏为安走到母亲身边，安慰母亲道："结婚是大事，我有义务让顾阿姨知道她儿子要娶的是什么人，但对你们，我不想让你们再替我多担心，你看，我现在不是挺好的吗？做着自己喜欢的工作，要和自己喜欢的人结婚了，没准哪天真研究出来了亨廷顿舞蹈症的治疗方法，到时候左手专利财源滚滚，右手诺贝尔奖名声在外，哇，那真是名利双收啊！"

苏为安说着，露出了一个心驰神往的表情，仿佛人已经飞到了领奖台上。

苏母又何尝不知道女儿是在故意安慰自己，她没有接话，只是问："顾云峥呢？他真的不在意你可能会得病这件事？"

苏为安笑了一下，说："他怎么会不在意？他比我还想研究出亨廷顿舞蹈症的治疗方法！"

"你叫他来，我有点话要问他。"

因为担心苏为安，顾云峥在他们走后选择留在饭店里等她，接到苏为安的电话说苏母有事要找他，他在心里已经猜到苏母想要问些什么，在五分钟之内赶到了苏为安家。

他会这么快地出现，苏为安也很是惊讶。

既然来了就是要说正事的，苏为安让他坐在旁边，许是觉得气氛有些沉重，故意用插科打诨的语气对母亲道："领导可以开始讲话了！"

苏母却是板着脸，对苏为安说："你先出去。"

苏为安一愣，问："什么？"

苏母的表情格外严肃："你先出去，我和你爸要单独和顾云峥谈。"

苏为安其实并不想离开，可她也看得出母亲在努力压抑着自己的情绪，这个时候，她除了尊重母亲的决定，也没有其他办法。

只剩下顾云峥和苏为安的父母在屋里，顾云峥知道这场谈话的分量，也没有急于表达什么，只是等着苏母开口。

"上一次你跟着为安一起来我们家，我们才知道你们在交往，这一次亲家见面，我们才知道自己的女儿携带亨廷顿舞蹈症的致病基因，我们可能是这个世界上最不称职的父母了。"

"阿姨，您别这么说，为安她就是怕您这样难过，才没有和您说她患病的事。"

苏母蹙眉，问："你是什么时候知道这件事的？"

顾云峥照实答道："在我们交往之前，算起来我应该是除了她自己以外第一个知道的人。"

不是在交往之后才知道的，那就不是因为不好意思说分手才勉强下来的。

还好。苏母长叹了一口气，说："你是医生，得了这个病会是个什么光景，你应该比我们更清楚。"

顾云峥没有立即回答，默认了苏母的说法，就像他曾经对苏为安所说的一样，他可以把亨廷顿舞蹈症的国际指南背给他们听，但这些都不重要。

苏母继续道："为安他爸就坐在这里，我想应该没有人比我更合适来对你说这些，你真的有信心能照顾为安吗？"

顾云峥没有丝毫犹豫，说："我有，就像您刚刚所说的，我是医生，我很了解这个病，照顾为安这件事应该也没有人比我更合适，我不会轻易许诺永远，只怕这份承诺显得太轻，可为安是例外，对为安，我永远有信心。"

苏母看着这样坚定的顾云峥，忽然说不出话来。

说实话，叫他过来的时候，她曾想过取消他们结婚这件事，知道自己携带致病基因就已经很糟糕了，如果那个时候发现自己遇人不淑再被抛弃，那为安该怎么面对接下来的人生？与其这样，不如就让为安和她在一起，为安是她的女儿，就算再苦再累，她也一定会照顾到最后。

她做了最坏的打算，就算为安会因此埋怨她也没有关系，作为一个母亲，她总要保护自己的女儿不要受伤。

可顾云峥这样平静、从容又坚定地告诉她，他有信心。

她想象不出他的这份信心是从哪里来的，可她确确实实地感受到了，他并不是一时冲动才会这样说，而是她所提到的这些，他早已考虑过不知道多少遍，他很确信他的答案。

他可以。

她沉默了许久，才对顾云峥开口道："坦白说，如果从你的角度考虑，我不会赞同你和为安结婚，因为这对你的人生来讲将会是太大的负担，可作为一个母亲，我又很自私地希望自己的女儿能够找到一个人替我们照顾她、珍惜她，我知道这对你并不是很公平，但是……"

顾云峥能看得出此刻苏母内心的矛盾，他认真地道："在我还没有办法用行动为自己证明什么的时候，你们仅听我说了几句话就肯信任我，将为安托付给我，我已经很感激了。"

苏父轻咳了一声，说："其实……也没有很信任……"

毕竟说话总是容易的，并不是所有人都能将自己的承诺兑现。

顾云峥倒也没有在意，说："没关系，我们来日方长。"

顾云峥从苏为安家里出来的时候，苏为安已经在门口焦虑地转了几十圈，见他终于出来，她赶忙走到他身边，用眼神问他发生了什么。

顾云峥勾起唇角，伸手抱住她，也没有多解释什么，只是说："就要结婚了，最近多陪陪阿姨吧。"

原本有很多想问的，可被顾云峥拥在怀里的这一刻，她又什么都不想问了。

她打趣他道："你这话说得，倒好像结了婚以后我就不能陪我妈了一样。"

顾云峥闷声道："结了婚以后，你要多陪陪我。"

"上班在一个单位,下班在一个家,你也不怕腻!"

顾云峥轻笑了一声,说:"我乐意!"

回到家里,苏为安走到沙发前,坐到了母亲的身边,她看得出母亲的神情虽然比之前缓和了些许,却仍旧透着沉重。

她靠在母亲的身上,安慰她:"妈,你放心,云峥他不是那种不靠谱的人,既然决定结婚,我也有我的人生规划,您不用担心我的。"

苏母轻叹了一口气,说:"顾云峥的确让人感觉可靠,最重要的是他是真心想要和你结婚,把你交给他总比交给别人要放心很多。"

苏为安笑了一下,说:"有的时候我都觉得顾云峥眼神不大好,他有最好的条件和最光明的前途,我一个身患绝症、前路未卜的人,他怎么就一眼盯上我,非和我死磕了?"

听到女儿这样说,苏母只觉得说不出地心疼,她抱住苏为安,一字一句地道:"我女儿人美心善又能干,知道和你死磕算他有眼光!"

但并不是所有人都是这样想的。

下班的时候,顾云峥带着苏为安去找了他的父亲杜院长,送过去了一张结婚请柬。结婚的事他事先并没有与杜院长商量,这次来送结婚请柬也只是因为毕竟是他的父亲,将结婚的事当面告知也是尽了为人子女的本分,但杜院长究竟会不会去参加他们的婚礼,顾云峥的态度是无所谓。

眼看着拿到请柬的杜院长脸色越来越暗,苏为安已经明白了他的态度。

果然,只见杜院长绷着脸问顾云峥道:"你什么意思?"

顾云峥轻描淡写地道:"我们要结婚了,来告知您一声。"

杜院长手上掂着请柬,问:"就这样?"

顾云峥眼也未眨,答:"就这样。"

杜院长将请柬摔在桌子上,说:"我不同意。"

顾云峥面无表情,说:"我知道了。"顿了一下,又说,"我们不打扰了。"

顾云峥说完,牵过苏为安,转身离开。

这场对话没有善终,所以午休时间被杜院长单独找过去的时候,苏为安也没有丝毫惊讶。

站在院长办公室里,她先是恭恭敬敬地叫了一声:"院长好。"

杜院长公务繁忙,没有时间和她寒暄,开门见山地道:"我不同意你和云峥的婚事。"

苏为安点头,道:"我知道。"

杜院长态度坚决:"虽然这段时间以来,你工作上的成绩我也看在眼里,我也相信你有一定的能力,但婚姻与工作是两回事,无论如何,我不能眼睁睁地看着自己的儿子娶一个会得亨廷顿舞蹈症的人,云峥他一向重情重义,取消婚礼这事就由你来说吧。"

杜院长三两句话就把取消婚礼的事情都安排好了,苏为安看着此刻身为"慈父"的杜院长,忽然不知道该说什么。

杜院长签完一个文件,抬起头来看向她,向她确认道:"你会取消婚礼的,对吧?"

苏为安回答得没有丝毫犹豫:"不会。"

杜院长的眉心打了一个结,问:"你说什么?"

苏为安神色未变,说:"您作为院长,我从专业的角度上尊重您,但如果您作为顾云峥的父亲,不好意思,我没什么合家欢情结,不会为了顾云峥自己都不想提起的父亲,就放弃那么喜欢的人。"她停顿了一下,迎着杜院长震惊中带着恼怒的目光道,"我下午还有实验要做,先向您告辞了。"

顾美茹接到越洋电话的时候正在办公,电话一接通,就听到杜院长有些恼怒的声音:"顾云峥胡闹,你怎么也同意他这么胡闹?婚姻大事怎么能这样儿戏?"

顾美茹将电话拿得离耳朵远了点,等到电话那边的人一通吼完,才不紧不慢地说:"云峥他从没有把结婚当儿戏,反倒是你这副想在背后操控的态度,似乎并没有尊重他的决定。"

"我的话他不肯听……"

"那你有没有想过是为什么?"

杜院长咳嗽了一声,没有说话。

顾美茹轻叹气,说:"这么多年来,无论是你还是我,都未曾真正地陪伴在云峥身边尽过父母的职责,但云峥一个人也成长得很好,他完全可以为自己的人生做这样的决定,而我们作为父母,没有资格在这个时候对他的人生横加干涉,我们为数不多能为他做的,大概就是支持。"

许是还在思考她的话,杜院长没有立即回答,听顾美茹继续道:"我还有工作,要是有事的话婚礼的时候再聊吧,要是不喜欢云峥的决定就别去婚礼,但不要做什么事情去干涉他们。"

顾美茹说完,挂断了电话。

杜院长最终没有出现在婚礼现场,对双方而言,这或许是两全其美的结局。

小型婚礼是在一片户外的草地上举行的,天真蓝,草正绿,白色的婚纱、粉色的气球,阳光和暖、微风拂面,所有的一切都刚刚好。

全场的亲戚朋友加起来只有三十多个人,在他们祝福的目光中,苏母推着苏父的轮椅,而苏父牵着苏为安,一步一步地向顾云峥走去。

因为有上次主持新年晚会的小礼服裙做前车之鉴,这次选婚纱的时候顾云峥严格把关,上要在锁骨以上,下要在膝盖以下,苏为安索性选了一条长摆的鱼尾裙,此时看着苏为安凹凸有致的曲线,顾云峥忽然有些后悔这个决定。

他自然希望苏为安在婚礼上是最美的样子,可他又有一点自私地想要把这样的她藏起来,是那种很强烈的占有欲。

他从苏父的手中接过苏为安的手,牢牢地握在手里。

宣誓。

面对着苏为安,顾云峥一字一句说得认真:"为安,在中非第一次见到你的时候,我觉得你固执、逞强、自以为是,可不知什么时候,这些在我眼中都变成了你执着而勇敢的闪光点,我不知道自己会喜欢你,可我想和你在一起,我不懂爱情,但我爱你,我不喜欢肉麻的话,所以这句话我这辈子只会说这一次,苏为安,无论富贵贫穷,无论健康疾病,无论顺境逆境,我永远都会陪在你身边。"

和顾云峥在一起的时间其实已经不短,朝夕相处的两个人,苏为安原本以为婚礼也不过是个仪式,可当听到顾云峥的话,她只觉得眼窝子一浅,险些当场掉下泪来,原本觉得俗套的誓词,却字字砸在了她心窝里。

她强忍着没有哭出来，声音却染上了几分哭腔，她说："顾云峥，我见到过巴黎的夕阳，捕捉过伦敦的晚风，体验过巴西的雨林，感受过中非的烈日，我想，这世界也没什么了不起，除了有你。我会珍惜能够和你一起度过的每一天，无论富贵贫穷，无论顺境逆境，我会努力……"

不提疾病、不说永远，这是她给自己保留的那一点点余地。

顾云峥打断她，向她强调："永远！"

苏为安顿了一下，说："努力……"

顾云峥比她还要固执，说："永远！"

面对这样执着的顾云峥，苏为安心里的坚持再多，看着他却通通都说不出来了。

她原本想说虽然他是有责任心的人，但她希望自己永远不会变成他的责任。

虽然他是有担当的人，但她希望自己永远不会变成他的负担。

顾云峥看穿了她所有的想法，他的声音很轻，近乎哄骗，语气却是坚定，他说："告诉我，你会永远陪在我身边。"

苏为安轻眨了一下眼，眼泪掉了下来。

她轻声重复："我会陪在你身边。"

顾云峥终于露出了一个笑。

婚礼之后，顾云峥和苏为安没有请假去度蜜月，坚持每天按时出勤上班，大主任王焕忠刚要在科里郑重地表扬他们认真工作的态度，顾云峥在这个时候提出要让苏为安停半年的基础实验，理由言简意赅——备孕。

对生孩子这件事，苏为安和顾云峥的计划倒是难得同步，都是想着越快越好，顾云峥只是单纯地想要尽快有一个孩子，这样不管未来发生什么，苏为安都可以有更长的时间去和孩子相处。但苏为安同时想到的，还有她亨廷顿舞蹈症致病基因50%的遗传概率，因此她在考虑借助辅助生殖技术来确保孩子不携带致病基因。

但还没等她了解清楚，苏为安就发现自己怀孕了。

喜悦和担忧紧紧地缠绕在一起，苏为安了解基因检测，在这样早的月份做这样的检查对母体和胎儿来说都存在不小的风险，顾云峥终究是有太多的担心和不忍,他犹疑道:"为安,无论有没有携带亨廷顿舞蹈症致病基因,这个孩子都是上天给我们的礼物,也许我们应该遵循上天的意思,怀着感恩之心接受?"

苏为安却异常清醒地告诉他:"对我们可能是一个礼物,对这个孩子的人生却是一场灾难,第三代亨廷顿舞蹈症基因携带者的发病时间能提前到多少岁,你应该最清楚,我不想让孩子以后恨我们!上一次做基因检查时,我是一个人去的,我永远都记得那时的恐惧,这一次,你陪着我,好吗?"

她的语气坚定,看向他的眼神中却带了些许哀求之意,顾云峥拒绝不了她,只能陪着她一起去预约了基因检测。

完成了基因检查,之后等待结果的几天漫长得像是几年。

顾云峥能看出苏为安的紧张和不安,但因为怕影响到肚子里的孩子,她每天强迫自己按时按点按量吃饭和休息,顾云峥心疼地抱住她,却说不出任何安慰的话,因为他知道这些话很苍白,50%的概率,就像扔一枚硬币的正反面,无从预测。

万幸的是,孩子是健康的。

拿到这个结果,苏为安无法描述自己的心情,只觉得世界仿佛一下明亮了起来,她抱住顾云峥,开心得像个孩子。

月份大一些的时候,苏为安和顾云峥知道了孩子的性别,是个男孩。

倒不是他们特意要问,而是因为做了基因检查的后遗症,顾副教授怕孩子有意外,开始自行钻研产科专业,在苏为安做超声检查的时候自己看出来的。

苏为安打趣他:"我觉得我要是再得几种病,搞不好能把你培养成全科专家。"

顾云峥瞪她:"你敢!"

顿了顿,他又说:"我们给孩子起个名字吧?"

苏为安激动地道:"我来起我来起!"想了想,"顾……宇溯?"

"……"

顾宇溯,顾与苏,她倒是省事!

偏偏苏为安很满意地道:"既有你又有我,多好!"

虽然她起名的心意是好的,可这名字的确有些奇怪,顾云峥循循善诱:"孩子的名字最好立意高远一些,能体现出一些理想和志向。"

苏为安沉思了一下,恍然被点醒:"我知道了!顾智亨!"

治疗亨廷顿舞蹈症,这的确是他们的理想和志向。

"……"他看着一脸欣喜的苏为安,忍了忍,忍了又忍,终于认命地抱她入怀,"就顾宇溯吧。"

对苏为安,顾云峥怎么舍得打击她为孩子起名的热情?可再说下去,不知道苏为安还能想出什么幺蛾子,为了避免以后孩子会有怨恨,他也只能在两个不好描述的名字里强行挑出一个相对较好的。

偏偏苏为安对此浑然未觉,她得意地一笑,眼里还放着光:"是吧,我也觉得顾宇溯更好!"

顾云峥看着她此刻向往又期待的模样,什么扫她兴的话都说不出了,只得轻叹了一口气,心里想的满满都是:好好好,你说好就是好的。

他俯身吻在她的额头上,就在这时,苏为安觉得肚子里的孩子踢了她一脚,她兴奋地道:"他动了!他一定也很喜欢这个名字!"

顾宇溯表示:"……"

苏为安的孕期日记——

今日给宝宝起了名字。

顾宇溯。

希望不管以后发生什么,宝宝会记得,爸爸和妈妈永远和他在一起。

# 尾声一

几个月之后,孩子顺利出生。

身体恢复得差不多时,苏为安回到实验室和顾云峥又进行了更多的研究,断断续续地也取得了一些进展。

几年如一日的坚持,让他们在圈内获得了应有的名气和口碑,让苏为安最为欣慰的是,越来越多的学者开始关注亨廷顿舞蹈症的研究,越来越多的学生愿意选择这个原本小众的研究方向。

年会的时候,苏为安的发言被破例提到了大会的第一场,在所有教授之前,这一场报告她做得精彩纷呈,赢得了全场的掌声。

临近结束,她面对在场的所有人道:"这些看似重大的成果,其实不过是研究进程中很小很小的一步,我先生曾跟我说,每一个重大的科研成果都是经过很多人坚持不懈的努力,才触碰到的上天所给的那一束光,所以,为了让以后的亨廷顿舞蹈症病人不再经历像我所经历过的那般绝望,我会坚持做下去,希望终有一天,人们可以看到上天所给的那束光,即使我可能已经看不到那天的到来。"

## 尾声二

*Healer*

顾宇溯一直觉得他妈对他有些误解。

比如他妈一直坚定地认为他很喜欢他的名字。

再比如他妈觉得他很坚强,没妈也能活蹦乱跳地长大。

是以他妈因为私自注射实验药物罹患恶性肿瘤去世,还把遗体捐给了医学研究的时候,顾宇溯有些郁闷。

虽然顾宇溯他爸为此已经闹心了很多年,但为了引导他正面看待这件事,他爸给他讲了很多名人的事例。

德国医生福斯曼成功将导尿管插进了自己的心脏,发明了心脏导管术,获得了1956年的诺贝尔医学奖。

澳大利亚医生罗宾·沃伦亲口喝下幽门螺旋杆菌,成功验证其可以导致消化道溃疡,获得了2005年的诺贝尔医学奖。

我国科学家屠呦呦用自己以身试药,因为成功提取出青蒿素,获得了2015年的诺贝尔医学奖。

而顾宇溯他妈给自己注射实验药物,卒。

总结这件事,顾宇溯他爸得出一个结论,顾宇溯他妈运气不大好。

由于从小一放假就被他妈带到实验室去陪她工作,顾宇溯很少去公园、动物园、博物馆和游乐场，导致顾宇溯长大以后的人生理想有很多，比如环游世界，比如去考考古、找个文物，再比如当个富豪之类的，唯独对医学这茬事没什么兴趣。

高考报志愿的时候，他毫不犹豫地填了金融专业，他爸看了看，对他说："你的运气随你妈，一向不大好，这种投机倒把的事你干不了，学医吧。"

后来分专科的时候，他原本想选个儿科拯救一下祖国的花朵，他爸看了看，对他说："你的性格随你妈，一向不会说话，这种考验沟通的活你干不了，学神经科吧。"

再后来选课题的时候，他已经看好了血管方面的项目，他爸看了看，对他说："你……"想了想，编不下去了，他爸索性直接说，"我的亨廷顿舞蹈症课题缺人干活，你先过来给我把课题结了。"

"……"

顾宇溯毕业的那一年，他爸心情一好，打了个报告，申请去援非了，剩下一摊子事都扔给了他。

他爸妈参与研发，也就是他妈私自注射的那个基因编辑药物GHS380在改进、改进，再改进之后，终于通过了Ⅲ期临床试验，被批准上市用于早期亨廷顿舞蹈症的治疗，这是世界上首个获准上市的基因编辑类药物，对整个学术圈都是地震级的影响。

这个药物上市之后，接连收获了各界的肯定和国家级奖项，颁奖的那一天，顾宇溯代替去援非的父亲，以共同研发者的身份站在了台上。

内科的秦主任作为后期临床试验的主要组织者，代表获奖者讲话："这个药物能有这样的成绩，除了感谢我们整个研发团队的辛苦付出之外，更要感谢患者们的信任。我还记得我们第一代药物的第一次临床试验中，实验组的八名患者中，有五名在短期内就罹患了恶性肿瘤离世，那场实验的结果对我们整个团队而言几乎是毁灭性的打击，患者们却主动提出捐赠遗体用作进一步的研究。如果不是当年所有患者的支持和牺牲，我们不可能这么快突破难关。今天我们请到了当年那八位患者的家属来到现场，借这个机会，我们想再次向他们表示感谢。"

当年那八名患者家属受邀来到台上，一一与秦主任握手，台下掌声阵阵。

顾宇溯原本是以一个近乎观众的身份站在旁边，没想到这时，与秦主任打过招呼的患者家属们紧接着向他走了过来。

为首的奶奶带着最和善的笑意向他打招呼："你是小溯吧？你还记得我们吗？"

顾宇溯一怔。

一旁的爷爷道："你小时候你妈妈老带着你到医院来，我们带家里人去看病的时候常常看到你，一转眼都长这么大了，也是一名医生了。"

刚才的奶奶接话道："谁说不是呢，你妈妈看到了应该会很欣慰吧！"又是重重地一叹气，"可惜她也不在了，她当年还那么年轻。"

爷爷也叹了一口气，说："我还记得当年人体试验久久批不下来，所有人都在期望与失望中饱受煎熬，听说你妈妈最终用自己做了第一个人体实验的时候，我们都惊呆了，如果不是因为看到你妈妈做出那样坚定的选择和牺牲，我们家那位可能也不会想去参加那次的临床试验，虽然当初的结果并不算好，但我们没有后悔过当初的选择，也未曾因此心生怨恨，就像你母亲常说的，能成为研究亨廷顿舞蹈症治疗道路上的一个小石子，让后人触碰到今天的这道曙光，我们也已经心满意足。"

礼仪引领他们在台上站成了一排，舞台上，聚光灯对准他们，台下是掌声热烈的观众，顾宇溯看着眼前的这一切，思绪却顺着那些爷爷奶奶的话飘回了很久之前的小时候，他还记得在实验室里，母亲指着蛋白电泳上一条很淡很淡的带，高兴地对他说："小溯，你快看，这个药有效了，致病蛋白真的减少了！"

那时候母亲说的是个什么药来着？

好像就是GHS系列的前身药物。

颁奖的音乐响起，舞台的投影上展现的是对GHS380研究历程的介绍，屏幕上母亲的照片一闪而过，顾宇溯环视着四周，不知为什么，又像是回到了很多年前医院里那间狭小的实验室，仿佛又看到了母亲忙碌的身影。

在这一刻，仿若有光照了下来，顾宇溯忽然觉得好像这么多年来，母亲从未离开过。

（正文完）

## 番外一

### Healer

顾宇溯小朋友从幼儿园回来就有点闷闷不乐。

苏为安追问其原因,只见小朋友的眉头皱着,小脸纠结成了一团:"今天在幼儿园里,小北说,他妈妈说你有舞蹈症,什么是舞蹈症啊?"

苏为安和顾云峥同时震惊。

两个人对视了一眼,苏为安蹲下身,还是没有选择回避。

她揉了揉顾宇溯软糯的小脸:"就是一种病,得病了以后就会一直跳舞,跳啊跳……"

顾宇溯撇嘴,"可是爸爸说你跳舞一点也不好看,你能不跳吗?"

"……"苏为安看着如同她的冤家一般的一对父子,半响憋出了一句,"我努力。"

顾宇溯眨巴着眼,又问:"他们还说你得了这个病会死,妈妈,什么是死啊?"

苏为安有片刻迟疑,还是尽可能坦诚地回答道:"就是不在这个世界了。"

顾宇溯哇的一声哭出来。

老母亲苏为安摸着孩子的脑袋,用最温柔的语气说:"小溯,总有一天妈妈和爸爸都会不在这个世界的,但小溯你是坚强又聪明的孩子,一定能成长得很好,对不对?"

还有他爸的事?

顾宇溯停顿了一秒,随即哭得更大声。

顾云峥只觉得头疼,揉了揉额角,俯身将顾宇溯抱起来。

顾宇溯搂住他爸,顺手在他爸的白衬衫上糊了一把鼻涕。

顾云峥睨了苏为安一眼:"你说自己就说自己,带着我干吗?"

苏为安狡黠一笑:"我这不是怕他听说以后我可能不在,偏心不喜欢我了嘛……"顺嘴拉他垫个背。

在科研上她比不过顾教授,但儿子的心她可不能丢。

苏为安从兜里摸出了一块糖:"小溯,你看这是什么?"

顾宇溯果然被彩色的糖果吸引了目光。

苏为安趁他分神不哭了,伸手替顾宇溯擦掉脸上的鼻涕和眼泪,却又忍不住逗他,问出了那个经典问题:"小溯,你喜欢妈妈,还是喜欢爸爸啊?"

苏为安说话的时候,晃了晃手里的糖。

顾宇溯看了看自己亲娘,又看了看亲娘手里的糖,趴在他爹耳边悄悄地说了一声:"爸爸,对不起。"

顾宇溯指着他妈手里的糖,十分聪慧地做出了抉择:"妈妈。"

苏为安开心地揉了揉他的脑袋,当妈的虚荣心得到了满足之后,她又忽然有些伤感:"小溯,其实爸爸也特别特别爱你,你也可以多喜欢爸爸一点,以后要是妈妈不在了……"

顾宇溯原本正伸着白嫩嫩的小肉手,去够他妈手心里的糖,听到这儿,突然顿了住,随后哇的一声又哭了出来。

顾云峥一个头变两个大。

玩过头了,脱敏疗法也没这么刺激的。

顾云峥轻拍着顾宇溯的背:"小溯乖,不哭,爸爸问你,你想不想让妈妈永远陪着你啊?"

顾宇溯眼泪也没止住,委屈地应声:"嗯。"

顾云峥又问:"那我们是不是应该努力让妈妈不要生病?"

顾宇溯又应:"嗯。"

顾云峥循循善诱:"小溯想不想和爸爸一起研究出怎么治好妈妈的病?想不想成为妈妈的小英雄?"

年幼且天真无辜的小顾哪里抵挡得住他爸的忽悠?

顾宇溯的声音充满了稚气:"想!"

顾云峥将顾宇溯高高举起,振奋道:"让我们一起创造历史,拯救妈妈!"

顾宇溯终于笑了,跟着他爸奶声奶气地学:"拯救妈妈!"

阳光从落地窗照进来,碎金般洒在了顾宇溯和顾云峥的身上。

屋外,高大的玉兰树将枝丫伸向了窗边,空气中隐隐弥散着玉兰花的香味。

苏为安摘下一朵玉兰花,压在了日记本里。

又是一个新的春天,真好。

她想尽可能多地记住这些细碎的点滴,这样,她就不会惧怕遗忘。

她提笔,在日记本上写下一行字:"顾大教授今日科研进展——给自己幼儿园的儿子画下'科研巨饼'。"

很多年以后,顾宇溯已经记不清这一天发生了什么。

当他拖着连值了四十八小时急诊班的身体,打开他爸保存了二十多年的实验记录,给他爸写结题报告的时候,他总觉得有哪里不对。

## 番外二 Healer

急诊手术加台,顾云峥赶到肿瘤医院的时候,已经是晚上八点了。

刚走进住院部的大楼,顾云峥就被人拦了下来,是名五十来岁的中年男子,追着他叫:"医生!医生我想请问一下,肝胆外科怎么走啊……"

顾云峥一低头,这才发现自己从华仁医院出来,竟忘了脱掉白大褂,就这样一路穿到了肿瘤医院。

他停下脚步,看了一眼那名男子,不由得轻叹了一口气:"跟我走吧。"

在这个当口,男子看到了他胸前的胸牌,华仁医院神经外科,对方也愣了一下,随即问道:"你不是这个医院的医生?"

顾云峥蹙眉:"我是病人家属。"

对方显然有些意外:"家属?是您家老人生病了吗?"

顾云峥的眉蹙得愈紧:"是我妻子。"

这是肿瘤医院,来的人得的病都不轻,男子吃惊地道:"您妻子?看您年纪不大,您妻子大概也很年轻吧,怎么会……"

顾云峥在前面带路,听到对方的问话没有回头,语调平静地道:

"私自注射了自己还在研究的药物，导致的恶性肿瘤。"

对方一怔，显然没想到会有这种事情，震惊过后憋了半天，才问出了一句："那你没拦着她啊？"

这之后许久没有回音，就在他以为顾云峥不会回答的时候，忽然听到他叹了一口气，自嘲地一笑："如果我能拦得住，那就不是我妻子了。"

顾云峥进病房的时候，苏为安正躺在床上，脸色发黄，虚弱得厉害，但见他进来，她还是假装没事一样，冲他咧嘴笑："你再不来我就要饿扁了！"

顾云峥假装不知道她在逞强，走到她床边坐下："不是说了饿了就让护工师傅先给你买点东西吃？"

苏为安笑嘻嘻地看着他："我想和你一起吃。"

肝癌，坦白地说，苏为安也吃不了什么了。

不大的一碗粥，苏为安吃得断断续续，几次反胃恶心，见顾云峥抬头看她，她生生压住，又冲着他若无其事地笑。

她说："顾云峥，一会儿吃完饭你给我推轮椅，我们再出去转一圈吧。"

顾云峥蹙眉："天都黑了，出去也没什么可看的，晚上冷，白天怎么不出去？"

苏为安笑："我看别人都太忙了，不忍心打扰。"顿了顿，又说，"反正你也不是别人。"

她那样得意地看着他，是一副吃定了他的样子，当初在中非的时候，就是这样一句话，搅得他心都乱了。

顾云峥隐隐觉得自己有点生气，却又说不清楚在气什么，只是冷冰冰地甩了两个字给她："不去。"

她也不知道从哪儿又摸出了一块大白兔，递到他眼前："给你糖。"

他没接。

也不是故意要惩罚她，只是忽然间想起不久前下手术，因为疲劳作战整个人有些虚脱，头晕得扶着墙在楼道里站了好一会儿，却再也没有等到苏为安来接他下班，递糖给他吃。

他在那一刻，忽然又想起来，他要失去她了。

虽然早就知道会分别，只是没有想到会是这样突然、这样早，不求白首，可他们连一根白头发都还没有，说来真是可笑。

她撒娇："顾云峥！"

他看着她没动两口的粥，瞥了她一眼："先把饭吃完。"

他又妥协了。

苏为安得意地一笑，立刻盛了一大勺粥塞进嘴里以示配合，刚咽下去，没想到胃里一阵翻腾，剧烈的恶心感袭来，她突然开始呕吐不止。

原本就没吃什么东西，吐无可吐，连酸水都呕得干净，顾云峥为她擦净嘴，扶她重新在床上躺好，看着她虚弱的样子，不由得心疼道："你本来就是肝癌，消化道症状严重，第一次化疗之后更是吐得不成样子，直到现在都没缓过来，再来第二次化疗只怕会更严重……"

没等癌细胞死，她就要撑不住了！

顾云峥原本好看又英气的眉此刻简直要拧到一起去，心里难受得不能自已："别做了，为安，我们不做第二次化疗了，太遭罪了！"

苏为安扶住他的手臂，在这种时候竟还能捂着自己疼痛不已的胃部，挤出一个笑来："没事，我想试试。"

"为安……"

她更加坚定："就算遭再多的罪，我也想多看你和小溯两天。"

顾云峥一窒，只觉得有什么东西哽在他喉头，他看着苏为安，半响才说出一句话："当初私自用药的时候怎么没这么想想？"

苏为安知道他一直在生自己气，气她自以为是、气她自作主张，可他又比谁都清楚，从他第一天认识她，她就是这样的。

苏为安像是做错了事的孩子被抓了现行，冲他讨好地笑，自嘲地道："这可能就是'谜之自信'吧，就像考试前，明明准备得不怎么样，却谜一样地觉得自己能考好，明明药物研发得还不够，却谜一样地觉得自己能成功，学生的这种感觉，顾老师你一定懂的！"

这种时候还能给自己找出这种借口，顾云峥看着她不知道该气还是该笑："我是上辈子造了什么孽，遇上你这种学生！"

苏为安哈哈一笑："没事，顾老师你这辈子又行善又积德，下辈子肯定不会遇上我了！"

顾云峥看着她，突然严肃地道："那不行！"

他将她揽到怀里，抱紧她，原本因为害怕失去而不安的心像是找到了归处。

她想要安慰他："其实，你不用这么悲观的，虽然我得了癌症，但最起码我不会变成一个肢体乱动的奇怪的人，也不会变成一个什么都不知道的傻瓜了！"

他轻叹了一口气，吻上她的额头："为安，就算是变成傻瓜，你也会是最聪明的那个傻瓜。"

说不清为什么，这一刻，苏为安忽然很想哭。

她往他的怀里蹭了蹭，对他道："顾云峥，以后帮我好好照顾小溯。"

顾云峥噎她："这个时候想起自己是当妈的了？"

苏为安乖巧地点了点头："以后不管小溯长大想做什么，都别干涉他的选择，让他去过自己想过的人生。"

"我会让他心服口服地听话。"

"……"

顾云峥继续道："有本事你一直看着我啊！"

苏为安的脸在他的颈窝处蹭了蹭，温温痒痒的，她语气委屈巴巴的："没本事……"

顾云峥沉默了。

屋子里一时安静，也不知过了多久，顾云峥听到苏为安又道："还有，顾云峥，替我把GHS那个药的研发继续做完吧。"

顾云峥心里又堵又闷，又是存心噎她："这个时候还这么心系人类健康？"

苏为安摇了摇头："也没那么高大，就是觉得我为这事都成这样了，要是最后什么都没做出来岂不是很亏？"

听她这样说，他就像是被戳漏了的气球，什么气也生不起来了。

顾云峥揉了揉她的脑袋，轻柔却坚定地道："一定会做出来的，一定会的。"

他答应她，绝不会让她的付出白费。

苏为安满足地又往他怀里挤了挤。

她说："云峥，以后不管遇到什么难处，你要记得，你还有我。"

我会一直陪着你，即使我已经不在你身边。

很多年以后，顾云峥已经记不清那天的日期，也记不清那天他是怎么回家的，只记得那晚月正明、风正清，夜晚的马路上车不算多。

他一个人，从城东走回了城西。

到家的时候，小溯已经睡了。

他为小溯掖好被角，又轻手轻脚地出了房间。

那样平常的一天，谁也不曾在意。

没有人知道，他曾哭过。

（番外完）

图书在版编目（CIP）数据

治愈者 / 柠檬羽嫣著.
—武汉：长江出版社，2023.9
ISBN 978-7-5492-8954-7

Ⅰ.①治… Ⅱ.①柠… Ⅲ.①长篇小说-中国-当代 Ⅳ.①I247.5

中国国家版本馆CIP数据核字 (2023) 第127586号

**治愈者 / 柠檬羽嫣 著**
ZHIYUZHE

| | |
|---|---|
| 出　　版 | 长江出版社 |
| | （武汉市解放大道1863号 邮政编码：430010） |
| 选题策划 | 北京记忆坊文化 |
| 市场发行 | 长江出版社发行部 |
| 网　　址 | http://www.cjpress.com.cn |
| 责任编辑 | 李剑月 |
| 策划编辑 | 朱　雀 |
| 印　　刷 | 环球东方(北京)印务有限公司 |
| 版　　次 | 2023年9月第1版 |
| 印　　次 | 2023年9月第1次印刷 |
| 开　　本 | 880mm×1230mm 1/32 |
| 印　　张 | 8 |
| 字　　数 | 254千字 |
| 书　　号 | ISBN 978-7-5492-8954-7 |
| 定　　价 | 45.00元 |

版权所有 盗版必究（举报电话：027-82926804）
（如发现印装质量问题，请寄本社调换，电话027-82926804）

MEMORY
HOUSE